Sylvia Renz

Auf dem Weg nach Nirgendwo?
Mit dir bis ans Ende der Welt

Sammelband 1

W0388755

SYLVIA RENZ

> Auf dem Weg nach Nirgendwo?

> Mit dir bis ans Ende der Welt

SAMMELBAND 1

SCHULTE & GERTH

© 1994 Saatkorn-Verlag, Lüneburg
© 2001 Gerth Medien, Asslar
Best.-Nr. 815 729
ISBN 3-89437-729-1
1. Auflage des Sammelbandes 2001
Umschlaggestaltung: Michael Wenserit
Umschlagfoto: spoon, Christian Roth
Satz: Typostudio Rücker, Linden
Druck und Verarbeitung: Ebner Ulm
Printed in Germany

Sylvia Renz

Auf dem Weg nach nirgendwo?

Die Geschichte einer Liebe

Sylvia Renz

Auf dem Weg nach Nirgendwo?

Die Geschichte einer Liebe

Gemeinsam unterwegs – aber wohin?

Ich heiße Chris. Eigentlich Christian Hauser, aber das klingt mir zu vornehm. So werde ich mich nennen, wenn ich das Abitur geschafft habe – also nächstes Jahr. Bis dahin: Chris; das ist auch kürzer.

Ich denke viel nach. Über mich, über andere, über die Welt. Meinte, ich hätte Antwort auf meine Fragen gefunden. Doch heute zog es mir glatt den Boden unter den Füßen weg. Aber ich will von Anfang an erzählen.

Abends um halb sechs kam ich heim, nahm die drei Stufen zur Haustür mit einem Satz wie immer und klingelte Sturm. Katrin riß die Tür auf. Katrin, meine Schwester, ist einundzwanzig und studiert Medizin.

„Na, Kleiner, noch nie was von einem Hausschlüssel gehört?“

Kleiner! – Ich bin 18! Ich zahlte es ihr heim, indem ich einen Kratzfuß machte und salbungsvoll sagte: „Bitte gnädigst um Entschuldigung, große Frau.“ Katrin ist nämlich nicht glücklich über ihre Körpergröße (1,85!), und sie läßt sich ungern „groß“ nennen. Wir verstehen uns gut, wir zwei. Deshalb necken wir uns auch manchmal.

„Mach schnell, es sind nur noch drei Stücke Kuchen da“, mahnte meine Schwester, und das ließ ich mir nicht zweimal sagen.

Paps und Mam saßen beim Tee. „Na, wie ist es gegangen mit der Fahrprüfung?“ Ich machte ein trauriges Gesicht und ließ die Schultern hängen.

„Seid mir nicht böse, ich habe mir ja große Mühe gegeben, aber wahrscheinlich reicht mein IQ nicht aus.“

Paps zog hörbar die Luft ein. Bevor er etwas sagen konnte, meinte Mam: „Ich freue mich, daß du es geschafft hast. Komm, setz dich und iß was.“

Was soll man mit solch einer Mutter anfangen?

„Dich sollte man bei der Polizei anstellen. Woher weißt Du, daß ich bestanden habe?“

Katrin und Mutter sagten fast gleichzeitig: „So was sieht man doch!“

Paps grinste. „Frauen und Geheimdienst ...“

Ich ließ mich auf den Stuhl fallen. Der Kuchen war großartig: gedeckte Apfeltorte, richtig saftig, nicht zu süß. Schade, daß nur noch zweieinhalb Stücke übrig waren – die eine Hälfte war bereits in meinen Magen gewandert. Beim Kauen erzählte ich vom knurrigen Prüfer: „Ich sage euch, der letzte Mensch! So was von schlechter Laune!“ Ja, es war eine abenteuerliche Fahrt gewesen: die gefährlich verengte Fahrbahn bei der Baustelle, der Dackel, der plötzlich wie eine Kanonenkugel aus einer Einfahrt herausschoß. Es hatte gerade noch zum Bremsen gereicht ...

„Jedenfalls hab ich ihn, den Führerschein. Jetzt

brauch ich 'ne Menge Fahrpraxis. Kann ich gleich mal den Wagen haben, Paps? Möchte noch auf einen Sprung zu Viola rüber."

„Du wirst das Auto zu Schrott fahren. Ich sehe es schon kommen, daß ich auf meine alten Tage zu Fuß in die Klinik laufen muß!" grollte Paps. Ich weiß nicht, was er hat – er ist doch ein leidenschaftlicher Fußgänger? Jeden Tag predigt er uns, wie gesund das Gehen ist, und er muß es ja wissen, schließlich ist er Arzt. Paps ist kein bloßer Pillenverschreiber, sondern einer, der den Leuten dauerhaft helfen möchte. Sie lernen bei ihm, wie man gesünder und glücklicher leben kann. Er ist schwer in Ordnung, mein Paps. Aber er liebt dramatische Szenen; damit es uns nicht langweilig wird, sagt er. Er hat also seine grauen Locken zerwühlt und den Verzweifelten gemimt: „Wenn *du* jetzt auch noch unsere teure Familienkutsche benutzt, sind ihre Tage gezählt! Unser gutes Stück!"

Ich mußte lachen. Bei uns ist das Auto ein reines Transportmittel, und so sieht es auch aus. Mam und Katrin stehen mit dem Einparken auf Kriegsfuß, da gibt es schon mal Beulen oder Kratzer, aber darüber regt sich keiner auf. „Ist ja nur Blech", sagt Paps immer, „Hauptsache, euch ist nichts passiert".

„Tja, Paps, das hättest du dir überlegen müssen, bevor du mich zur Fahrschule geschickt hast! Jetzt hab ich den Führerschein und will auch fahren. Gnadenlos. Komm schon, rück den Autoschlüssel raus und mach dir keine Sorgen. Ich werde gut aufpassen. Ich brauche viel Fahrpraxis, hat der Lehrer gesagt. Damit ich sicher werde. Du weißt doch, Übung macht den Meister."

Das wirkte. Paps hat eine Schwäche für Sprichwörter. Er reichte mir seufzend die Wagenpapiere und den

Schlüssel. Ich sauste noch mal ins Bad, Haare durchbürsten, eine Handvoll Wasser ins Gesicht spritzen und ein neues T-Shirt überstreifen – fertig. Oder doch nicht – es kratzt am Kinn. Also Rasierapparat her ...

„Man muß was aus sich machen", sagt Katrin immer, und ich finde, sie hat recht. Wenn man rothaarig ist wie ich, wird man dauernd angestarrt. Früher ging mir das auf die Nerven; ich wäre dann am liebsten ins Mauseloch gekrochen, so unsicher war ich. Ich haßte meine Haare und beneidete die anderen Jungs, die blond waren oder braunhaarig und deshalb nirgendwo auffielen. Irgendwann wurde mir aber klar: Ich mache mich selbst unglücklich, wenn ich mich wegen meinem Aussehen schäme. Wenn ich mich nicht leiden kann, wie soll ich dann von anderen erwarten, daß sie mich mögen? Meine Familie hat mich gern. Ich spüre, daß sie mich akzeptieren, wie ich bin. Ich nehme sie auch so, wie sie sind. Und mir selbst gönne ich diesen Luxus ebenfalls – ich sage Ja zu mir. Dabei bin ich nun wirklich kein Supermann, sondern nur ein ganz normaler Schüler. Meine Komplexe haben mir nur Ärger eingebracht. Einmal bin ich sogar sitzengeblieben, weil ich mir nichts zutraute. Heute denke ich anders. Wenn ich ohne Krampf mein Bestes gebe, dann hab ich auch Erfolg. Manchmal geht's daneben, aber das ist auch kein Beinbruch. Seit ich so ans Leben herangehe, werde ich nicht mehr verlegen, wenn die Leute gucken. Sollen sie doch – ich weiß, meine Socken passen zum Pulli und der Pulli zur Haut.

Katrin sagt, ich muß warme Herbstfarben tragen: Gelb, Rostbraun, ein warmes Grün. Sie hat so einen Farbkurs mitgemacht, und danach ist sie mit mir einkaufen gegangen. Sie hat mich gut beraten. Na ja, so wichtig ist das Aussehen nicht, aber es gibt einem doch etwas Halt, wenn man weiß, man kann sich sehen lassen ...

Also, ich hatte mich fein gemacht, Mam und Paps einen Gruß zugerufen und dann raus zum Auto. Katrin rief noch: „Denk an den Schlüssel!“ Sie kann es nicht lassen, mich wie ein Baby zu behandeln.

Der Motor sprang sofort an. Ich ließ ihn dreimal aufheulen, aber keiner kam ans Fenster, nicht mal die Nachbarin von gegenüber, die sonst immer hinter der Gardine steht. Heute hätte sie ruhig gucken können.

Viola wohnt drei Straßen weiter. Sie ist in meiner Klasse. Seit vier Wochen treffen wir uns öfter mal nach der Schule. Bisher hat noch keiner gemerkt, daß wir befreundet sind. Vio sagte: „Ich mag es nicht, wenn die anderen unsere Freundschaft durchhecheln.“

Ich bin froh, daß es keiner weiß. Meine Klassenkameraden sind wie die Geier, wenn jemand frisch verliebt ist. Er wird dann regelrecht ins Verhör genommen. Dann brüllen sie alle „Ein-zel-hei-ten! Ein-zel-hei-ten!“ Ich habe mir geschworen: Mit mir machen die so was nicht. Es geht sie nichts an. Und was die dann gleich denken! Ich will nicht, daß sie Vio durch die Mangel drehen. Meine Eltern kennen Viola. Vater behandelte sie einmal in seiner Klinikambulanz, und Mam fuhr sie hin, weil sie mit dem verknacksten Fuß nicht laufen konnte. Ich glaube, Mam hat sie gleich gemocht. Sie schlug vor: „Lade Vio doch mal zu uns ein. Vielleicht können wir am Sonntag zusammen wandern, wenn ihr Fußgelenk wieder in Ordnung ist.“ Das ist jetzt ein paar Wochen her. Bisher hat es am Wochenende immer geregnet. Eigentlich wollte ich sie heute fragen, ob sie am Sonntag mitgeht, aber dann ...

Vio kam gleich raus, als ich hupte. Ich glaube, sie hatte

auf mich gewartet. „Hab mir schon gedacht, daß du vorbeikommst“, sagte sie. „Hat alles gut geklappt?“

„Na klar!“ Ich zog ein Gesicht, als würde ich jeden Tag eine Fahrprüfung mit links bestehen. Sie strahlte mich an, und da wurde mir ganz warm. Man muß Vio einmal strahlen sehen, damit man das verstehen kann. Und sie sagte: „Ich bin stolz auf dich!“

Sie schwang sich auf den Beifahrersitz, und ich erzählte ihr erst mal haarklein, wie die Prüfung gelaufen war. Hab dabei auch kaum übertrieben, höchstens ein bißchen: Ich wollte, daß sie noch mal strahlt oder sagt: „Ich bin stolz auf dich.“ Aber sie hat etwas viel Schöneres gesagt: „Mit dir würde ich bis ans Ende der Welt fahren. Ich glaube, bei dir ist man gut aufgehoben.“

Meine Herren! Auf einmal hatte ich Lust zu einer Spritztour.

„Es ist erst halb sieben, vielleicht schaffen wir es noch bis ans Ende der Welt. Willst du?“ Vio wollte. Sie sagte noch schnell ihrer Mutter Bescheid, dann ging's los. Wir kamen glatt durch den Berufsverkehr und fuhren in Richtung Odenwald. Ab und zu schaute ich zu ihr rüber, nur kurz. Schließlich muß ich meine Augen auf der Straße lassen, darf auch den Rückspiegel nicht vergessen. Als Anfänger sollte man sich schon aufs Fahren konzentrieren. Aber ganz konnte ich mir die Seitenblikke doch nicht verkneifen. Ihr Gesicht kenne ich auswendig: eine Haarsträhne, wie verirrt auf der Stirn, die Augenbrauen wie zwei Schwalbenflügel, die klassisch-gerade Nase, dann der Mund – fein gezeichnet, ein Maler hätte ihn nicht besser hingekriegt, ein winziges Grübchen in der linken Wange – und ihr Kinn, meist energisch vorgestreckt, als wollte sie der ganzen Welt Trotz bieten. Eben Viola.

Ihre Augen kann ich im Augenblick nicht sehen, aber ich weiß, sie sind dunkelgrau, mit hellen Pünktchen drin. Das sind Augen! Wir wandern manchmal zu einer alten Burg. Dort steht im Schloßhof ein Brunnen. Ich werfe jedesmal ein Steinchen hinein und warte, bis es – klack – unten aufkommt. Es dauert lange. Würde jemand einen Stein in Vios Augen werfen – also, ich meine das jetzt nicht wörtlich! – wann käme dann das Klack? Ich glaube, da ist überhaupt kein Boden in ihren Augen, da kann man endlos hineinschauen ... Aber ich komme ins Träumen. Eigentlich wollte ich etwas ganz anderes erzählen.

Wir sind also gefahren und gefahren. Die Landstraße war frei, und ich drückte aufs Gas. Bäume und Sträucher flitzten an uns vorüber. Wir nahmen die Hügel in flottem Tempo. Ich fragte: „Wo wollen wir denn hin?"

Vio hat die Achseln gezuckt. „Egal. Irgendwohin. Nur fahren, immer fahren. Unterwegs sein. Bis ans Ende der Welt. Oder müssen wir da vorher noch tanken?"

Das ist typisch Vio. Sie kann todernst sein, so traurig, daß sich meine kleinen Härchen im Nacken aufstellen und es im Magen grummelt. Und gleich darauf macht sie einen Scherz. Bei ihr geht alles ineinander über: tiefe Gedanken und komische Ideen. Aber heute abend war sie weniger zum Spaßen aufgelegt. Sie erzählte mir von der großen Leere, die sie innerlich spürt. Von ihrer Mutter, die sich kaum um sie kümmert. Sie reden höchstens über Alltagskram: „Dein Mittagessen steht in der Mikrowelle" oder: „Ich bin am Wochenende verreist." Vio ist viel allein, und dann weiß sie nicht viel mit sich anzufangen.

„Manchmal will ich weit weg, möchte fortlaufen, alles hinter mir lassen. Raus aus der Stadt, endlich Bäume und Wiesen sehen, keine Betonklötze mehr, keine Mauern ..."

Ja, so geht es mir auch oft. Ich jogge dann eine Runde im Park. Oder starte eine Nachtwanderung mit Paps. Das bringt er fertig, mitten in der Woche, und morgens geht er dann mit Schlitzaugen in seine Klinik, und ich schlafe im Unterricht beinahe ein. Aber was wir in diesen Nächten erleben, macht das bißchen Müdigkeit wieder wett. Vielleicht sollten wir Vio mal mitnehmen ...

„Ich kann es kaum noch aushalten bei mir zu Hause. Ich hab das alles so satt. Jeden Tag die gleiche Leier. Schule, bis man nicht mehr sitzen kann, dann zu Hause die große Langeweile. Essen, schlafen, lernen, fernsehen – wird das immer so weitergehen?"

Hm. Hier konnte ich sie nicht ganz verstehen. Ich finde das Leben aufregend. Die Schule gehört dazu. Ich möchte am liebsten alles wissen, alles begreifen. Ich hab noch so viel vor in den nächsten Jahren. An jeder Ecke wartet ein Abenteuer auf mich. Deshalb macht mir das Autofahren auch so viel Spaß.

„Vio, du bist jetzt 17, ich bin 18. Noch ein gutes Jahr, dann haben wir das Abi geschafft und können was Interessantes studieren. Oder einen Beruf lernen, der uns gefällt."

„Ja, und dann? Am Anfang ist es noch neu. Da findest du es spannend. Aber dann kommt doch wieder derselbe Trott. Arbeiten, essen, schlafen, fernsehen. Ich seh es an meiner Mutter! Nein, so ein Leben will ich nicht!"

Viola hatte sich in Rage geredet. Ich spürte, es war ihr bitter ernst.

„Irgendwo muß doch ein Sinn sein. Ich will ihn suchen, bis ich ihn gefunden habe. Vielleicht komme ich niemals an. Vielleicht bleibe ich mein Leben lang auf dem Weg nach nirgendwo ..."

Sie hat es so traurig gesagt. Ich hielt das Auto in einer Parkbucht an und legte ihr den Arm um die Schulter. „Vio, du bist ja nicht allein. Wir fahren zusammen, du und ich. Wir suchen solange nach dem Ziel, bis wir irgendwo angekommen sind."

Sie sah mich an – lange, erwartungsvoll. Dann fragte sie: „Und wird dein Ziel auch meins sein? Oder wirst du unterwegs aussteigen?" Ich schluckte. Daran hatte ich noch nicht gedacht. Vielleicht war das, was mir wichtig war, für sie bedeutungslos? Vielleicht wollte sie in eine Richtung fahren, die mir falsch erschien?

Ich nahm meinen Arm weg. Draußen würden die Schatten lang. Ich konnte kaum noch ihre Augen erkennen. Eine Grille fiedelte ihr Solo. Die Wiese duftete bis ins Auto hinein. Da saß das schönste Mädchen der Welt dicht neben mir und war nahe am Weinen, und ich ... ich wußte nicht, was ich tun sollte. Ich hätte sie gern getröstet. Ich hätte ihr so gern etwas von meiner Lust am Leben ausgeborgt. Von meinen Zielen vorgeschwärmt. Von meiner Hoffnung. Von dem, was mich immer wieder fröhlich macht, wenn ich mutlos bin. Von dem, was unsere Familie zusammenhält. Was meinem Vater Mut gibt, immer wieder neu den Kampf gegen Krankheit und Tod aufzunehmen.

Aber ich konnte nicht. Ich konnte es einfach nicht. Ich brachte kein Wort heraus. Mein Mund war wie ausgedörrt und mein Kopf eine leere Höhle.

Wir haben lange geschwiegen. Dann sagte ich: „Es wird spät", und sie nickte. Auf der Rückfahrt hörten wir leise Radiomusik: Chopin. Wenn man traurig ist, sollte man nicht gerade Chopin hören. Das macht schwarz noch schwärzer. Wir haben an dem Abend nicht mehr geredet. Dann waren wir vor ihrer Haustür angekommen. Sie blieb noch eine Weile neben mir sitzen, dicht neben mir, doch mir kam es vor, als wären wir durch Lichtjahre getrennt.

„Gute Nacht, Chris“, sagte sie mit einer kleinen, zerknitterten Stimme. Ich sah ihr nach, wie sie die Stufen hinaufging, langsam, wie eine alte Frau.

Und ich dachte: „O Mann, das ist danebengegangen!“

Und jetzt liege ich in meinem Dachzimmer und sehe über mir die Sterne. Hab mein Velux-Fenster senkrecht gestellt. Da stört kein Glas mehr, der Blick auf den Himmel ist frei. Ich frage mich: Warum habe ich nichts gesagt? Kein Wort über meine Ziele und den Sinn des Lebens? Tausend Antworten fallen mir ein. Hundert stichhaltige Gründe auf die Frage, weshalb das Leben lebenswert ist. Zehn gute Argumente für Vio, den neuen Tag mit einem Lachen zu begrüßen. Und mein ganz persönlicher Kommentar dazu, denn mir ist klar geworden, daß ich Vio liebe. Jawohl – liebe! Daß ich am liebsten jede Stunde und jede Minute mit ihr teilen möchte. Und ist das nicht Grund genug, das Leben zu mögen?

Aber das sind *meine* Antworten. Ich habe sie für mich gefunden, entdecke täglich neue dazu. Und ich spüre, sie sind fest und sicher. Sie halten mich. Ob sie aber auch Vio tragen?

Und auf einmal wird mir kalt. Eine Szene fällt mir ein. Damals war ich gerade sieben Jahre alt; Paps hatte mich zum Dorfteich mitgenommen. Er prüfte das Eis – es hielt. Dann hüpfte er darauf herum, stampfte wie ein Rumpelstilzchen. „Komm, Chris, das Eis ist fest!“

Mir war die Sache nicht geheuer. Ich hatte gerade in der Schule ein Gedicht gelernt vom „Büblein auf dem

Eis". Aber wenn es Paps trug, dann mich doch erst recht? Vorsichtig stieg ich auf die glatte Fläche, rutschte ein paar Schritte am Rand entlang. Ja, es hielt. Ich wurde mutiger und schlurfte weiter, immer außen herum. Auf einmal krachte es verdächtig unter meinem rechten Stiefel. Ich zog ihn hoch. Das war natürlich ganz verkehrt, denn jetzt brach ich vollends durch. Zum Glück war das Wasser an dieser Stelle nicht tief; es ging mir nur bis zum Bauch. Paps zog mich schnell heraus und schleppte mich heim. Und ich frage mich bis heute: Warum hat es ihn getragen und mich nicht?

Ich stand auf und schlich hinüber zum Schlafzimmer. Unter dem Türspalt war noch Licht zu sehen. Ich klopfte leise, Paps rief: „Jaaa?" und ich schlüpfte zu ihm hinein. Die Eltern hatten noch gelesen. Ich sagte: „Sag mal Paps, wie war das damals am Entenweiher, als ich eingebrochen bin – warum hat dich das Eis getragen und mich nicht?" Vater schaute mich an, als wäre er in Gedanken weit weg. Ich dachte schon, er hätte meine Frage nicht verstanden. Aber dann sagte er:

„Soll das dünne Eis dich tragen,
mußt du dich zur Mitte wagen."

Paps und seine Reime! Zuerst dachte ich, er macht Spaß. Aber dann wurde mir klar, daß das *die* Antwort war.

Was weiß ich schon von Liebe?

Eben habe ich mein Kissen aus dem Bett geworfen. Es war naß. Ich hasse feuchte Kissen. Ich hasse es, heulen zu müssen. Fürchte mich davor, wenn der Klumpen in meinem Hals immer dicker wird und es heiß in die Augen steigt. Mutter sagt: „Wein dich aus, Vio, Tränen waschen die Seele." Wenn das stimmt, dann hab ich die sauberste Seele der Welt. Heulboje!

Dabei hat alles so schön angefangen mit Chris. Ich hatte ihn schon im Auge, seit ich in seine Klasse kam. Durch unsere dauernde Umzieherei hab ich nie richtige Freunde gehabt. Bin daran gewöhnt, allein zu leben. Mutter lebt auch allein, obwohl wir in derselben Wohnung wohnen. Zwei Schienen, nur durch Schwellen verbunden. Kommen nie zusammen. Treffen sich nicht. Dabei sehne ich mich so sehr nach jemandem, der mich gern hat. Jemand wie Chris.

An Chris sieht man zuerst die roten Haare. Kein gewöhnliches Rot: Tizianrot, und seine Haut ist braun. Zuerst dachte ich: „Mensch, der färbt sich die Haare!" Ist heute ja nichts Besonderes. Aber dann merkte ich, die Farbe ist echt. Die anderen Mädchen aus der Klasse nennen ihn „Streichholz". Er macht sich nichts draus, glaub ich. Wenn er es hört, grinst er nur und sagt: „Willst wohl Feuer?" Er ist eine originelle Mischung; schlagfertig, dann wieder still. Es ist seltsam mit ihm – viele mögen ihn, aber sie trauen sich nicht an ihn ran. Einige Mädchen sind hinter ihm her. Ich glaube, er merkt es nicht einmal. Er ist zu allen gleich: freundlich, aber auf Abstand. Bei den Jungs ist er nicht so beliebt. Wahrscheinlich sind sie neidisch, denn er ist gut in der Schule. Und er sieht gut aus, fast zu gut für einen Jungen: feingeschnittene Züge, ein weicher Mund, verträumte Augen. Und dann die roten Locken. Es ist kein Kunststück, sich in einen solchen Jungen zu verlieben.

Chris sitzt mir im Unterricht meist schräg gegenüber.

Wir schauen uns oft an. Anfangs hat er immer schnell weggeguckt, wenn sich unsere Blicke trafen. Aber das ist jetzt anders. Eigentlich seit dem Schulfest. Damals hatte ich mir den Fuß verknackst, hat schauderhaft weh getan. Ich wollte nach Hause. Mir graute vor dem Heimweg: U-Bahn, Bus und dann noch 10 Minuten laufen. Und das alles auf einem Bein. Mutter war wieder mal verreist. Sie ist nie da, wenn ich sie brauche. Ich glaube, ich hab damals ein ziemlich wehleidiges Gesicht gezogen. Chris sah es und kam zu mir rüber.

„Viola, was ist los?" Ganz einfach und platt. Überhaupt nicht romantisch. Und trotzdem war es ein Anfang. Weil er nämlich vorher noch nie mit mir geredet hatte. Er hockte sich vor mich hin und guckte auf meinen Fuß. Der war schon dick angeschwollen.

„Hm, könnte eine Zerrung sein oder ein Bänderriß, darf ich mal?" Er dröselte meinen Turnschuh auf und zog ihn vorsichtig ab: ein Höllenschmerz, aber ich biß die Zähne zusammen. Nur nicht heulen! Nicht vor ihm!

Seine Hände sind schmal und zart, wie man sich Klavierspielerhände vorstellt. Er spielt übrigens sehr gut, hab ihn mal im Musiksaal gehört, als er dachte, er ist allein. Ja, und dann hatte er mein Gelenk abgetastet und mich nachdenklich angeschaut.

„Das müssen wir röntgen lassen. Haben wir gleich. Warte einen Moment" – weg war er. Die anderen aus der Klasse hatten sich verdrückt, als sie merkten, mir geht es schlecht. Aber Chris hat Schulfest Schulfest sein lassen. Obwohl er jetzt seinen großen Auftritt gehabt hätte: Er sollte nämlich ein Klavierstück vorspielen. Das sagte er ab und rief inzwischen seine Mutter an. Die kam mit dem Auto und fuhr uns in die Klinik. Sie kennen ihn dort alle, deshalb kam ich gleich dran. Seine Mutter

gefällt mir; sie ist genauso rothaarig wie er, hat dieselben Nußaugen, vielleicht etwas heller. Wir fuhren dann in ihrem Auto zu mir nach Hause. Chris trug mich die Treppe hoch, weil ich nur mit einem Fuß auftreten konnte. Zum Glück wohnen wir im zweiten Stock, oder eigentlich muß ich sagen – leider. Es war schön, wie er mich getragen hat. Ich fragte ihn: „Bin ich dir nicht zu schwer?“ Er lachte: „Ach wo! Bist wie eine Wolke, eine Viowolke.“ Er ist stark.

Ja, und seither besucht er mich öfter mal. Zuerst kam er mit den Hausaufgaben, weil ich doch eine Woche nicht in die Schule gehen konnte. Später auch ohne Vorwand. Wir haben zusammen Platten gehört oder einen Spaziergang gemacht. Chris kann sich für die Natur begeistern. Ich auch.

Inzwischen treffen wir uns fast jeden Tag. Bisher hab ich es noch keinem verraten. Mutter hat schon was gemerkt, aber es interessiert sie nicht. Bei meinen Geschichten sagt sie immer: „Tangiert mich nur peripher.“ Sie erzählt mir auch nichts von sich. Kommt alle drei Monate mit einem anderen Mann daher. Das sind meistens Mercedes-Typen im schicken Anzug. Schmeißen mit Geld um sich. Spucken große Töne. Nutzen meine Mutter aus. Dann gehen sie, lassen sie einfach fallen. Einmal hab ich mich eingemischt: „Warum machst du das denn mit? Merkst du nicht, worauf der Kerl aus ist? Er liebt dich doch nicht wirklich!“ Sie hat mich angeschaut, als wollte sie mich erwürgen.

„Was weißt du schon von Liebe!“ hat sie gesagt.

Na ja, ich weiß wirklich nicht viel davon. Zweimal eine Schwärmerei mit Klassenkameraden. Zusammen Eisessen gehen, ab und zu in die Disko. Nichts richtig Tiefes. Oder doch, einmal – da war ich unsterblich ver-

liebt. Er hieß Jo und war drei Jahre älter als ich. Gitarrist in einer Rockband. Hab ihn jeden Abend in seiner Stammkneipe besucht. Ich war regelrecht verrückt nach ihm. Er wußte das. An einem Abend brachte er mich nach Hause. Mutter war wieder mal auf Dienstfahrt oder was weiß ich wo. Er kam mit hoch, wollte noch was trinken. Ich brachte ihm eine Cola, aber er wollte was anderes. Ich kramte im Küchenschrank herum, fand aber nur Weißwein. Den braucht Mutter ab und zu für die Sauce. Er suchte im Wohnzimmer und grub tatsächlich eine Flasche Whisky aus. Wußte gar nicht, daß wir so was hatten.

„Komm, trink mit, das macht lustig", meinte er. Es hat mir nicht geschmeckt, war zu scharf, das Zeug. Fast wie Medizin. Ich mußte husten, und er lachte mich aus. Das wurmte mich. Ich wollte es ihm beweisen. Also kippte ich alles, was im Glas war, auf einmal in mich hinein. Es brannte schrecklich im Hals, aber mir wurde warm dabei.

Das Zimmer schwankte so komisch, und ich dachte, gleich fall ich um. Aber er fing mich auf und trug mich auf die Couch. Dann streichelte er mich, am Anfang nur zart, aber dann fester. Wir kamen beide in Fahrt. Er streifte mir die Jeans ab und den Pulli, und ich dachte, jetzt bist du im Himmel, das ist das wahre Leben!

Aber dann machte ich einen Fehler: Ich schaute ihn an. Er hatte die Augen verdreht und atmete schnell wie beim Dauerlauf. Er sah fremd aus, verzerrt. Ich wollte was sagen, aber er hörte nicht. Ich glaube, er hatte vergessen, daß ich auch noch da war. Er wollte nur meinen Körper. Meinen Körper und seine Lust. Da wehrte ich mich. Er dachte, ich kämpfe nur zum Spaß. Damit es noch spannender wird. Ich bekam Angst und schrie, aber er hielt mir den Mund zu. Ich trat wild um mich und biß ihn in die Hand.

„Ui, wen hab ich mir da eingefangen – eine Wildkatze!" lachte er.

„Hör auf, ich will das nicht!" rief ich. Ich seh es noch wie heute, sein Gesicht wurde hart.

„Was willst du eigentlich – erst einen Mann scharf machen und dann kneifen? Mit mir nicht!" Er kam wieder näher. Aber da hörte ich einen Schlüssel in der Tür. Ich strampelte mich frei und rannte in den Flur. Es war Mutter. Für mich war es ein Engel, wenn es überhaupt Engel gibt! Ich fiel ihr um den Hals. Sie wunderte sich, daß ich halb ausgezogen war. Aber gefragt hat sie nicht. Sie fragt nie.

Als ich mich nach zehn Minuten wieder ins Wohnzimmer traute, saß Jo ruhig im Sessel und blätterte in einer Zeitschrift. Als wenn nichts gewesen wär. Er sah auf und sagte: „Dann geh ich jetzt besser."

Ich brachte ihn noch zur Wohnungstür. Er schaute an mir vorbei, als ich stotterte: „Du, es tut mir leid." Er zuckte die Achseln und meinte: „Hab mir schon selbst geholfen. Bin nicht auf kleine Babys wie dich angewiesen, weißt du." Ich hab ihn nie wiedergesehen.

Das ist meine ganze Erfahrung mit der Liebe, und ich glaube, es war noch nicht mal Liebe. Jedenfalls stelle ich mir die Liebe ganz anders vor. Etwa so wie gestern im Auto. Chris hat mir zugehört – so wie er kann keiner zuhören. Er ist still dabei, und trotzdem hat man das Gefühl, daß er Antwort gibt. Daß er ganz genau versteht, was ich meine. Aber wahrscheinlich hab ich mir das nur eingebildet, die Seidenfäden, die da von mir zu ihm gesponnen sind und uns verbinden. Ich hab wohl nur geträumt. Sonst hätte er doch spüren müssen, wie sehr ich mich nach ihm sehne? Er hat nicht von Liebe gesprochen, kein Wort. Vielleicht sieht er nur den Kumpel in mir, den guten Kameraden? Oder er hat Mitleid. Das hat mir gerade noch gefehlt! Mitleid!

Gestern im Auto, da gab es einen Moment, da dachte ich – jetzt. Jetzt wird es richtig schön. Er hat mir den Arm um die Schulter gelegt, und ich lehnte mich ein bißchen an ihn und fühlte mich zu Hause. Zum ersten Mal in meinem Leben.

Behütet. Geborgen. Rundum wohl. Aber dann? Was hab ich bloß falsch gemacht, daß er plötzlich von mir wegrückte? Er hat mich nicht geküßt. Er hat auch nichts mehr gesagt. Er sah mich nur an – mit einem Röntgenblick. Als wär ich aus Glas. Und auf einmal ratterte ein Gitter zwischen uns runter. Nein, wir passen nicht zusammen. Ich bin nicht gut genug für ihn. Er ist anders. Er lebt anders.

Als er mich zu Hause absetzte, da hatte er kein liebes Wort für mich, keinen Gruß. Er sagte nicht „Bis morgen“ wie sonst immer, auch nicht „Tschüß, bis irgendwann“. Ich glaube, er hat innerlich den Schlußstrich gezogen.

Ich konnte mir schon auf der Treppe die Tränen nicht verbeißen. Mutter sah das und meinte: „Wir beide haben eben kein Glück in der Liebe. Nimm's nicht so tragisch. Es war ja nur ein kleiner Flirt.“

Sie hat keine Ahnung. Sie weiß nicht, wie tief das bei mir geht. Unser Deutschlehrer würde sagen: „Existenzielle Lebenskrise auf Grund eines akuten Verlusttraumas.“ Er mag solche psychologischen Fremdworte. In mein Leben passen sie auch, da ist alles kalt und verbogen und durcheinander – Schrott!

Augen wie ein Brunnen

Das war ein Tag! Ein richtiges Wechselbad – heiß und kalt. Ich bin früh aufgewacht, hatte noch Zeit, ein bißchen zu lesen und nachzudenken. Das Frühstück war wieder mal Spitzenklasse. Mam versorgt uns nach dem Grundsatz: „Liebe geht durch den Magen." Essen ist mir nicht wichtig, aber auf so einen Obstsalat und frisch gebackene Vollkornbrötchen möchte ich nicht verzichten. Dann radelte ich in die Schule. Bei dem schönen Wetter ist es ein Jammer, dauernd in geschlossenen Räumen zu hocken – im Auto, in der U-Bahn, im Bus und dann im Klassenraum. Wie Sardinen in der Dose. Nein, ich brauche Sonne und frische Luft, auch wenn die zur Stoßzeit mit echter Luft nur noch den Namen gemeinsam hat. Deshalb mache ich einen Umweg durch den Volkspark. Da duften die Linden, und die Entenmama macht Schwimmkurs mit ihren Kleinen. Um ein Haar wäre ich zu spät zum Unterricht gekommen, weil ich sie noch durchzählen mußte – es sind elf. Elf braune Kuschelknäuel.

Viola ist mir in den letzten Tagen ausgewichen. Seit

unserer kleinen Autofahrt ist der Wurm drin, und ich weiß nicht warum. Ich hätte gern mit ihr darüber geredet. Aber sie hat mich immer nur kühl gemustert, als wäre ich ein Hausierer, der ihr eine Wurzelbürste andrehen will. Ich fühlte mich klein, dabei bin ich mindestens einen Kopf größer als sie. Ich schluckte und dachte: Abwarten. Liebe ist eine große Sache. Die muß man erst mal lernen – schrittweise. Ich werde Vio schon noch davon überzeugen, daß ich ihr Traumchauffeur bin. Bis ans Ende der Welt will ich sie kutschieren!

In der vierten Stunde hatten wir Deutsch. Wir lesen die Geschichte vom braven Soldaten Schweijk. Die Handlung kenne ich, weil ich den Videofilm gesehen habe. Also ließ ich meine Gedanken spazierengehen und meine Augen auch, und sie blieben „rein zufällig" bei Viola hängen. Viola. Dieser Name ist wie Musik! Ich stellte mir gerade vor, wie sich ihr Haar anfühlt, wenn man drüberstreicht – wie Seide vielleicht?

Sie sah mich an, zuerst abwartend, aber dann wurde er weich, ihr Blick – Morgendämmerung nach einer durchwanderten Nacht. Ich ließ mich in ihre Augen hineinfallen, endlos, vergaß, wo ich war.

Von weither hörte ich jemanden rufen: „... ja, Hauser, *Sie* sind gemeint!" Ich rüttelte mich wach – mein Deutschlehrer hatte mich irgend etwas gefragt. Aber was? Ich sprang auf und sagte á la Schweijk: „Melde gehorsamst, daß ... Ja, Herr Hauptmann." Alle lachten. Alle außer Vio. Viola schaute mich so liebevoll an, daß mir schwindelig wurde. Dann sagte Sandra, die neben Vio sitzt: „Schau an, unser Streichholz hat Feuer gefangen!" und sie lachten noch mehr. Auch der Lehrer schmunzelte. Wenn ich bloß wüßte, was er mich gefragt hat!

In der letzten Pause mußte ich etwas aus dem Keller holen. Da hörte ich ein Geräusch im Heizraum. Der Hausmeister konnte es nicht sein, der war gerade die Treppe hochgekommen. Wahrscheinlich wird mir meine Neugier noch mal das Genick brechen – aber sie hat auch ihr Gutes. Ich stieß die Tür auf und sah Rauch. Rauch neben dem Öltank. Da brannte ein Knäuel Zeitungen, und die Flamme züngelte schon am Tank hoch. Herrschaften! Jeden Augenblick konnte es „Wuff!" machen, und dann ...

„Nichts wie weg!" dachte ich.

Aber dann biß ich die Zähne zusammen: Kneifen gilt nicht. Hier muß irgendwo der Feuerlöscher hängen! Ich fand ihn und riß die Sicherung ab. Es zischte nur so. Das Zeitungsfeuer fiel in sich zusammen, aber die Ölspur am Tank brannte lustig weiter. Dann spuckte das Löschgerät drei Schaumflocken aus und war leer.

„Jesus, was jetzt?" schrie ich innerlich auf. Da fiel mir der Stapel Decken ein, der im Vorraum lagert. Schnell hinaus, ich grabschte nach einem Zipfel, den Fuß in der Eisentür, dann warf ich die Decke über den Tank. Ich holte noch schnell eine zweite und dankte im Stillen, daß es gute, schwere Wolldecken waren und keine aus Kunstfaser. Das Feuer war im Nu erstickt. Ein paar Funken schwelten noch, ich trat sie mit der Sohle aus und lehnte mich an die Wand: „Geschafft! Gott sei Dank!"

Dann sah ich hinten jemanden vorbeihuschen. Ein Hechtsprung, und ich hatte ihn am Kragen. Es war Jörg. Jörg aus unserer Klasse. Jörg mit den ewig fettigen Haaren und dem düsteren Blick, Jörg in Löcherjeans und Lederjacke. Er ist nicht dumm, wirklich nicht. Aber er verhält sich merkwürdig, er rastet öfter mal aus. Dann sprüht er Haßparolen an die Schulmauer. Schüttet Waschpulver in unseren Springbrunnen. Demoliert Fahrräder von Mitschülern. Schickt anonyme Bombendrohungen an den Rektor. Er macht es so ungeschickt, daß er jedesmal erwischt wird. Mir kommt das vor wie ein Hilfeschrei, aber er läßt sich nicht von uns helfen. Ich bin noch nie einem Menschen begegnet, der so abweisend ist. Und so boshaft. Und zugleich so hilflos und verzweifelt.

Jörg wand sich unter meinem Griff, aber ich hielt fest. Er ließ einen Hagel von Beschimpfungen auf mich los, trat um sich, schlug mit dem Kopf nach mir. Ich sagte: „Was soll denn das, Jörg? Warum hast du hier unten Feuer gelegt?“ Er schimpfte weiter. Ich muß seinen Wortschatz bewundern. Er ist begabt, der Junge, ohne Zweifel ein Sprachgenie. Ich fragte: „Wen willst du damit bestrafen? Den Rektor? Die Schule? Oder dich selbst?“

Da wurde er schlaff unter meinen Händen. Er rutschte in sich zusammen. Ich dachte: „Der ist erst mal fertig!“ und ließ locker. Da hatte ich mich aber verrechnet! Kaum kriegte er Luft, da boxte er mir in den Magen und stieß mir den Kopf unters Kinn. Wir rauften weiter, bis die Tür aufgerissen wurde: Der Rektor und der Hausmeister standen da. Durch den Gang hallte die Feuersirene; der Rauchmelder hatte Alarm ausgelöst. Wahrscheinlich war die Feuerwehr auch schon unterwegs.

Ich überschlug blitzschnell die Kosten: 250 Mark für einen Löschzug muß man schon rechnen. Jörg fliegt von der Schule. Welches andere Gymnasium wird ihn noch nehmen mit seinem „Sündenregister“? Schlechte Chancen. Armer Kerl.

„Christian, du bist das?" fragte der Rektor. Er ist mit Paps befreundet, deshalb duzt er mich.

„Jawohl, der saubere Christian", rief Jörg, und seine Stimme klang höhnisch. „Ich habe ihn dabei erwischt, wie er ein Feuer gelegt hat. Hier drüben, gleich neben dem Öltank."

So eine Unverschämtheit! Aber ich hatte keine Sorge. Ich sah es dem Rektor an, daß er Jörg nicht glaubte.

„So wie ich Christian kenne, hat er noch nicht mal ein Feuerzeug in der Tasche", lächelte er. „Unser leidenschaftlicher Nichtraucher." Seit mein Paps in der Schule einen Vortrag darüber gehalten hat, wie unvernünftig und schädlich das Rauchen ist, haben einige Lehrer damit aufgehört. Und von den Schülern werde ich kräftig aufgezogen. Aber das stört mich nicht. Ich stehe dazu. Ich muß nicht qualmen, um mich stark zu fühlen.

„Täuschen Sie sich da bloß nicht", kreischte Jörg und griff mir in die Hosentasche. Er fingerte tatsächlich ein Feuerzeug heraus. Ich hatte das Ding vorher noch nie gesehen; Jörg muß es mir zugesteckt haben.

„Da, hier ist der Beweis! Er hat den Brand gelegt, und wär' ich nicht rechtzeitig dazugekommen, dann gute Nacht!"

Der Hausmeister lief nach oben, um die Feuerwache anzurufen – vielleicht konnte er noch rechtzeitig Entwarnung geben. Der Rektor trat ganz nahe an mich heran.

„Christian, ich weiß, daß du nicht lügst. Wie war das mit dem Feuer?"

Ich sah zu Jörg hinüber, sah seine Verzweiflung, seine Angst, seinen Haß. Und auf einmal war der ganze Zorn weg. Ich konnte Jörg nicht verraten. Unsere Schule ist seine letzte Chance. Wenn er hier rausfliegt, hat er keinen mehr, der sich um ihn kümmert.

„Christian, sag die Wahrheit!“ drängte der Rektor. Er schaute von Jörg zu mir, aber ich schwieg.

„Du warst es nicht, es war der andere, nicht wahr?“ Ich biß mir auf die Lippen. Der Rektor ließ die Schultern hängen, dann wandte er mir den Rücken zu und sagte gepreßt: „Hauser, du hast mich schwer enttäuscht. Bestell deinem Vater, er soll mich anrufen. Geht jetzt in eure Klasse.“ Jörg blitzte mich triumphierend an, und auf einmal war ich furchtbar müde.

Als wir in den Flur traten, stand die ganze Klasse oben versammelt. Ich weiß nicht, wieso, wahrscheinlich hatte der Hausmeister geredet. Vio lehnte gleich als erste am Geländer. Jörg stolzierte die Stufen hinauf und zischte ihr zu: „Einen tollen Freund hast du dir geangelt. Er wollte die Schule anzünden!“ Die anderen schwiegen. Sie sahen zu mir herab, neugierig, fassungslos, ungläubig. Die Treppe kam mir unendlich steil vor. Eiger-Nordwand. Ich ließ den Kopf sinken. Wie fühlt man sich, wenn man die Schuld eines anderen trägt? Erbärmlich. Elend. Mies. Überhaupt nicht wie ein Held. Aber es tat mir trotzdem nicht leid. Es war richtig gewesen.

Dann stand Vio neben mir. In ihren Augen las ich keine Frage, keinen Vorwurf. „Komm!“ sagte sie. „Du mußt dich erst mal waschen!“ Wie wahr! Ich sah aus wie ein Statist aus einem Kriegsfilm: die Hände schwarz, das Gesicht rußverschmiert, Blutspuren am Kinn – der linke obere Schneidezahn wackelte – mein rostrotes T-Shirt hatte einen Riß am Hals. Aber Vio schämte sich nicht. Sie reichte mir ein Päckchen Tempo-Taschentücher und kramte Nadel und Faden aus ihrem Schulrucksack. Mit drei, vier Stichen zog sie das Loch leidlich zusammen, während ich mich im Waschraum säuberte. Als sie mir das Shirt zuwarf, lachte sie: „Hier, Majestät. Ihr Krönungsmantel!“

Blitzartig fiel mir eine Szene ein von einem, dem man eine Purpurdecke umgeworfen hatte, um ihn zu verspotten. Aber Vio war kein Pilatus; sie würde mich nie der Meute ausliefern. Und da konnte ich mitlachen.

„Na also! Jetzt kann man dich wieder auf die Menschheit loslassen!“ sagte sie und nahm mich an der Hand.

Der Sozilehrer wußte schon Bescheid, als ich etwas später in die Klasse kam. Er ließ sich über den modernen Terrorismus aus und erklärte, welche Gruppen vor allem mit Brandbomben arbeiten, wie man sie bastelt und womit man sie löschen kann. Er spickte seinen Vortrag mit anzüglichen Bemerkungen: „Wir haben ja einen Spezialisten hier“, und „Nomen est omen“, womit er meinen Spitznamen meinte. Die Klassenkameraden schauten an mir vorbei, als wär ich gar nicht da. Keiner sagte ein Wort zu mir, der Jörg hatte ganze Arbeit geleistet. Und ich wunderte mich, wie schnell die Gunst der Masse umschlägt; gestern war ich noch als Klassenbester anerkannt – heute bin ich ein Terrorist, den alle verachten.

Nur Vio hält zu mir. Als es zum Schulschluß gongte und der Lehrer seine Blätter einsammelte, sagte sie halblaut: „Wer nur einen Funken Menschenkenntnis hat, der weiß, wer der Brandstifter ist.“ Jörg fuhr auf, als hätte man ihn mit einer glühenden Nadel gestochen. „Was willst du damit sagen?!“

Vio sah ihm gerade in die Augen. Er konnte ihren Blick nicht aushalten, sondern drehte sich weg. Und auf einmal fühlte ich mich, als wär ich ein Korken, der mit

Schwung aus dem engen Flaschenhals ins Freie springt: Plopp. So froh und leicht.

Paps war ziemlich geschockt, als er von der Brandgeschichte erfuhr. Als Junge hatte er anderen oft Streiche gespielt. Nun fürchtete er wohl, das hätte sich auf mich vererbt. Aber Mam blieb ruhig. Sie weiß, ich habe es nicht nötig, mich durch solche Aktionen wichtig zu machen; das ist nicht mein Stil. Sie hat auch sofort verstanden, warum ich mich für Jörg einsetze.

Paps beruhigte sich bald wieder, denn die 250 Mark für die Feuerwache und die beiden verbrannten Dekken bezahle ich von meinem Sparkonto. Eigentlich wollte ich mir ein Mountain-Bike kaufen, aber das muß eben noch warten. Mein Zahn wird auch etwas kosten; ich hoffe, das übernimmt die Krankenversicherung. Und was meinen guten Ruf in der Schule betrifft, hatte Paps auch gleich einen schlauen Spruch auf Lager: „Ist der Ruf erst ruiniert, lebt es sich ganz ungeniert."

Na ja, das war mein Tag. Und wenn mich einer fragen würde, was ich heute am aufregendsten fand, dann sage ich ohne Zögern: Violas Augen in der Deutschstunde. Augen wie ein Brunnen. Diesen Blick werde ich nie vergessen. Das ist ein Mädchen! Aber eins wüßte ich doch zu gern – was hat der Lehrer bloß gefragt?

Was will ich mehr?

Ich bin glücklich. Eine Million im Lotto gewinnen ist nichts dagegen. Heute hat mir Chris vor versammelter

Klasse eine Liebeserklärung gemacht. Keine Ahnung, was er sich dabei dachte. Dabei war er in den letzten Tagen reichlich kühl zu mir. Und ich laufe ihm nicht nach. Ich war genauso cool und hab ihn behandelt wie einen Halbfremden. Dabei hatte ich innen schon einen Knoten, weil mir Chris so viel bedeutet. Wie viel, das wurde mir heute so richtig klar. Und das kam so: Es war im Unterricht – Deutsch – einigermaßen langweilig wie immer. Auf einmal schaute Chris mich an, und ich schaute zurück, und da hatte ich das Gefühl, als würden wir uns regelrecht aneinander festsaugen. So was hab ich noch nie erlebt. Mir lief ein kalter Schauer den Rücken rauf und runter. Ich weiß nicht, wie lange das so ging. Jedenfalls hatte der Lehrer was gemerkt und sagte zu Chris: „Na, junger Mann, Sie treiben ja äußerst intensive Charakterstudien!“ Chris gab keine Antwort, er schaute immer noch zu mir rüber. Da stellte sich der Lehrer ganz dicht vor ihn hin und fragte: „Sie sind wohl total verschossen? Hin und weg. Ja, Hauser, Sie sind gemeint!“ Und Chris sprang hoch, salutierte zackig und rief: „Melde gehorsamst, daß ... Ja, Herr Hauptmann!“

Die Klasse brüllte vor Lachen, aber das war mir egal. Chris liebt mich! Er hat es laut gesagt! Er hatte ja gar nicht Schluß gemacht, damals im Auto! Wie konnte ich nur so dumm sein! Ich habe wirklich keine Ahnung von der Liebe.

Nachher ist noch was passiert. In der Pause ging Jörg ganz nah an mir vorüber und knurrte mich an: „Das wirst du noch bereuen!“ Ich wußte nicht, was er meint. Sandra vermutet, der Jörg hätte sich Hoffnungen auf mich gemacht. Nur weil ich ab und zu mit ihm rede.

Dann fand Chris einen Zettel auf dem Pult; er sollte etwas im Keller erledigen. Er rannte gleich weg und kam lange nicht zurück. Irgendwie hatte ich ein mulmiges Gefühl, und als dann die Feuerglocke durch die Gänge schrillte, stieg Panik in mir hoch. Wo war Chris? Und wo war Jörg?

Der Hausmeister hastete vorüber und rief uns über die Schulter zu: „Der Hauser hat im Keller Feuer gelegt!" So ein Quatsch! Chris als Brandstifter! Warum sollte er so etwas Verrücktes tun? Am liebsten wäre ich gleich die Treppe runtergestürmt – vielleicht brauchte Chris Hilfe? Vielleicht war er in Gefahr? Oder verletzt?

Dann kam Jörg die Stufen herauf – wie Batman persönlich. Ich sah ihn an, und mir wurde übel, so hochmütig war das Gesicht, das er zog. Aber dann entdeckte ich etwas in seinen Augen, was ich nie vermutet hätte – Angst und Trauer. Er wirkte wie ein kleines, verlorenes Kind. Und da konnte ich ihm nicht böse sein – ich darf doch nicht zerstören, was Chris aufbauen will. Jörg braucht Menschen, die ihn mögen. Sonst kommt er nie aus seiner Rille. Sonst wird er immer andere beneiden, dumme Streiche aushecken und dann in Selbstmitleid baden. Wir müssen ihm helfen.

Trotzdem wurmt es mich, daß Chris als Zündelheini dasteht, oder wie unser Deutschlehrer sagen würde: „Psychopathischer Pyromane." Er war es nicht! Ich habe überlegt, ob ich mit dem Rektor reden soll. Aber ich kann nichts beweisen. Außerdem wäre es für Jörg schlimm, wenn die Wahrheit herauskäme. Dann hab ich mir das Telefon geschnappt und einfach bei Hausers angerufen.

Frau Hauser war am Apparat. Sie weiß, daß Chris unschuldig ist. Und sie meint, wir sollten es lassen, wie es jetzt ist.

„Chris hat das auf sich genommen. Absichtlich und bewußt. Das wird ihn nicht umbringen. Mit dem Rek-

tor werden wir uns einigen. Ich glaube, er ahnt etwas." Und dann lud sie mich für Sonntag ein: Ich darf mitwandern im Odenwald. Ich freu mich so! Einen ganzen Tag lang Chris! Aber ein bißchen Herzklopfen hab ich auch. Immerhin ist Herr Hauser Professor. Und ich weiß nicht, wie das ist: Familie. Eine richtige Familie mit Vater, Mutter, Schwester und Bruder. Ach, sie werden mich schon nicht fressen! Chris ist da, und was hat er gesagt? „Melde gehorsamst, daß ... Ja, Herr Hauptmann!" Was will ich mehr?

Fühlt sich an wie Seide

Das Glück hat einen Namen: Viola. *Viola.* Ihr Name kreist in meinem Denken wie ein Ohrwurm, wie eine Melodie, die man nicht mehr los wird. Habe ich vorher überhaupt gelebt? Oder bin ich heute erst geboren worden?

Wir sind um 9 Uhr losgefahren, haben Vio abgeholt. Sie stand schon an der Tür, als ich hupte. Jawohl, ich saß am Steuer und Paps mit Luchsaugen daneben. Er war beeindruckt, daß Vio sofort herunterkam. Er sagte: „Alle Achtung, endlich mal eine Frau, auf die man nicht warten muß!" Mam und Katrin protestierten, weil sie es hassen, wenn Paps verallgemeinert. Paps denkt normalerweise auch nicht in Schubladen – „die Frauen" oder „die Türken" oder „die Politiker". Für ihn ist jeder Mensch ein Einzelstück. Einmalig. Nicht zu ersetzen. Aber es macht ihm trotzdem Spaß, unsere „Frauen" ein bißchen zu necken. Aus Liebe natürlich.

Vio sah hinreißend aus. Sie hatte eine neue Jeans an und ein Shirt, das sie selbst bemalt hat: ein Leuchtturm, zwei Klippen, drei Möwen und jede Menge dunkelblaues Meer. Das Haar hatte sie mit einem Seidentuch zusammengebunden. Und ihre Augen tanzten, als sie mich ansah. Es war gut, daß Vio hinten sitzen mußte, sonst wäre ich bestimmt von der Fahrbahn abgekommen.

Katrin und Mam verwickelten Vio sofort ins Gespräch, aber nicht so, daß es auffiel. Es kam ganz natürlich. Sie mögen sich, die drei. Paps sagte nichts, was bei ihm selten vorkommt. Er lächelte öfter mal vor sich hin.

Dann waren wir endlich am Naturpark angekommen. Wir holten unsere Rucksäcke mit dem Proviant, füllten die Trinkflaschen an der Quelle – Paps besteht darauf, daß wir regelmäßig Wasser trinken, wenn wir wandern, man hält dann länger durch. Zuerst gingen wir alle fünf nebeneinander. Aber dann wurde der Weg schmal. Vio kam zu mir nach hinten; keine Ahnung, wie sie das geschafft hat. Zuerst unterhielten wir uns über die Schule und über das Wetter und tausend unwichtige Dinge. Dann kam eine steile Stelle, da hatte ein Erdrutsch den Weg weggerissen. Ich sprang voraus und reichte ihr die Hand zur Stütze. Sie strahlte auf wie die Festbeleuchtung an Weihnachten! Als der Weg dann wieder breit wurde, vergaß sie ihre Hand in meiner ... Mir wurde warm dabei, und auf einmal fiel mir nichts Vernünftiges mehr ein. Also haben wir geschwiegen und uns ab und zu angelächelt.

Mittags haben wir auf „unserer" Waldwiese gerastet. Mam packte das Essen aus, Vollkornbrötchen und Erdbeeren und einen Obstkorb – groß wie ein Elefantenschädel. Katrin vertiefte sich in ihr Referat, das sie am Montag halten muß – ihr armen Studenten, wann lebt ihr eigentlich? –, und Paps und Mam machten es sich auf der Decke gemütlich. Ein Vogel hatte sich am Fußende der Decke verewigt, und Paps mußte natürlich wieder seinen Wilhelm Busch zitieren: „Pitschkleck – ein Schreck – im Buch ein Fleck, erleichtert fliegt das Vöglein weg."

Viola lachte. Paps scheint sie sehr zu beeindrucken. Mich juckte es in den Füßen, als hätte ich tausend Ameisen in den Socken – diese Herumliegerei war einfach langweilig; zumal Vio am anderen Ende der Decke hockte. Ich sprang auf: „Vio, hier in der Nähe gibt es eine Quelle. Hast du Durst? Dann können wir dort unsere Flaschen auffüllen!" Ich fürchtete nur, daß Paps einwenden könnte: „Gleich nach dem Essen trinkt man nicht!" oder „Bloß kein Wasser auf das Obst gießen!" Er hat ja recht, bloß in diesem Fall ... Aber Paps war anderweitig beschäftigt. Er flirtete gerade mit Mam.

Vio stand auf und kam mit mir. Wir mußten durchs Unterholz kriechen, über den Bach springen, auf Baumstämmen balancieren. Vio kann das sehr gut. Sie bewegte sich wie eine Tänzerin auf dem schmalen Balken. In einem uralten Buch habe ich ein Wort gelesen, das Vio treffend beschreibt: Anmut. Irgendwann muß ich ihr das einmal sagen. Hoffentlich werde ich dabei nicht rot.

Dann hatten wir die kleine Lichtung erreicht. Wir fanden die Quelle; sie ist immer noch so rein wie beim letzten Mal. Das Wasser sprudelt über einen Sandstreifen und ist glasklar. Vio schaute hinein, und ich lugte über ihre Schulter. Als sich unsere Blicke trafen, ging es mir wie ein Stromschlag durch und durch. Ich konnte nicht anders – ich mußte sie in den Arm nehmen. Sie lehnte sich mit dem Kopf unter mein Kinn, als wollte sie erst Mut schöpfen. Dann hob sie mir ihr Gesicht entgegen. Ich ging eine Weile mit den Augen darin spazieren. Sollte das wirklich mir gehören? Durfte ich diese Stirn küssen, oder sogar – ihren Mund? Ich wagte es kaum. Unsere Lippen berührten sich, und da stieg es in mir hoch wie eine heiße Woge. Es begann zu rauschen in meinem Kopf, und ich packte Vio so fest, daß sie stöhnte. Da kam ich wieder zu mir – was hatte mir Katrin noch gestern abend eingehämmert?

„Hüte dich davor, den Kopf zu verlieren! Du mußt dich immer im Griff haben." Und noch etwas anderes fiel mir ein: „Liebe heißt, den anderen glücklich machen. Vergiß nie über deinem eigenen Glück die Gefühle deiner Partnerin."

Ach, das ist leicht gesagt. Ich muß gestehen, ich war berauscht – trunken vor Glück, die Wirklichkeit war nur noch eine Kulisse für den lauten Gesang in meinen Adern.

Vio hatte die Augen geschlossen, als ich mich behutsam von ihr löste. Ich wußte nicht, was sie dachte. Wir setzten uns ins warme Moos am Bachufer. Nach einer Weile ließen wir uns zurücksinken. Eine Hummel brummte im Heidekraut. Über uns schwankte die Kiefer sachte hin und her. Der Himmel war tiefblau, nur selten segelte eine Wolke darüber hin. Ich hätte endlos so liegen können, Vios Kopf auf meiner Brust, ihre Haarsträhnen an meinem Hals. Wir haben nicht geredet, wollten diese schöne Stunde nicht zerstören durch nichtssagende Worte. Dann ein Pfiff: Paps rief zum Aufbruch. Wir rappelten uns hoch. Vio hob das Seidentuch auf – ihr Pferdeschwanz hatte sich längst in eine Mähne verwandelt – und knotete es um unsere Handgelenke. So gingen wir zurück zu den anderen. Wir gingen wie im Traum.

Paps sagte nichts, und auch die anderen schwiegen auf dem Rückweg. Als ich die Fahrertür aufschließen wollte, schüttelte er den Kopf und wies nach hinten. Wie gut er sich in mich hineindenken kann! Wir saßen ganz dicht nebeneinander. Katrin hätte Walzer tanzen können auf ihrer Seite, soviel Platz haben wir ihr gelassen. Als Vio aus dem Wagen stieg, war mir, als hätte sich die Sonne verdunkelt. Dabei war es erst halb sechs. Viola. Morgen sehe ich sie wieder. Erst morgen. Noch zwölf lange Stunden. Wie halte ich das bloß aus?

Übrigens: es fühlt sich wirklich an wie Seide, ihr Haar.

Ein Stück vom Paradies

Der Tag wurde ganz anders, als ich dachte, aber ich bin glücklich. Ich sitze hier draußen auf dem Balkon, damit ich Chris ein paar Meter näher bin. Vielleicht kommt er noch einmal vorbei – heute wird Vollmond sein. Ach, ich bin ja verrückt. Chris wird Muskelkater haben nach diesem Marsch. Ich hoffe, er legt sich in die heiße Badewanne und schläft sich aus. Das ist viel besser als Mondscheinspaziergänge. Obwohl – schön wär's schon. Eine laue Nacht, der Wind zaust die Trauerweide vor meinem Fenster, ein warmer Wind.

Ja, die Familie Hauser ist in Ordnung. Chris weiß gar nicht, wie gut er es hat – ein Vater, der wirklich da ist, dessen Name nicht nur auf dem Geburtsschein steht. Eine Mutter, die Verständnis hat und Interesse. Eine Schwester, mit der man über alles reden kann. Jedenfalls sieht sie so aus. Sie ist auch rothaarig, und es steht ihr. Sie trägt eine runde Brille und hat jede Menge Som-

mersprossen auf der Nase. Sie wirkt lustig, aber ich merke, sie kann auch sehr ernst sein. Bestimmt lästert sie nicht über andere Leute wie die Mädchen in meiner Klasse. Ob sie weiß, wie man Jörg helfen kann?

Die Mutter gefällt mir auch gut. Ich kenne sie ja schon ein bißchen. Sie hat mir jedesmal lieb zugelächelt, wenn wir uns anschauten. Einmal erwischte ich mich bei der Vorstellung, wie schön es sein müßte, auf ihrem Schoß zu sitzen. Ich, ein siebzehnjähriges Mädchen, und, wie alle aus meiner Klasse bestätigen können – „restlos cool". Ich kenne mich selber nicht mehr wieder.

Vor Herrn Hauser habe ich großen Respekt. Er hat nicht viel gesagt, aber er schaute mich öfter sehr nachdenklich an. Nicht so, als würde er mich abschätzen. Eher so, als wollte er in mir lesen. Ich war etwas unsicher in seiner Nähe. Ich weiß nicht, was man mit Vätern anfängt. Und er ist so anders als die Männer, die meine Mutter anschleppt.

Und Chris? Chris ist wunderbar. Zuerst fuhren wir mit dem Auto ein langes Stück. Ich saß hinten und konnte seine klugen Augen im Rückspiegel sehen. Ich glaube, er hat mehr nach hinten geguckt als auf die Fahrbahn. Dann sind wir losgewandert. Katrin hat mit mir geredet, das war schön. Aber ich wäre auch gern mit Chris zusammengewesen.

„Wo er nur immer steckt?!" dachte ich. Ich hab mich dann gebückt, um mir den Turnschuh neu zu binden, bis alle an mir vorbeimarschiert waren; Chris war der letzte. Endlich!

Wir haben geplaudert, was man halt so sagt, wenn man noch ein bißchen verlegen ist und sich nicht traut, die drei Worte herauszulassen, die schon hinter den Schneidezähnen Schlange stehen: „Ich liebe dich! Ich liebe dich!" Aber so was kann man ja nicht sagen, wenn man ein Mädchen ist. Da muß schon der Junge den Anfang machen, oder?

Also, wir wanderten, bis mir die Sohlen glühten. Zum Glück kam eine gefährliche Stelle. Der Weg hörte einfach auf und ging erst nach 2 Metern drüben weiter, dazwischen ein Riß im Berg. Chris machte einen Panthersatz zur anderen Seite und reichte mir die Hand. Er ist so ritterlich! Ich fand es gut, daß er sich nicht gleich wieder zurückzog. Hand in Hand mit ihm – das ist schön! Ich hätte singen können, aber ich habe mich nicht getraut. Noch nicht.

Mittags machten wir Rast. Frau Hauser hatte fantastische Brötchen gebacken. Ich könnte mich daran totessen! Bei uns gibt es nur schnelle Küche, und das ist auf die Dauer nichts Handfestes. Man sieht es den Hausers an, daß sie wissen, wie man mit seinem Körper umgeht. So was interessiert mich. Ich habe es satt, ewig mit Kopfschmerzen rumzuhängen.

Dann bin ich mit Chris zu einer Quelle gegangen. Dort war es unsagbar romantisch. Wenn es wirklich ein Paradies auf der Erde gegeben hat, dann muß es dort gewesen sein. Ich hatte das Gefühl, als wäre ich nach Hause gekommen. Und dann hat Chris mich geküßt. Seine Lippen waren wie zwei sonnenwarme Rosenblätter, so zart.

Ich dachte: „Das erlebst du gar nicht wirklich. Das ist ein Traum. Nur nicht bewegen, sonst wachst du auf!"

Aber es war kein Traum. Chris wurde leidenschaftlich. Da bekam ich fast ein bißchen Angst, er würde davongaloppieren und mich allein zurücklassen; aber dann erinnerte er sich wieder an mich. Wir haben lange auf dieser Lichtung gelegen, Arm in Arm, und ich wuß-

te: Hier will ich nie mehr fort. Ich preßte die Augen zu und wünschte mir ganz fest, daß Chris und ich ein Paar werden. Ich glaube, wenn man etwas will, mit aller Kraft will, dann geschieht es auch. Und dann dachte ich mir ein Orakel aus: Wenn Chris genau in drei Sekunden über mein Haar streicht, bleiben wir für immer zusammen. Und tatsächlich hat Chris genau im richtigen Moment mein Haar gestreichelt. Jetzt weiß ich es – wir werden ein Paar. Damit er es auch weiß, hab ich uns das Seidentuch um die Hände gewickelt. Seide bindet nämlich. Für alle Zeit und Ewigkeit.

Aber jetzt, zu Hause, habe ich noch mal nachgedacht, ob das mit dem Orakel nicht nur Zufall gewesen sein könnte. Ich habe mir noch eins ausgedacht, zur Sicherheit. Ob es sich erfüllt?

Es ist schon nach zwölf, der Mond hat sich hinter dem Hochhaus verkrochen. Der kommt heute nicht mehr raus – und Chris? Ich bin gespannt.

Rose mit Dornen

Heute habe ich glatt verschlafen. Kein Wunder, nach diesem Tag. Außerdem bin ich in der Nacht dreimal an Vios Haus vorbeigewandert, um eins, um zwei, und dann um drei. Ich konnte nicht einschlafen, so weit von ihr entfernt. Ich stand lange unter ihrem Balkon, bis mir kalt wurde. Beim dritten Mal warf ich ihr eine Margerite hinauf. Eine Rose wäre stilvoller gewesen, aber wir hatten keine im Garten. Margeriten sind auch hübsch, sie haben so fröhliche Blumengesichter. So wünsche ich mir unsere Freundschaft: offen, klar und hell.

Beim Frühstück meinte Paps: „Verliebtheit ist ein pathologischer Zustand, der einer Geisteskrankheit zum Verwechseln ähnlich sieht." Mam mußte lachen, und Katrin wurde dunkelrot, weil sie dachte, Paps hätte ihr was angemerkt. Da gibt es nämlich einen Assistenzarzt in seiner Klinik, der sie öfter mal anruft. Ich nenne ihn den „Mond", weil er sie umkreist wie der Mond die Erde – in gebührendem Abstand, mal näher, mal weiter weg. Aber Paps hatte Katrin gar nicht gemeint. Er sagte weiter: „Unser lieber Christian nachtwandelt bei Vollmond. Und zwar die ganze Nacht. Das war heute ein Getrappel auf der Treppe!“

Dabei war ich so leise gewesen. Extra auf Strümpfen, die Schuhe in der Hand. Aber ich weiß schon, die dritte Stufe ist schuld daran, die knarrt immer.

Mam lächelte mir zu. Sie kann sehr ironisch sein, aber wenn mir etwas wichtig und heilig ist, dann spottet sie nicht darüber. Nie!

Nach einer Weile fragte sie mich: „Hast du heute abend ein Stündchen Zeit? Oma feiert ihren 70. Geburtstag; da wollen wir hin. Katrin läßt ihren Nähkurs ausfallen, und Paps hat schon den Dienstplan umgestellt.“

Ausgerechnet heute! Obwohl – morgen wäre es dasselbe, ich möchte jetzt immer abends mit Vio zusammensein. Wenn sie will. Andererseits würde Oma enttäuscht sein, wenn ich nicht käme. Ich hänge an ihr; sie hat mir früher immer so spannende Geschichten erzählt. Ich wollte beides: Oma eine Freude machen und mit Vio zusammensein.

„Und wenn ich Vio einfach mitbringe?“ überlegte ich. Mam zuckte die Achseln. „Frag Oma.“

Das war die Lösung – ein Anruf, und der Abend ist gerettet! Ich wollte schon aufspringen, da ermahnte mich Paps – nach dem Motto „Erinnerungen an die Wirklichkeit“: „Sprich erst mal mit Viola. Du kannst doch nicht einfach über sie verfügen!“ Ach ja. Es ist doch gut, wenn man Eltern hat, die mitdenken.

Leider kam ich zu spät zum Unterricht, aber weil mir das sonst nie passiert, drückte der Deutschlehrer ein Auge zu. Vio sah müde aus, hatte dunkle Ringe unter den Augen. War sie krank? Irgendwas bedrückte sie. Als sie mich sah, lächelte sie ihr Vio-Spezial-Lächeln, bis man das Grübchen sah. Ehrlich gesagt habe ich heute nicht viel vom Unterricht mitbekommen. War wie in Trance und schaute nur immer zu ihr hinüber. Dann kam Englisch. Der Lehrer kommandierte: „Hefte und Bücher weg, wir schreiben einen Test." Auweia! Und ich hatte gestern abend noch lernen wollen! Mein Tischnachbar sah mich am Kuli knabbern und schob mir hilfsbereit sein Heft entgegen. Aber soweit erniedrige ich mich nicht! Lieber eine ehrliche Fünf als eine geschummelte Zwei. Das kann wohl keiner verstehen. Die anderen in der Klasse finden mich da verbohrt und engstirnig. Aber für mich ist das eine Frage der Ehre.

„Ehrlichkeit ist die kleine Schwester der Ehre", sagt Paps, und das sehe ich genauso. Ein paar Vokabeln wußte ich noch, weil ich letzte Woche im Unterricht gut aufgepaßt hatte.

Nach dem letzten Klingeln wollte ich zu Vio hin, aber Jörg schnitt mir den Weg ab. Er schaute zu Boden und sagte leise: „Du, das mit letzter Woche, das ... das tut mir leid." Auf einmal perlte es wie Sprudel in mir hoch, bis in mein Gesicht und in die Augen: Freude! Ich konnte nicht anders, ich hatte ihn in diesem Augenblick gern. Einfach gern. Das muß er gemerkt haben, denn nun sah er mich offen an.

„Wenn ich in den Sommerferien einen Job kriege, dann zahle ich dir das Geld zurück." Zuerst wollte ich ablehnen, aber dann dachte ich, warum eigentlich nicht? Auch er hat seine Ehre.

„Ist in Ordnung", sagte ich lächelnd. Er lächelte zurück. Dann wurde er wieder ernst.

„Und dein Zahn?"

Ich sagte: „Weißt du, die Zahnärzte wollen auch leben. Jetzt laß dir mal deswegen keine grauen Haare wachsen." Jörg seufzte erleichtert und nahm die Schultern zurück. Eigentlich macht er eine ganz gute Figur, wenn er gerade steht.

„Nächsten Mittwoch hab ich Geburtstag. Da würde ich dich gerne einladen. Vielleicht noch ein paar andere aus der Klasse – und Vio."

Zuerst freute ich mich. Das waren ja ganz neue Töne! Er suchte Freundschaft – die sollte er haben. Aber ein Wörtchen verhakte sich in meinem Hirn: Vio.

Was hatte er mit Vio zu schaffen? Womöglich war er auch in Vio verliebt? Jörg und ich als Rivalen – zum Lachen! Zum Weinen! Und jetzt lud er uns beide zu seiner Party ein.

Hoffentlich ist das kein fauler Trick, um mir die Vio auszuspannen, dachte ich.

„Vio hat schon zugesagt!" beteuerte er, und er sagte das so selbstsicher, daß ich einen schalen Geschmack im Mund bekam. Plötzlich war alle Freude verflogen, und ich fühlte mich ausgepumpt und leer.

„Mal sehen", sagte ich lahm, „ich werde es mir überlegen."

Wir hatten ein Stück gemeinsamen Heimweg, Vio und ich. Am liebsten hätte ich sie in den Arm genommen, aber vor den anderen? Nein. Daß wir uns so nahe sind, das geht niemanden etwas an. In der U-Bahn konnte ich ganz unauffällig ihre Hand halten – zwischen den Sitzen. Es macht Spaß, ein Geheimnis zu haben.

Ich fragte: „Vio, hast du heute abend Zeit für mich?" Sie nickte.

„Natürlich. Alle Zeit der Welt."

Fantastisch. Nächste Hürde: „Vio, heute abend feiert meine Oma ihren Siebzigsten. Sie hat uns eingeladen." Vio war überrascht.

„Mich auch?"

Ich sagte: „Ja, dich auch", obwohl ich das noch gar nicht wußte. Etwas mulmig war mir dabei – normalerweise halte ich mich an die Wahrheit, aber das hier war für einen guten Zweck. Oder etwa nicht?

„Ich komme gern! Ich schwärme für Familienfeiern", meinte Vio.

„Na ja, du hast vielleicht noch nicht so viele ertragen müssen wie ich", seufzte ich, aber im Grunde macht mir so was auch Spaß. Wir verabredeten uns für sieben Uhr, und ich war erleichtert. Jetzt mußte ich nur noch Oma überreden.

Dann kam Vio auf Jörg zu sprechen. „Es hängt viel davon ab, wie wir diese Chance nutzen. Wir müssen ihm zeigen, daß wir ihn mögen. Wollen wir ihm zusammen ein Geschenk kaufen?"

Sie hatte ja auf einmal eine Riesensympathie für diesen Knaben.

„Ich dachte immer, er geht dir auf die Nerven?" forschte ich, aber Vio überhörte es taktvoll.

„Vielleicht schenken wir ihm ein Buch über Fotografie, das interessiert ihn", schlug Vio vor.

Ja, und eine Torte! Und eine teure Geburtstagskarte! Einen Orchideenstrauß! Womöglich noch mit Schleife! In meiner Schläfe hämmerte ein Specht.

„Woher weißt du so genau Bescheid über seine Hobbys?" bohrte ich.

„Das hat er mir mal erzählt. Weißt du, er hat fast niemanden, mit dem er reden kann. Alle weisen ihn ab."

„Kein Wunder, wenn er immer so ungepflegt rumläuft", knurrte ich und zog meine Hand aus ihrer.

Jörg, immer nur Jörg. Jawohl, ich will ihm helfen.

Ich möchte ihn gernhaben. Aber warum mußte sich Vio da reinhängen? Ich ging zum Angriff über.

„Hör mal, wie wäre das, wenn ich allein zu seiner Geburtstagsparty ginge?“

„Wieso denn das – ich bin doch auch eingeladen?“

„Na ja, du gehst doch nur hin, damit er aufgebaut wird. Das kann ich doch auch allein. Da kannst du dir die Mühe sparen.“ Oh nein, wie plump!

„Chris, was ist auf einmal mit dir los?“

Ich schwieg eine Weile. Dann platzte ich heraus: „Ist das so schwer zu begreifen? Er ist in dich verliebt, und ich möchte nicht, daß du zu ihm hingehst.“

„Hör mal, du verfügst ja richtig über mich. Wir sind hier nicht im Orient, wo die Männer ihre Frauen herumkommandieren.“

„Ich will dich doch nicht ... ich möchte nur ... ach, egal, reden wir über was anderes.“

„Nein, reden wir über nichts anderes.“ Ihre Stimme – ein hoher Diskant, wie meine Fahrradklingel. Sie holte tief Luft. Allegro furioso: „Das muß geklärt werden, ein für allemal. Wenn ich irgendwo hingehen will, dann gehe ich auch.“ Fortissimo. „Da lasse ich mir von dir nicht reinreden. Ist das klar?“

Mannomann, war mir das peinlich! Die Leute drehten sich nach uns um. Eine Dame im besten Alter mischte sich ein: „Bravo, laß dir nur nichts von ihm gefallen. Alles Machos, die Männer von heute. Und dann noch gefärbtes Haar!“

Vios Zorn hatte ein neues Ziel gefunden. „Nein, es ist echt, der ganze Kerl ist übrigens echt, und Sie halten sich da gefälligst raus, ja?“

Ich hatte Vio noch nie so wütend gesehen. Ich legte ihr die Hand auf den Arm, aber das war wohl falsch.

„Laß deine Finger weg!“ fauchte sie. Und bis zum Aussteigen redeten wir kein Wort miteinander. Dann sagte ich: „Vio, komm, wir vertragen uns wieder.“ Aber sie war immer noch knurrig.

„Wenn deine Oma genauso ist wie du, dann verzichte ich auf diese Feier.“

Es war zum Lachen, aber ich ärgerte mich darüber und sagte: „Also gut, dann eben nicht. Dann gehe ich heute abend allein.“ Drehte mich um und ließ sie stehen. Am liebsten wäre ich gleich wieder umgekehrt und hätte sie in den Arm genommen. Aber da hab ich auch meinen Stolz.

Der Nachmittag war fürchterlich. Ich konnte mich auf nichts konzentrieren. Ich dachte nur an Vio, grübelte darüber nach, was ich unternehmen könnte, damit wir uns wieder versöhnen. Mir fiel nichts ein. *Nichts*.

Gegen fünf rief sie an. Mit einer Kühlhausstimme: „Wenn du Lust hast, kannst du rüberkommen.“

Ich erinnerte sie an die Geburtstagsfeier. Sie sagte: „Du mußt dir überlegen, wer dir wichtiger ist – deine Oma oder ich.“

Ich konterte: „Und du mußt dich entscheiden, wen du lieber magst – Jörg oder mich.“

„Das ist doch gar nicht das Problem. Dem Jörg will ich nur helfen, nichts weiter.“

„Aber du machst ihm schöne Augen“, wühlte ich weiter und hätte mir am liebsten die Zunge abgebissen.

„Und wenn schon – ich bin ja nicht mit dir verheiratet!“ blaffte sie und legte auf.

Der Abend bei Oma war verkorkst. Ich hörte nur mit halbem Ohr zu, was sie erzählte. Das mache ich sonst nie. Bisher war ich der Meinung, daß man dem anderen richtig zuhören sollte. Mit Herz und Hirn und beiden Ohren. Der andere hat ein Recht darauf, denn ich wünsche mir dasselbe von ihm. Aber es ging mir wie ein Mühlrad im Kopf herum: „... *und wenn schon – und wenn schon.*"

„Was ist heute nur mit dir los?" wunderte sich Oma. Mam antwortete an meiner Stelle: „Chris ist verliebt."

„Ach so! Na, dann meinen Glückwunsch. Oder soll ich sagen: Herzliches Beileid?"

Ja. Irgendwie paßt beides. Ich habe mir die Liebe anders vorgestellt. Einfacher. Wie eine Margerite. Aber Vio ist eher wie eine Rose; mit Dornen. Mit vielen Dornen.

Und plötzlich weiß ich, als hätte einer den Vorhang beiseitegezogen, der die Zukunft verhüllt: Ich werde mich an Vio wundreiben. Ich werde mir an ihr das Herz zerfetzen. Es wäre besser, Schluß zu machen. Heute.

Was hat Vio damals im Auto gesagt: „Vielleicht steigst du vorher aus und läßt mich allein weiterfahren?" Jetzt bin ich an solch einer Stelle angelangt. Ich muß mich entscheiden. Aber ich kann nicht. Ich will sie nicht loslassen. Ich hänge fest.

Szenen, Szenen und Theater

Es ist halb elf, und Chris hat nicht mehr angerufen. Ist auch kein Wunder, nach der Szene, die ich ihm gemacht habe. Es tut mir unendlich leid. Warum bin ich bloß so kratzbürstig – das ist doch sonst nicht meine Art? Ich kann es nicht fassen, daß nur ein paar Stunden zwischen gestern und heute liegen, zwischen Himmel und

Hölle. Warum nur? Was ist bloß schiefgelaufen? Habe letzte Nacht nicht geschlafen, sondern mit der Matratze auf dem Balkon gelegen. Gegen drei wurde es lausig kalt, aber ich hielt aus. Keine Spur von Chris. Vielleicht bin ich doch kurz eingenickt, denn auf einmal lag eine Margerite auf dem Boden. Die muß der Wind von einem anderen Balkon heruntergeweht haben. Jedenfalls war ich enttäuscht, daß Chris nicht noch einmal vorbeigekommen ist – nach allem, was wir gemeinsam erlebt haben. Denn ich hatte mir ein zweites Orakel ausgedacht: Wenn sich Chris noch einmal meldet, wenn er abends vorbeikommt, und wenn auch nur auf einen Sprung, dann ist er der Richtige. Der Mann fürs Leben. Aber er ist nicht gekommen. Jetzt hab ich ein Ja und ein Nein. Unentschieden. Auf Orakel ist wohl doch kein Verlaß. Es ist noch alles offen.

In der Schule bekam ich Kopfweh. Muß mich erkältet haben – alles wegen Chris! Der war ziemlich mufflig, verschlafen, möchte wissen warum. Kriegte kaum den Mund auf. Dann der Englischtest. Ich war gespannt, ob Chris auf Andis Heft schielen würde. Hat er aber nicht getan. Ich glaube, er spickt nie. So ein Heiliger ist das! Der meint, er müßte alles richtig machen. Aber wenn er anders wäre, dann wäre er nicht Chris.

Einen Lichtblick gab es doch in der Schule: Jörg. Der war wie ausgewechselt. Er hatte sich sogar die Haare gewaschen. Wir plauderten eine Weile, er war sehr höflich und aufmerksam, und dann lud er mich zu seinem Geburtstag ein. Zusammen mit Chris, versteht sich. Ich habe mich gefreut. Was Chris damals für ihn getan hat, war also doch nicht für die Katz.

Ich dachte, Chris müßte das merken, darüber glück-

lich sein. Aber er war wie vernagelt. Ich wußte lange nicht, was mit ihm los ist, bis mir der Kronleuchter aufging: Er ist eifersüchtig!

Zuerst tat er mir leid. Das muß ja ein gräßliches Gefühl sein. Aber dann fiel mir ein, was Sandra gesagt hat – und sie kennt sich aus, sie hat schon den sechsten Freund in diesem Jahr: „Eifersucht heizt die Liebe an. Mach dich ein bißchen rar. Laß die Männer nicht spüren, wie gern du sie hast. Sie sollen dir nachlaufen, nicht umgekehrt."

Also hab ich es genauso gemacht. Aber es hat nicht funktioniert. Vielleicht ist Chris anders als die anderen?

Mein Theater hat seine Liebe nicht angestachelt, im Gegenteil. Er hat nicht um mich gekämpft, er hat gegen mich gekämpft. Er hat versucht, mir seinen Willen aufzuzwingen. Wenn ich etwas nicht ausstehen kann, dann das.

Wir haben uns richtig gezankt. Ich mag unsere Worte nicht wiederholen, denn ich schäme mich. Mein Stolz soufflierte mir den Text, aber es war die falsche Szene. Ich habe alles verdorben. Ob ich Chris verloren habe? Für immer – verloren?

Medizin gegen Eifersucht

Heute früh nahm ich wieder mal die Bibel zur Hand. Eigentlich ist es eine kleine Bücherei aus 70 Einzelbüchern. Mich fasziniert es, wie so viele unterschiedliche Autoren in so verschiedenen Epochen doch immer wieder zum gleichen Schluß kamen: „Wir Menschen können aus eigener Kraft nicht gut sein. Wir brauchen einen, der über uns steht. Der sich um uns kümmert. Der uns die Brille geraderückt. Wir brauchen Gott." Ich kann gar nicht verstehen, warum ich fast eine Woche nicht in meiner Bibel gelesen habe; wahrscheinlich war Vio in meinen Gedanken so groß, daß alles andere neben ihr verblaßte. Mit solchen Zuständen habe ich immer schlechte Erfahrungen gemacht. Und jetzt brauche ich Rat, denn ich bin durcheinander und traurig. Ich lese gerade die Sprüche, die der hebräische König Salomo schrieb. Paps' Vorliebe für Sprichwörter hat sich wohl „sprichwörtlich" auf mich vererbt.

Und da steht: „Ein ausgeglichener Sinn erhält den Körper gesund; aber Eifersucht ist wie ein Krebsgeschwulst." (Sprüche 14,30.) Mannomann. Krebs! Tödlich! Ein Stück weiter hinten fand ich einen ähnlichen Text: „Zorn ist grausam und Wut wie überschäumendes Wasser; doch noch unerträglicher ist die Eifersucht." (27,4). Ich habe dann im Stichwortverzeichnis unter Neid und Eifersucht gesucht und alle Stellen nachgeschlagen: Lüge, Verrat, Mord und Totschlag. Alles aus Eifersucht. Am stärksten beeindruckt mich, was ein Autor namens Jakobus darüber gesagt hat: „Wo Neid und Streit herrschen, gibt es Unordnung und jede Art von Gemeinheit." (3,14) Ich muß meine Eifersucht loswerden! Und ich muß mich wieder mit Vio versöhnen. Denn ich liebe sie, ich will sie nicht aufgeben.

Ich hatte heute eine Stunde später Schule, aber wir frühstücken gern gemeinsam. Wenn man schon morgens Menschen um sich hat, die einen mögen, gibt das dem Tag einen Goldglanz. Dann hatten sich Paps und Katrin verabschiedet, und Mam setzte sich zu mir und sagte: „Nun mal raus mit der Sprache. Wo drückt es? Vio, nicht wahr?"

Frauen und Geheimdienst! Das FBI ist nichts dagegen. Aber ich weiß, sie fragt nicht aus Neugier, sie will mir helfen. Und ich brauche Hilfe.

„Zwei Probleme, Mam. Erstens: Wie wird man Eifersucht los? Zweitens: Wie versöhnt man sich nach einem Streit?"

Mam überlegte. Dann fragte sie: „Warum möchtest du von der Eifersucht frei werden?"

„Das ist eine Frage! Weil sie mich quält. Weil sie mein Verhältnis zu Vio zerstört. Weil sie mich innerlich ganz krank macht."

„Und woher kommt diese Eifersucht?"

Wie vom Katapult abgeschossen kam meine Antwort: „Weil Vio dem Jörg schöne Augen macht!“

Mam sagte nichts und sah mich an. Ich dachte nach. War das wirklich die Ursache für dieses Brennen und Bohren in mir?

Endlich sagte Mam: „Dann hat eigentlich Vio das Problem; *sie* muß ihr Verhalten ändern, denn was du denkst und fühlst, ist vollkommen in Ordnung. Oder?“

Jetzt hatte sie mich im Nußknacker. Ich spürte, daß meine Eifersucht falsch war, aber ich wußte nicht genau, warum. Ich hatte vorhin gelesen: „... wo Streit und Neid herrschen, gibt es Unordnung ...“. Meine Eifersucht war „Unordnung“ im Quadrat und würde mich früher oder später zu irgendwelchen Gemeinheiten hinreißen. Woher kam sie nur? Ich grub tiefer. Dann wußte ich es.

„Ich glaube, ich weiß, warum ich eifersüchtig bin: ich will Vio für mich allein haben.“

Mam nickte. Ich holte mir ein Blatt Papier und einen Stift und schrieb: „Ursache: ich will haben“.

„Und wie stellst du dir Liebe vor?“ wollte Mam wissen.

„Ja sagen zum anderen, wie er ist, denn er oder sie ist genauso ein Geschöpf Gottes wie ich.“

„Das ist noch sehr allgemein, das paßt auf alle möglichen Menschen. Wie stellst du dir die Liebe zu Viola vor?“ Mam ließ nicht locker, aber ich war froh darüber.

„Ich liebe Viola, weil sie einmalig ist. Ich möchte immer für sie dasein. Ich möchte sie trösten, wenn sie weint. Sie schützen, wenn sie in Gefahr ist. Ich möchte von ihr lernen, die Welt mit ihren Augen sehen. Ich will Hand in Hand mit ihr gehen bis ans Ende der Welt. Ich will sie glücklich machen.“

Ich hatte mich richtig in Eifer geredet. Mam lächelte und sagte: „Nicht fordern – sondern fördern. Nicht besitzen – sondern beschützen. Nicht haben — sondern sein.“

Ich notierte es. Und auf einmal wußte ich auch die Antwort auf meine zweite Frage.

Wir gehören doch zusammen!

Chris ist traumhaft! Gestern dachte ich: „Alles ist aus.“ Ich erzählte meiner Mutter davon, und sie hat tatsächlich zugehört – es geschehen noch Wunder –, und sie meinte: „Chris ist eifersüchtig, weil ihm viel an dir liegt. Das ist ganz normal. Sei froh, wenn er um dich kämpft! Ich habe das Gegenteil erlebt. Wenn ein Mann immer nachgibt und keine Grenze setzt, das ist zum Davonlaufen!“

Ich war völlig verdattert! Wollte gern noch mehr aus ihr rausholen. Vielleicht verriet sie mir ja etwas über meinen Vater.

Ich sagte: „Weißt du, Chris ist ansonsten in Ordnung. Er ist hilfsbereit. Immer für andere da. Er ist klug und sportlich, hat einen guten Geschmack. Ich kann mir keinen besseren und netteren Freund denken als ihn, und er versteht mich so gut. Er ist zärtlich und romantisch und ...“

Sie unterbrach mich.

„Jaja, so war dein Vater auch. Genauso. Und obendrein noch fromm. Anfangs hat mich das nicht gestört,

es gefiel mir sogar. Aber mit der Zeit ging mir seine Großzügigkeit auf die Nerven."

Ich nahm allen Mut zusammen und fragte: „Also bist eigentlich du ihm davongelaufen?"

Sie starrte mich an, als wollte sie mir ins Gesicht schlagen.

„Du bist ganz schön unverschämt, weißt du das?" knurrte sie. „Wie komme ich dazu, mich vor dir zu rechtfertigen? Das habe ich überhaupt nicht nötig!"

„Entschuldige, ich wollte dich nicht ärgern", versuchte ich einzulenken.

Aber es war schon zu spät, der dünne Draht zwischen uns war wieder zerrissen. Wütend schlug sie die Tür zu, und ich rannte in mein Zimmer und warf mich aufs Bett. Endlich spürte ich den altvertrauten Zorn in mir hochkriechen: „Er hat uns verlassen. Vater ist gemein. Alle Männer sind gemein." Ich glaube, in diesem Augenblick haßte ich alle Männer. Haßte sie mit aller Kraft.

Aber dann klingelte es. Mutter machte auf. Es war Chris, und er kam geradewegs in mein Zimmer gelaufen. Hatte eine Rose mitgebracht, eine langstielige Edelrose, weiß. Er hielt sie mir entgegen.

„Hab die Dornen alle abgeknipst. Damit sie dir nicht wehtun." Ich spürte, was er damit sagen wollte. Aber ich brachte kein Wort heraus. Ich war innen völlig zugeknotet.

Er kniete sich neben mein Bett.

„Viola, ich liebe dich. Ich möchte, daß du das nie vergißt. Niemals, hörst du? Ich war ja so dumm! Vergib mir. Vergib mir meine Eifersucht. Du bist ein freier Mensch, du kannst tun und lassen, was du willst. Du bist mir auch keine Rechenschaft schuldig."

Da schwankte die Mauer, hinter der ich mich ver-

schanzt hatte, polterte einfach um, und da stand ich, hilflos ohne meinen Haß. Mir liefen längst die Tränen übers Gesicht. Chris schaute mich an, und ich hätte diesen Blick nicht für eine Million Mark verkauft, soviel Wärme lag darin. Auf einmal fühlte ich wie damals am Bach. Hier war es wieder, mein kleines Paradies. Wir sind doch nicht daraus vertrieben. Wir haben Zukunft.

„Chris, verzeih mir auch. Ich habe dich absichtlich gereizt. Es tut mir leid."

Er nahm mich in die Arme und wiegte mich wie ein kleines Kind. Seine Bartstoppeln kratzten.

„Du wirst ja ganz naß", murmelte ich, denn ich konnte immer noch nicht aufhören zu weinen. „Aber das ist vielleicht auch gut, da wächst dein Bart besser. Und sticht nicht mehr so arg."

Chris lachte und hielt mich ein Stück von sich weg, um mir ins Gesicht zu schauen.

„Du bist ja schon wieder obenauf."

Ich nickte.

„Alles wieder gut?" fragte er weich.

„Ja, Chris. Vergeben und vergessen."

Er schüttelte den Kopf. „Nein, vergessen sollten wir das nicht. Sonst machen wir demnächst den gleichen Fehler."

„Aber wie können wir das vermeiden?" wollte ich wissen.

„Wir können uns fest vornehmen, sachlich zu bleiben. Ich darf dich nicht in mein Problem verwickeln. Mein Problem heißt Eifersucht, und das muß ich allein lösen. Ich muß lernen, dich innerlich freizugeben."

„Aber ich will gar nicht frei sein!" rief ich. „Ich gehöre doch zu dir!"

„Daß du das sagst, macht mich glücklich, Viola. Ja,

wir gehören zusammen. Aber trotzdem darf keiner dem anderen die Luft abschnüren. Wir sind uns nur geliehen, verstehst du? Wir dürfen uns nicht gegenseitig festnageln.“

Das hab ich nicht ganz begriffen. Hält er sich eine Hintertür offen oder was? Wie kann man treu sein und gleichzeitig frei bleiben? Mutter kann ich nicht danach fragen, ich glaube, sie hat selber zu viel vermurkst in ihrer Ehe und auch später. Wer könnte mir da bloß weiterhelfen?

Was tut man nicht alles aus Nächstenliebe

Puh, bin ich müde: es ist halb zwei, und ich bin noch nicht im Bett. Zu oft kann ich mir so was nicht leisten, sonst bin ich bald ein Wrack. Na ja, was tut man nicht alles aus Nächstenliebe. In diesem Fall heißt Nächstenliebe: Jörgs Geburtstagsparty.

Er hatte einige Mädchen aus unserer Klasse eingeladen – die besonders hübschen –, und einige Jungs aus wohlhabenden Familien; da sind die Väter Fabrikanten, Geschäftsleute, Zahnärzte. Jörg selber lebt auch nicht gerade in „Armut", sondern in einer Prachtvilla. Er hat ein Atelier-Zimmer mit Glasfront und allem Schnickschnack, den man sich vorstellen kann. Seine Eltern haben eine Köchin und ein Serviermädchen eingestellt und sind an dem Abend weggegangen. Das kalte Büffet war profimäßig, aber ohne Liebe zusammengestellt. Scheint mir typisch für den ganzen Lebensstil zu sein: äußerlich vollkommen, innen hohl. Kein Wunder, daß Jörg manchmal ausrastet; so ein Leben würde mir auch nicht gefallen.

Vio kriegte ich an diesem Abend kaum zu sehen; sie war ständig von den anderen belagert, und ich wollte mich nicht aufdrängen. Anfangs lungerte ich in ihrer Nähe herum. Versuchte, mit verschiedenen Leuten ins Gespräch zu kommen, aber wir blieben an der Oberfläche hängen: Schule, Kino, Autos, versteckten uns hinter der Fassade von Albernheiten. Gegen neun war die Luft zum Schneiden, und es wurde laut, denn sie hatten Jörgs Hard-Rock-CDs entdeckt. Eine halbe Stunde hielt ich durch, dann wurde mir der Krach zuviel, und ich ging runter ins Wohnzimmer – man müßte sagen, in die Wohnhalle. Dort stand ein echter Steinway-Flügel. Ich konnte nicht widerstehen und spielte ein paar Takte, ein melancholisches Stück von Rachmaninow. Ich dachte dabei an Vio – wie schade, daß wir in vielen Dingen so grundverschieden sind. Daß sie so was gut findet – sich volldröhnen mit Musik, dabei Plattheiten austauschen und alle möglichen Drinks in sich hineinschütten. Dann dachte ich an Jörg und wünschte mir, ich könnte mit ihm reden. Eine Minute später kam er herein und hockte sich neben mich auf dem Boden.

„Spiel noch was!“ bat er, als ich fertig war. Und so spielte ich weiter, eine Fuge von Bach, dann einen Satz aus der Mondscheinsonate, pflückte ihm einen musikalischen Blumenstrauß zusammen. Danach waren wir eine Weile still. Schließlich seufzte Jörg und sagte: „Du, das hat gut getan. Hab schon lang keine solche Musik mehr gehört.“

Ich fragte: „Spielst du eigentlich auch?“

Er zuckte die Achseln. „Früher mal, da hatte ich richtigen Unterricht. Aber die Überei wurde mir lästig. Da hab ich aufgehört."

„Ich glaube, jeder hat solche Durchhänger, wo es ihm keinen Spaß mehr macht. Aber wenn man da durchhält, kommt die Freude wieder. Meine Eltern haben mir was gehustet, als ich damals aufhören wollte!"

Jörg stand auf. „Ich wollte, meine würden auch mal husten. Sie kümmern sich nicht um mich. Ob ich gut bin in der Schule oder schlecht, das ist ihnen gleichgültig. Schnurzpiepewurschtegal. Ach, das Leben ist einfach ..." Er schluckte ein paarmal und schwieg. Nach einer Weile sagte er: „Chris, du hast letzte Woche etwas für mich getan, was sonst keiner getan hätte. Du hast den Mist, den ich gebaut habe, auf dich genommen. Du hast dafür bezahlt. Du stehst jetzt vor dem Rektor und vor den anderen als Brandstifter da, obwohl du unschuldig bist. Sag mir, warum!"

„Ich wollte nicht, daß du von der Schule fliegst wegen so einer hirnrissigen Idee. Lagerfeuer neben dem Öltank! Was hast du dir überhaupt dabei gedacht?"

Jörg drehte sich von mir weg und sagte leise: „Es war wegen Vio."

Da – schon wieder! Wie eine gefährliche Flamme züngelte die Eifersucht in mir hoch. Aber ich wollte nicht. Ich wollte die Hängebrücke nicht versengen lassen, die sich von Jörg zu mir hinüberschwang. Ich dachte an Gott, dem wir alle gehören, der das erste und höchste Anrecht auf uns hat, weil er uns ins Leben gerufen hat: Wenn einer das Recht hätte, eifersüchtig zu sein, dann er. Aber er läßt uns frei, er zwingt keinen!

Und da wurde es mir wieder leicht, und ich sagte so nebenhin: „Ach, wegen Vio?"

„Viola war im letzten Jahr mein einziger Lichtblick.

Sie hat mich nicht geschnitten wie die anderen Mädchen. Sie hat öfter mal mit mir geredet. Hat mir zugehört. Da hab ich gedacht, sie ... sie mag mich."

Ich sagte schnell: „Natürlich mag sie dich! Das weiß ich."

„Na ja. Mögen und mögen ist zweierlei. Sie ist in *dich* verliebt. Als mir das klar wurde, da sah ich nur noch rot. Ich wollte, daß ihr in die Luft fliegt, ihr alle miteinander."

„Du wärst auch dabei draufgegangen!"

„Das hätte mir nichts ausgemacht. Ich wollte sowieso aussteigen – endgültig aussteigen, weißt Du."

Es lief mir eiskalt den Rücken runter.

„Ich versteh schon – Vio war noch das Einzige ..."

„... das Einzige, was hielt. Und als ich sie verloren hatte, da wollte ich nicht mehr. Und dann kamst du und hast die Explosion verhindert. Und was noch schlimmer ist, du hast mich erwischt. Gerade du. Und dann kam auch noch der Rektor."

Jörg ging im Zimmer auf und ab. Ich spürte, wie er mit sich kämpfte.

„Komm, Jörg, es ist doch alles gut geworden!" sagte ich leise.

„Es war gemein von mir, die Schuld auf dich zu schieben!" kam es heftig.

„Ich hab dir das verziehen, Jörg. Du mußt es dir auch verzeihen."

„Weißt du, auf einmal sah ich ein Schlupfloch", erklärte er eifrig. „Wollte dich schlechtmachen. Hatte sogar wieder Hoffnung auf Vio. Aber dann spürte ich, wie ... wie lieb sie dich hat. Sie hat zu dir gehalten. Das hätte sie bestimmt auch dann getan, wenn du den Brand wirklich gelegt hättest."

Mir wurde warm. Das ist Vio. Meine Freundin Viola. Und ich habe sie mit meiner kleinlichen Eifersucht gequält! Ihr mißtraut. Herumgezankt. Schande über mich!

Jörg erzählte weiter: „Vio hat mich sofort durchschaut. Aber sie verachtet mich nicht. Ich spüre, daß ich ihr nicht gleichgültig bin, trotz allem nicht. Obwohl sie jetzt mit dir geht. Und das hat mich umgekrempelt. Das gab mir das Gefühl, daß ich doch etwas wert bin. Ich hab seither keinen Koks mehr angerührt und keine Tabletten."

Mir zog es den Hals zusammen. Da ist einer aus meiner Klasse in Not, sieht keinen Sinn mehr, betäubt sich mit Drogen und ist kurz davor, sein Leben wegzuwerfen. Und wir anderen leben so locker-flockig dahin und kümmern uns um nichts. Wenn Jörg sich umgebracht hätte! Wir wären alle schuld gewesen. Keiner hätte sich rausreden können: „Ich wußte nichts davon." Man merkte ihm, daß er sich herumquälte. Und jetzt schlug er ein neues Kapitel auf, wollte noch einmal beginnen.

„Aber du, das ist schwer! Ich komme mir vor wie einer, der ohne Sonnenbrille ins Helle gucken muß. Ich weiß, so kann es nicht weitergehen mit mir. Ich muß einen Sinn für mein Leben finden. Aber wie? Und wo?"

Diesmal war mein Mund nicht trocken. Diesmal hatte ich keine Angst, das Eis könnte mich tragen und ihn nicht. Ich erzählte Jörg von dem, was meinem Leben Sinn gibt. Warum ich mich geborgen fühle, weil ich weiß, da ist ein Gott, der alles geschaffen hat. Der sich um uns Menschen kümmert. Ich erklärte ihm, warum ich Jesus vertraue. Was er für mich getan hat. Und auch für Jörg. Daß er unsere Schuld auf sich genommen hat.

Unser „Strafmandat" bezahlt hat. Daß er uns nicht verachtet, sondern liebt. Daß er ganz nah mit uns zusammenleben will, wenn wir das möchten.

Jörg hörte schweigend zu, die Augen weit offen. Dann sagte er: „Das hab ich alles nicht gewußt. Wenn das stimmt, daß Gott sich tatsächlich für mich interessiert, dann ... ja, dann lohnt es sich doch! Dann weiß man auf einmal, wozu man lebt. Also Chris, darüber möchte ich noch mehr wissen. Ich möchte auch gerne an Gott glauben. Erklär mir, wie man ein Christ wird."

Und so hab ich ihm alles erzählt, was ich darüber wußte und was ich selbst mit Gott erlebe. Als Jörg erfuhr, daß Gott ihn adoptieren will, kamen ihm die Tränen. Ich hab schnell weggeschaut, falls es ihm peinlich wäre, aber er schämte sich nicht. Er hat mir sehr persönliche Dinge von sich erzählt – eine schlimme Beichte. Aber es hat ihm gutgetan, das alles einmal loszuwerden. Er sah hinterher um Jahre jünger aus. Obwohl er doch gerade Geburtstag hatte.

Ich holte aus meiner Jacke eine kleine Bibel; die hatte ich für Jörg mitgebracht, aber ich wollte erst einmal abwarten, ob er überhaupt daran Interesse hätte.

„Schau mal, Jörg, da hab ich dir ein Lesezeichen reingelegt. Notier dir alles, was dir unklar ist. Wir können das dann gemeinsam besprechen."

Jörg nickte stumm.

„Die Bibel liest sich nicht so leicht wie ein Roman. Manchmal muß man lange herumtüfteln. Als ob man auf Schatzsuche wär, weißt du."

Jörg konnte immer noch nichts sagen. Ich merkte, daß er eine Weile allein sein wollte. Also murmelte ich: „Jetzt werd ich mal nach den anderen schauen", und er nickte mir dankbar zu.

Oben war es still geworden. Sie saßen alle leicht beduselt herum und hörten Techno-Musik. Hatten sich gründlich eingenebelt, aus einer Ecke roch es süßlich. Dort fand ich Vio. Sie hockte quer im Sessel, die Beine hochgezogen, die Augen halb zu. Ich setzte mich auf die Lehne und flüsterte:

„Na, wie geht's dir?" Sie sah mich glasig an und antwortete nicht.

„Komm, ich bring dich heim!" Keine Reaktion. Ich schüttelte sie leicht an der Schulter. Einer von den anderen brummte: „Hey, laß das Girl in Ruhe!"

Sandra, Vios Freundin, wenn man sie so nennen darf, kicherte: „Der darf das, der ist ihr Freund."

Ich ärgerte mich. Als hätte man durch Freundschaft die Verfügungsgewalt über den anderen! Dabei wollte ich ihr nur helfen. Ich holte ein feuchtes Tuch aus dem Bad und legte es Vio auf die Stirn, in den Nakken, es half nichts, sie kam nicht richtig zu sich. Einer von den Jungs rappelte sich von der Couch hoch: „Die kriegst du so nicht wach. Die hat zuviel geladen. Am besten, du trägst sie ins Auto." Er half mir, Viola die Treppe runterzubringen. Wir schnallten sie sorgfältig an, denn ihr Kopf rollte herum wie bei einer Gliederpuppe. Als ich den Wagen anließ, kam Jörg nach draußen und winkte uns zu. Ich fuhr, als hätte ich rohe Eier geladen.

Dann klingelte ich Vios Mutter wach. Sie war sehr erschrocken. Wie die meisten Mütter mußte sie sich erst mal durch Schimpfen und Nörgeln Luft machen. Nachdem sie genügend Dampf abgelassen hatte, konnte ich ihr kurz berichten, was geschehen war. Wir holten Vio aus dem Auto. Sie regte sich kaum; als ich sie hochtrug, war sie immer noch nicht ansprechbar. Ihre Mutter prüfte die Pupillen-Reflexe mit einer Taschenlampe und schüttelte den Kopf.

Ich schrieb ihr unsere Telefonnummer auf; Paps kennt sich aus, hat jahrelang mit Drogenpatienten gearbeitet. Deshalb ist er auch so strikt dagegen. Bei uns zu Hause gibt es keinen Alkohol. Paps sagt: „Gift bleibt Gift, auch wenn das Wörtchen *Genuß* davorgeklemmt wird.“ Und ich finde seinen Standpunkt vernünftig. Mir schmeckt das ganze Zeug sowieso nicht, ob das Wein ist oder Schnaps. Es bringt nur die Chemie im Körper durcheinander – unnötiger Streß. Unnötige Geldausgabe. Unnötige Abhängigkeit. Natürlich könnte ich das alles haben, wenn ich wollte. Aber ich will nicht. Ich liebe meine Freiheit!

Daß Vio anders denkt oder handelt, hab ich schon gemerkt. Aber sie ist selbst für sich verantwortlich. Ich werde ihr da nicht reinreden, obwohl es mir wehtut, wenn sie sich derart betäubt. Sie hat es eigentlich nicht nötig!

Und jetzt sitze ich hier an meinem offenen Fenster und suche den Himmel, der sich hinter Wolken versteckt hat. Warum liegen Freude und Kummer so dicht beisammen? Ich könnte jodeln vor Freude über Jörg! Und wenn ich an Vio denke, möchte ich weinen. Was habe ich bloß falsch gemacht? Was hätte ich anders machen können?

Genuß mit Reue

Mir ist elend. Hab die halbe Nacht Alpträume gehabt. Einmal mußte ich brechen. Zum Glück war Mutter da. Sie hat an meinem Bett gesessen und mir die Hand gehalten. Das war schön. Wir haben nicht geredet, weil bei mir alles durcheinanderging. Einmal dachte ich, die Zimmerwände biegen sich langsam zu mir runter. Dann fühlte ich mich wie auf einem Schiff bei Sturm. Ich weiß nicht, was sie mir da gemixt haben – und dann noch die paar Züge Gras. Das war einfach zuviel.

Heute früh habe ich mich bei Mutter entschuldigt. Sie hat einen Urlaubstag nehmen müssen, damit sie bei mir bleiben kann, denn ich kann immer noch nicht aufstehen. Ich habe ihr versprochen, so was nie wieder zu machen. Ich wollte es einfach mal probieren, damit die anderen mich nicht für feige halten. Zuerst war es ja ganz nett. Ich fühlte mich leicht, als könnte ich fliegen. Die Leute erschienen mir auf einmal besonders freundlich. Ich hatte sie alle gern, obwohl ich einige noch nie vorher gesehen hatte. Aber dann wurde alles verschwommen, rückte weit weg. So ähnlich wie bei einer Lachgasnarkose. Hoffentlich hat Chris mich nicht in diesem Zustand gesehen.

Chris? Wo hat er den ganzen Abend über gesteckt? Und wie bin ich überhaupt nach Hause gekommen? Ich weiß nichts mehr davon.

Eben erzählt Mutter, daß Chris mich heimgebracht hat. Sogar hochtragen mußte er mich. Wie ein Baby. Ich schäme mich. Heute nachmittag werde ich ihn anrufen und ihm sagen, wie leid mir das tut. Hab mich einfach mitreißen lassen. Sandra und die anderen Mädchen haben auch gehascht – ob es ihnen genauso schlecht geht? Ich frage mich, wer den Stoff besorgt hat, Jörg oder die anderen Jungs? Die sahen piekfein aus, haben bestimmt reiche Eltern.

Jörg wohnt fantastisch! Ein Traumhaus – und erst sein Zimmer. Ich kann nicht begreifen, warum er unglücklich ist. Wenn ich so elegante Möbel hätte, soviel Taschengeld, ich wäre niemals unzufrieden. Außerdem hat er Mutter und Vater. Das ist schon Glück genug, finde ich.

Gerade rief Sandra an und verriet mir ein Geheimnis: Sie hat sich in Jörg verliebt. Das freut mich für ihn, vielleicht mag er sie auch? Dann wären die beiden auch ein Paar, und wir könnten zu viert ausgehen. Sandra haben die Drogen nichts ausgemacht, sagt sie, weil sie öfter Hasch raucht und auch sonst nicht zimperlich ist mit Alkohol. Sie sagt, es wäre reine Gewöhnungssache. Ich weiß nicht. Ich werde mal mit Chris darüber reden. Vielleicht will ich mich gar nicht daran gewöhnen!

Und Jörg? Ob er sich über seine Party gefreut hat? Ich hab ihn den ganzen Abend kaum gesehen, außer beim Essen. Dabei war es doch sein Tag; er hätte im Mittelpunkt stehen müssen! Statt dessen waren wir alle nur mit uns beschäftigt. Wir haben sein Essen verspeist, seine Hausbar leergetrunken, seine CDs gehört, und was hat er von uns gehabt? Wir waren allesamt zu. Das ist dumm gelaufen!

Mein Problem heißt Vio

Sind wirklich schon drei Monate vergangen seit Jörgs Party? Ich habe zur Zeit einen straffen Terminkalender, komme kaum noch zum Nachdenken.

Jörg hatte damals seinen „Freunden“ einen Riesenkrach geliefert – er wußte nichts von den Drogen, und er wollte so was auch nicht. Nicht mehr. Die Jungs zogen sich daraufhin von ihm zurück – zum Glück. Er brauchte dringend neue Freunde. Deshalb wollte ich ihn in meine Jugendgruppe mitnehmen.

Wir sind etwa 20 Leute, kennen uns schon seit dem Kindergartenalter. Da wächst man zusammen. Wir unternehmen öfter was gemeinsam – Wanderungen, Radtouren, Segeltörns, gehen in Konzerte oder zum Schwimmen. Obwohl wir grundverschieden sind, verbindet uns eins: Wir glauben, daß wir nicht zufällig auf der Welt sind. Wir sind davon überzeugt, daß Gott uns in der Bibel einen Leitfaden für unser Leben geschenkt hat. Wir glauben, daß Jesus eines Tages wiederkommt und dem Durcheinander auf der Erde ein Ende macht. Und wir möchten in der Zeit, die uns bis dahin bleibt, möglichst sinnvoll leben. Uns für eine gerechte und gesunde Welt einsetzen. Da gibt es allerhand Aktionen, die einen in Atem halten.

Jörg hatte zuerst Vorurteile gegen die Gruppe. Er dachte, wir wollten ihn „bekehren". Aber dann merkte er, daß die anderen ein echtes Interesse an ihm haben. Sie kümmern sich um ihn, wenn er Kontakt will, und wenn nicht, dann lassen sie ihn in Ruhe. Inzwischen fühlt er sich in unserer Gruppe wohl. Er macht alles mit, was angeboten wird: Bibelgespräche, Sport, unsere Einsätze für die Stadtstreicher, im Jugendgefängnis, im Naturschutzgebiet. Er hat sich sehr verändert, nicht nur äußerlich. Jetzt merkt man erst, was in ihm steckt an Phantasie und Geschick. Er kann gut organisieren. Und er hat einen Draht zu den Leuten von der Straße. Er weiß, wie man sie anspricht. Er macht das kein bißchen von oben herab, sondern als echter Kumpel. Und die Leute akzeptieren ihn. Ich habe schon einiges von Jörg gelernt. Über ihn kann ich mich nur freuen!

Er ist übrigens zum Rektor gegangen und hat alles zugegeben, und der Rektor hat ihm verziehen. Amazing grace! Auch in der Klasse hat Jörg Farbe bekannt, und keiner schaut ihn deswegen schief an. Im Gegenteil. Sie haben auf einmal Respekt vor ihm.

Seit vier Wochen hat Jörg auch eine Freundin. Er lernte Tine in der Jugendgruppe kennen – ein liebes Mädchen, unternehmungslustig, kameradschaftlich und obendrein noch hübsch. Ich habe schon im Sandkasten mit ihr gespielt, weil unsere Eltern befreundet sind. Tine ist ein Jahr älter als Jörg, und das ist ganz gut so. Sie hat viel Verständnis und Geduld. Sie ist reif genug, in der Freundschaft nicht nur an sich selbst zu denken. Ich glaube, sie liebt ihn wirklich.

Also, um Jörg brauchen wir uns im Augenblick keine Sorgen mehr zu machen!

Mein Problem heißt Vio. Ich verbringe in der letzten Zeit jede freie Minute mit ihr, habe sie gründlich kennengelernt. Ich liebe sie noch mehr als vorher, obwohl ich immer mehr entdecke, was mir Kopfschmerzen macht: Sie lebt in einer anderen Welt als ich. Ihre Musik nervt mich. Meine Musik ödet sie an. Ihre Freunde sind mir zu flach. Meine Freunde sind ihr zu „kompliziert". Sie läßt sich treiben, vernascht die Tage und denkt nicht an später. Ich habe mein Ziel gefunden und lebe und arbeite darauf hin. Ich kann den Augenblick auch genießen, und wie! Aber ich will darüber nicht vergessen, wer ich bin und was ich will.

Am Anfang kam sie mit in die Jugendgruppe. Aber dort gefiel es ihr nicht. Sie konnte mit den Themen nichts anfangen, die uns wichtig sind. Unsere Freizeitaktionen mag sie nicht, weil sie lieber mit mir allein sein möchte. Mit den Stadtstreichern und den Häftlingen will sie schon gar nichts zu tun haben. Sie sagt, sie ekelt sich vor ihnen. Das tut mir weh, denn ich hatte Viola anders eingeschätzt – liebevoller, offener. Aber ich muß sie nehmen, wie sie ist, nicht nur ihre schönen Seiten. Ich hab ja auch meine Macken.

Wir kommen uns oft nahe, aber dann stoße ich wieder an Wände, die keine Türen haben. Viola blockt alles ab, was auch nur entfernt mit Gott zu tun hat. Sie hat eine regelrechte Allergie dagegen entwickelt. Ich muß mich behutsam vortasten, darf nicht herausplatzen mit meiner Begeisterung. Und über das, was mir am wichtigsten ist, kann ich mit ihr nicht reden. Das macht mich fertig.

Trotzdem haben wir vieles gemeinsam. Wir lieben

Romantik. Wir sind gern draußen. Wir fahren gern Auto. Wenn ich ihr seidiges Haar unter meinen Händen spüre, wird mir immer noch ganz feierlich zumute. Vio schmiegt sich dann an mich und ich wünschte, ich könnte sie immer so halten – nicht krallen oder klammern, sondern bergen und schützen. Manchmal wird mir heiß, und ich rücke ein paar Zentimeter ab. Dann lacht mich Vio aus. Sie hat gut lachen! Mädchen haben da wohl eine dickere Isolierschicht, bei ihnen brennt die Sicherung nicht so schnell durch. Aber ich will nicht, daß mich die Sehnsucht überwältigt und ich etwas tue, was ich hinterher bereue.

Mam hat früher immer gesagt: „Überleg dir, ob du das auch wieder rückgängig machen kannst!" Dieser Satz durchzog meine Kinderjahre. Sie sagte nie: „Nein, das darfst du nicht! Du machst es kaputt!" Sie wies mich nur auf die Folgen hin. Das war ein vernünftiges Prinzip. Ich hab es beibehalten.

Ja, aber wie soll es weitergehen mit Vio und mir? Ich habe in diesem Monat dreimal den Gottesdienst sausen lassen, weil Vio mit mir einen Ausflug machen wollte. Ich dachte, es ist auch wichtig, unsere Freundschaft zu pflegen. Schließlich hat Gott die Liebe ja geschaffen, also ist es bestimmt in seinem Sinne, daß wir sie genießen. Aber ein Dauerzustand ist das nicht, hin- und hergerissen zu sein zwischen Vio und meiner Kirchengemeinde. Ich erwische mich dabei, daß mir immer häufiger etwas dazwischenkommt, wenn ich eigentlich zur Jugendgruppe gehen wollte. Meinen Hauskreis habe ich auch aufgegeben. Mir fehlt die Gemeinschaft mit den anderen, das Gespräch über Gott, das gemeinsame Beten, das Singen, unsere Einsätze, bei denen wir uns um andere Menschen kümmern.

An meiner Pinnwand hängt ein Zettel:

He who lets
the small things bind him
leaves the great
undone behind him.

Es stimmt, wenn wir uns in Kleinigkeiten verzetteln, verpassen wir die großen Dinge im Leben. Aber ist Vio eine Kleinigkeit?

Sie ist ein Mensch, der Gott braucht. Sie ist mein „Nächster" – wie kann ich sie vernachlässigen und den Übernächsten lieben? Sie fehlt mir in jeder Stunde, die wir getrennt verbringen müssen.

Ich überschütte sie mit Zärtlichkeit und Wärme. Ich denke Tag und Nacht darüber nach, wie ich ihr eine Freude machen kann. Mams Margeritenbeet ist schon ziemlich gerupft, und die Blumenfrau an der Ecke greift gleich nach dem Roseneimer, wenn sie mich kommen sieht. Was kann ich noch mehr tun? Irgendwann muß doch der Eispanzer geschmolzen sein, der sie von der Liebe Gottes abschottet?!

Mein Geschenk an Chris

Schade, daß es bei Jörg nicht „gefunkt" hat – Sandra war unglücklich. Als ich mit Chris darüber sprach, meinte er, Sandra wäre ein berechnendes Frauenzimmer. Er sagte: „Meinst du, die Sandra hätte sich auch in Jörg ver-

liebt, wenn er in einer Sozialwohnung leben würde, einen Trinker als Vater hätte und vielleicht noch sieben Geschwister?"

Ich habe lange darüber nachgedacht. Ich weiß es nicht. Ich bin mir allerdings auch nicht sicher, ob ich Chris genauso lieben könnte, wenn er aus einer asozialen Familie stammen würde. Es kommt darauf an, wie stark das Milieu den Menschen prägt. Mir sind solche Typen ein bißchen unheimlich. Ich halte mich lieber an Leute, die etwas darstellen. Natürlich liebe ich Chris, weil er Chris ist! Und nicht wegen seiner Herkunft. Obwohl es mich natürlich schon beeindruckt, daß sein Vater Professor ist und die ganze Familie Schliff und Bildung hat. So was ist nicht zu verachten.

Chris sagte dann noch: „Sandra möchte gerne in die Schicki-Micki-Kreise aufgenommen werden. Jörg ist nur der Lift für ihren gesellschaftlichen Aufstieg. Wenn es ihr wirklich um ihn ginge, dann hätte sie sich schon vorher um ihn gekümmert. So wie du damals."

Ich dachte: „Hilfe, jetzt ist er schon wieder eifersüchtig!" Aber er hat mich sehr lieb dabei angesehen, so daß ich lange nicht mehr wegschauen konnte. Bei seinem Blick kriege ich immer noch weiche Knie.

Ich weiß nicht, ob das stimmt mit Sandra. Fest steht, daß Chris nicht sonderlich gut auf meine Freunde zu sprechen ist. Möchte wissen, warum! Er hat mich dann in seine langweilige Jugendgruppe mitgeschleppt. Sie sind zwar nett und freundlich, aber sie reden die ganze Zeit über Gott und die Bibel und haben allesamt einen Helfer-Tick. Ich finde es gut, wenn man sich um andere Menschen kümmert, wie wir das mit Jörg gemacht haben. Aber das muß nicht gleich in Arbeit ausarten! Wir haben so wenig Zeit füreinander, Chris und ich, weil die

Schule uns ziemlich fordert. Die zwei, drei freien Stunden am Tag möchte ich mit Chris allein verbringen.

In den letzten Tagen haben wir weniger geredet, mehr geschmust. Das war schön. Wir haben nichts verkompliziert, was doch so einfach ist: Ich liebe ihn, er liebt mich, wir wollen immer zusammenbleiben. Aber er hat noch Hemmungen. Wir kommen bis zu einem bestimmten Punkt, dann zieht er sich zurück. Das tut mir weh. Ich lache dann zwar, aber innerlich weine ich. Ich will nicht, daß uns etwas trennt! Keine Religion, keine Klischees oder längst überholte Vorstellungen, keine Stoffschichten. Ich habe das Gefühl, als würden wir uns erst dann wirklich verstehen, wenn wir diese Schwelle miteinander überschritten haben. Dann gehören wir wirklich zusammen. Für immer.

Aber wie kann ich Chris dazu bringen, daß er nicht davor zurückschreckt? Ich will ihn nicht überrumpeln, er soll es selbst wollen. Er soll mich wollen.

Vielleicht am nächsten Wochenende – da ist meine Mutter verreist. Und Chris hat Geburtstag. Ich werde ihm ein ganz besonderes Geschenk machen. Eins, das er bestimmt noch nie bekommen hat: mich. Vio total!

Soll ich oder soll ich nicht?

Ich bin völlig durcheinander. Habe wieder einmal nachts nicht schlafen können, so aufgewühlt bin ich. Soll ich's tun? Soll ich's nicht tun? Und wenn ich's nicht tue, wie begründe ich es dann?

Viola hat mir gestern angedeutet, was sie am Wochenende vorhat: Ich soll bei ihr schlafen. Mit ihr schlafen. Das soll mein Geburtstagsgeschenk sein. Zuerst war ich überwältigt von dieser Liebe, dieser Hingabe. Ich bin beinahe dahingeschmolzen. Aber jetzt, mit etwas Abstand, kriege ich doch Bedenken. Ursprünglich hatte ich mir vorgenommen, mit einer einzigen Frau zu schlafen. Mit meiner. Die ich geheiratet habe. So war es wohl auch ursprünglich vom Schöpfer geplant, und alles, was ich über Medizin und Psychologie gelernt habe, bestätigt es: Sex ist in die Partnerliebe eingebettet und gehört in die Ehe.

Das war für mich immer eindeutige Tatsache gewesen – kein Problem, solange es bloße Theorie war. Aber jetzt geht es mir unter die Haut. Ich muß mich entscheiden. Ich muß meine Gründe prüfen – für und wider.

Was spricht dafür? Ganz klar: Wir lieben uns. Wir haben Sehnsucht nacheinander. Wir wollen uns immer näher kommen, bis wir zu einem Leben verschmelzen. Wir möchten unsere Liebe nicht nur in Worten ausdrükken, sondern in zärtlichen Gesten. Es drängt, es zieht uns zueinander hin.

Was spricht dann überhaupt dagegen? Wir sind noch nicht verheiratet. Ob wir wirklich für immer zusammenbleiben – Vio und ich? Heute kann ich mir nichts anderes vorstellen. Aber wir haben noch fast ein Schuljahr vor uns. Dann wartet der Zivildienst auf mich, später Studium oder Berufsausbildung. Bis wir ganz erwachsen und reif sind, kann viel passieren. Wer weiß, wie wir uns verändern?

Ich hab mit Katrin über das Thema geredet. Hab sie geradeaus gefragt: „Würdest du mit deinem Freund ins Bett gehen?"

Katrin überlegte, dann schüttelte sie den Kopf.

„Das werden wir beide nicht tun. Wir haben es uns gegenseitig versprochen."

„Aber warum nicht?"

„Es schadet mehr, als es bringt."

„Woher weißt du das? Du kannst doch nicht vergleichen?"

„Meine Studienkolleginnen sind sehr offen, nehmen kein Blatt vor den Mund. Was die so erzählen – meine Herren! Da kann man lernen, wie man's nicht machen soll."

„Und?"

„Also, wollen mal sehen ... die eine heißt ... nennen wir sie Cora. Cora war fünf Jahre lang befreundet, sie haben auch miteinander geschlafen. Dann wurde sie schwanger, hat eine Abtreibung machen lassen. Seither ist sie schwer depressiv. Und ihr Freund hat sie inzwischen verlassen."

„Na, weißt du, da kann man heute doch aufpassen!"

„Brüderchen, du hast keine Ahnung. Die Statistiken sprechen eine deutliche Sprache. Es gibt immer noch kein hundertprozentiges Verhütungsmittel."

„Das sagst du als angehende Medizinerin?"

„Ja eben. Die ganzen Mittelchen funktionieren nur dann sicher, wenn man sie nicht bräuchte, wenn also die Frau sowieso ihre unfruchtbaren Tage hat. Die Natur läßt sich nicht so einfach überlisten. Nicht einmal die Pille wirkt in jedem Fall. Wenn eine Frau plötzlich Durchfall bekommt oder bestimmte andere Medikamente nimmt, kann der Empfängnisschutz schon beeinträchtigt sein."

„Also gut. Erster Punkt, der dagegen spricht: Man will keine unerwünschte Schwangerschaft riskieren. Versteh ich. Bringt Probleme. Weiter, bitte."

„Eine andere Kollegin, nennen wir sie Susi. Wahnwitzig verliebt. Ihr Freund hat plötzlich ein anderes Mädchen. Susi, am Boden zerstört, findet Trost bei einem anderen. Mit dem schläft sie auch. Gebraucht ihn als Lückenbüßer. Das paßt ihm nicht. Er verläßt sie. Sie fühlt sich gedemütigt. Ganz klein. Ist heilfroh, als der nächste kommt. Und so geht es seit anderthalb Jahren. Die Abstände werden immer kürzer. Und sie hat überhaupt keine Selbstachtung mehr."

„Aha. Zweiter Punkt: Man will sich und den anderen nicht auf eine solche Rutschbahn schicken. Leuchtet mir ein. Gibt's noch mehr?"

„Ein Kommilitone von mir ist nach zwei Jahren noch

nicht drüber weg, daß sich seine Freundin von ihm getrennt hat. Er hat mir gesagt, daß er Tag und Nacht an sie denken muß, obwohl sie schon längst einen anderen hat."

„Punkt Nummer drei: Man will sich und dem Partner diese ganz enge Bindung und dann den Trennungsschmerz ersparen."

„Ja, dann haben wir noch ein Paar auf der Uni. Die haben schon vor vier Monaten miteinander Schluß gemacht. Sie hassen sich. Aber sie schlafen immer noch miteinander. Der Sex kettet sie aneinander, obwohl sie nicht zusammen passen. Und sie kommen nicht voneinander los. In der Ehe ist das sinnvoll. Da hilft es den Partnern, beieinander zu bleiben. Auch wenn sie sich gezankt haben, treibt sie die körperliche Sehnsucht wieder zueinander. Aber wenn man noch nicht sicher weiß, daß man immer zusammenbleibt, ist das gefährlich. Man macht sich abhängig vom Sex."

„Das wäre dann Punkt vier: Man will sich davor schützen, süchtig nach Sex zu werden. Noch was?"

„Ja, ein ganz wichtiges Argument. Vielleicht ist es dir selber aufgefallen." Katrin ist ein bißchen rot geworden. Sie zögert. Dann holt sie tief Luft: „Je mehr und je intensiver man schmust, um so weniger spricht man miteinander. Dabei muß man gerade in der ersten Zeit der Freundschaft viel reden. Man braucht das Gespräch. Man muß sich geistig aufeinander einstimmen. Das macht manchmal Mühe. Aber es ist nötig. Sonst kann die Liebe nicht wachsen. Wenn man sich streichelt und küßt, dann ist man so davon eingenommen, daß alles andere zweitrangig wird. Die biologische Sprache ist einfach lauter als die geistig-seelische. Verstehst du, was ich meine?"

Und ob ich verstand! Da hatten wir bei unseren letzten Treffen so stark auf die Pauke gehauen, daß man die Flöten nicht mehr hören konnte. Wie würde es erst weitergehen, wenn wir miteinander schlafen? Ich konnte es mir lebhaft vorstellen.

Katrin sagte leise: „Also merk dir als Punkt fünf: Die Liebe muß wachsen. Sie braucht Freiräume. Sex schränkt diesen Freiraum ein. Er drängt sich zu stark in den Vordergrund."

Ich bin froh über meine Schwester! Jetzt hoffe ich bloß, daß ich Vio das alles richtig erklären kann. Ich habe Lampenfieber.

Maßlos enttäuscht

Chris hat alles verdorben. Er will mich nicht. Er möchte mein Geschenk nicht haben.

Dabei hatte ich alles so schön vorbereitet: Parfümöl ins Duftlämpchen, indirekte Beleuchtung, leise Musik, einen Obstsalat mit Sahne, einen Margeritenstrauß, weil Chris diese Blumen liebt. Kerzen auf dem Tisch und Mutters Silberbesteck. Habe mir für diesen Anlaß einen Hausanzug gekauft, ganz raffiniert, aus zyklamfarbenem Samt mit Silberstickerei, kuschelweich und tief ausgeschnitten. Es hat alles nichts genützt. Er küßte mich nur ganz flüchtig auf die Stirn und ging sofort wieder auf Abstand. Als ob ich die Pest hätte!

Was habe ich nur an mir, daß man mich nicht lieben kann? Ich dachte immer, ich gefalle ihm? Oder liegt es an seinem Glauben? An dieser Gott-Besessenheit? Das wird es sein! Ich habe gar keinen Platz in seinem Herzen!

Ach, er hatte viele schlaue Argumente. Ich hab sie mir nicht gemerkt. Ich konnte nicht richtig zuhören, mußte die ganze Zeit das Weinen unterdrücken. In meinem Kopf hämmerte es im Takt: „Er will mich nicht. Er liebt mich nicht."

Denn daß er mich liebt und trotzdem nicht mit mir schläft, das kann doch nicht sein? Ein normaler Mann kann seiner Geliebten nicht widerstehen, so steht es in allen Zeitschriften und Büchern. Und ich sehe es an den Männern, die Mutter mitbringt. Es ist ganz normal, miteinander zu schlafen, wenn man sich liebhat. Warum macht es Chris nur so kompliziert?

Er hat behauptet, er würde gerade aus Liebe nein sagen. Das soll einer begreifen! Das ist bestimmt eine Ausrede. Vielleicht hat er schon längst eine andere? Obwohl – das kann ich mir bei ihm nicht denken. So ist er nicht. Wenn einer treu ist, dann Chris.

Als wir so hin- und hergeredet haben und ich merkte, er wird immer fester in seinem Nein, habe ich ihn vor die Entscheidung gestellt: „Entweder du schläfst mit mir und zeigst mir dadurch, daß du mich wirklich liebst, oder wir machen Schluß. Sind dir deine Prinzipien, diese ... diese Vernunftgründe wichtiger als ich? Bedeuten sie dir mehr als unsere Liebe? Dann geh lieber und such dir ein Mädchen, das genauso verklemmt ist wie du!"

Das war ziemlich hart, aber ich dachte an den Satz: „Im Krieg und in der Liebe ist alles erlaubt." Ich wollte ihn aus der Reserve locken, und es ist mir gelungen. Chris sprang auf, daß sein Stuhl nach hinten krachte. Er keuchte: „Viola!" und ich merkte, jetzt endlich hatte ich ihn soweit. Ich stürzte zu ihm hin und umarmte ihn, wie ich ihn noch nie umarmt habe. Ich legte mein ganzes Herz in diese Umarmung, mein Wollen und Wünschen und alles, was ich hatte. Aber er wurde nicht weich. Zentimeterweise schob er mich von sich, bis er mich auf Armlänge von sich weghalten konnte.

„Vio, bitte ...", er konnte nicht weiter.

„Entweder – oder!" forderte ich, aber an seinen Augen sah ich: Nein. Er schüttelte den Kopf und wollte erklären, aber ich wollte keine Erklärung. Er hatte mir zu weh getan, ich wollte ihn nicht mehr sehen. Ich schrie ihn an: „Geh endlich! Geh! Und komm nie mehr wieder!" Ich haßte mich für diese Worte und hätte sie gern zurückgenommen, als ich sah, wie er mit hängenden Schultern zur Tür schlich. Er drehte sich noch einmal nach mir um, bittend, sehnsüchtig. Aber ich blieb hart. Blieb eisenhart und haßte mich deswegen noch mehr.

Ja, Chris hat meiner Uhr die Batterie genommen. Die Zeiger sind stehengeblieben. In mir ist alles tot. Tot bis auf den Haß, der immer wieder in mir auflodert. Haß gegen mich, Haß gegen meine Mutter, die mich in so ein sinnloses Leben hineingeboren hat. Haß vor allem gegen Vater, der uns verlassen hat. Er hat mich auch nicht gewollt. Sonst hätte er mich mitgenommen. Sonst wäre er wiedergekommen. Aber ich bin von allen verlassen. Treibe dahin wie ein ruderloses Schiff im Meer – auf dem Weg nach nirgendwo.

Der Wurm an der Wurzel

Ich bin geflüchtet. Unten an der Treppe wäre ich am liebsten wieder umgekehrt, aber das wäre grundfalsch gewesen. Ich hätte Viola so gern getröstet! Aber im Augenblick brauche ich Abstand. Sonst gehen die Pferde mit mir durch. Herrschaften, der Abend war eine Zumutung! Ich bin doch nicht aus Edelstahl!

Zu Hause habe ich mich erstmal geduscht und Sportzeug angezogen. Die Versuchung war groß, das Telefon zu schnappen und zu sagen: „Vio, ich komme!" Ich warf mich in meinem Zimmer auf den Boden und schrie: „Hilf mir, Herr!" Ein anderes Gebet fiel mir in dem Aufruhr meiner Gefühle nicht ein. Nach einer Weile wurde ich ruhiger. Bin zu Jörg rübergeradelt. Zum Glück war er gerade da, hatte weiter nichts vor. Wir machten eine lange Radtour zum Waldsee. Dort legten wir eine Rast ein. Der Ufersand war noch warm vom Tag und trocken, es tat gut, sich darauf auszustrecken.

Jörg merkte, daß ich durcheinander war. Ich wollte ihm keine Einzelheiten erzählen, aber so ganz allgemein interessierte es mich doch, wie er zu dem Problem „Miteinander schlafen" steht. Er ist ja in dieser Beziehung kein unbeschriebenes Blatt. Jörg erzählte von Elke, seiner ersten Freundin.

„Das war ein Mädchen, sag ich dir! Ein Stachelpanzer, aber darunter zart und glatt wie eine frische Kastanie. Ich war restlos verliebt, dachte Tag und Nacht nichts anderes als ‚Elke'. Und ich wollte sie ganz. Sie ließ mich warten – das hat mich noch mehr gereizt. Ich habe drei Monate gebraucht, um sie rumzukriegen. Es war grandios, dieses erste Mal, hat mich gepackt wie ein Wirbelsturm. Ich habe es nie wieder so total erlebt. Aber für sie war's eine Enttäuschung. Ich habe ihr ziemlich wehgetan, sie hat dabei geweint. Sie war noch ein halbes Kind, kaum 15."

Jörg schwieg ein paar Minuten, dann erzählte er mit gepreßter Stimme weiter.

„Es blieb natürlich nicht bei dem einen Mal. Wir haben immer öfter miteinander geschlafen, sie bekam mit der Zeit auch Spaß daran, hat sie wenigstens behauptet. Aber es war seltsam, sie hat mir mit jedem Mal weniger bedeutet. Ich weiß nicht, woran das lag. Vielleicht an mir." Er überlegte. „Ja, das wird es sein. Wenn man einen Menschen für sich erobern will, dann wird er zum Besitz, zum Ding. Er verliert seine Würde und seinen Wert. Aber das Schlimme war, je weniger ich sie schätzte, um so mehr hängte sie sich an mich. Als wäre sie angeleimt. Sie wurde mir mit der Zeit sogar lästig, und ich dachte nur noch darüber nach, wie ich sie loswerden könnte."

Er seufzte.

„Ja, Chris, so herzlos war ich. Ich kann es heute nicht mehr begreifen. Ich hab mit ihr Schluß gemacht – auf die lässige Tour, weißt du. Sie hat jämmerlich geweint. Sie hing an meinem Hals wie eine Ertrinkende und schrie: „Nein, geh nicht weg! Verlaß mich nicht!" Ich hab sie schließlich von mir weggestoßen und bin fortgelaufen. Hab drei Wochen kein Telefon abgehoben und ihre Briefe ungeöffnet zurückgeschickt. Unser Hausmädchen hatte die Anweisung, Elke sofort wieder wegzuschicken, falls sie auftauchen sollte. Ich wollte sie aus meinem Leben streichen."

Ich fragte leise: „Und ist dir das gelungen?"

„Nur in den ersten Wochen. Da fühlte ich mich wunderbar frei. Aber dann quälte mich die Erinnerung. Ich bekam sogar Alpträume. Immer sah ich ihr Gesicht vor mir, die Augen voller Tränen. Immer hörte ich ihre Stimme: ‚Nein, geh nicht weg!' Es war die reinste Folter."

„Und habt ihr inzwischen wieder mal voneinander gehört?"

„Vor drei Monaten, als bei mir der Umbruch kam, da hab ich zu Hause bei ihr angerufen. Ich wollte sie um Verzeihung bitten. Was ich ihr angetan habe, das läßt sich mit Worten nicht wiedergutmachen. Aber ich wollte wenigstens noch mal mit ihr reden. Ihre Mutter war am Telefon. Zuerst war sie sehr böse. Als sie merkte, wie leid es mir tat, wurde sie freundlicher. Sie hat mir erzählt, daß Elke nach unserer Trennung schwermütig geworden ist. Wochenlang hat sie nichts essen wollen, ging nicht zur Schule. Sie lag den ganzen Tag im Bett. Es dauerte lange, bis sie sich wieder gefangen hatte, aber sie war nie mehr dasselbe Kastanien-Mädchen. Wollte danach lange nichts mehr mit Jungs zu tun haben. Aber dann hat sie einen Soldaten von der US-Army kennengelernt. Sie hat ihn sehr schnell geheiratet, an ihrem 18. Geburtstag, weil die Mutter dagegen war. Dann ist sie mit ihm in die Staaten rüber. Sie schreibt nur selten und ziemlich traurig. Ihre Mutter glaubt nicht, daß sie glücklich geworden ist."

„Wirst du ihr schreiben?" fragte ich.

„Ich wollte, aber ihre Mutter meinte, das solle ich lieber lassen. Das würde die alten Wunden nur wieder aufreißen."

Jörg zeichnete mit einem Stöckchen Figuren in den Sand: ein Herz mit einem Pfeil darin. Dann erzählte er weiter.

„Ja, Elke war die erste. Nicht nur sie hat einen Knacks gekriegt, ich auch. Jedesmal, wenn ich ein anderes Mädchen küßte, schob sich die Erinnerung an Elke dazwischen. Das hat mich fertig gemacht! Ich konnte mich auf kein Mädchen richtig konzentrieren, überall war Elke dabei. Ich habe versucht, mich zu betäuben. Habe Sex benutzt wie eine Droge. Aber es war immer nur ein kurzer Genuß, minutenweise. Und dann hat mich nicht einmal das zufriedengestellt. Sex ohne Liebe, da hast du nicht viel davon – bleibt nicht mehr übrig als ein schaler Geschmack."

Jörg schwieg wieder. Dann sagte er: „Ja, ich habe schwer herumgehurt. Es war ein teurer Spaß, für die Mädchen, aber auch für mich. Was ich damit bei mir zerstört habe, das ist kaum zu reparieren. Um so größer ist das Wunder, daß ein Mädchen wie Tine mich liebt. Sie ist so geduldig! Sie hilft mir enorm. Wenn mich die alten Gespenster quälen, dann sagt sie: ‚Gott hat dir vergeben, er macht dich auch wieder heil'."

Ich fragte Jörg: „Passiert es dir bei Tine auch, daß sich Elkes Gesicht dazwischenschiebt?"

„Am Anfang war das regelmäßig so. In letzter Zeit ist es selten geworden. Aber ich muß immer noch gegen diese falsche Idee ankämpfen, weißt du, daß Sex ein Genußmittel ist, bei dem es um meine Lust geht, um meinen Spaß. Wenn man so denkt, dann ist das nichts anderes als Selbstbefriedigung, bloß zu zweit."

„Wie müßte es denn richtig aussehen?"

„Für mich ist Zärtlichkeit eine Körpersprache. Du drückst damit die Liebe aus, die du geistig und seelisch empfindest. Du lebst durch Gesten eine Nähe aus, die auf allen Gebieten da ist."

„Und wenn die Nähe nicht überall da ist? Und man schläft trotzdem miteinander?"

„Dann ist das eine Lüge. Und auf einer Lüge kann keine Liebe wachsen. Wenn man miteinander schläft, dann verschmelzen zwei Leben zu einem gemeinsamen. Das ist kein Spiel. Das ist ernst und irgendwie ... heilig, weißt du? Und wer damit herumtändelt, der vergeudet Lebenskraft. Der spuckt in den Brunnen, aus dem er trinken will. Der setzt sich selbst einen Wurm an die Wurzel."

„Weißt du, Jörg, ich möchte gerne die große Liebe erleben. Eine, die ein Leben lang hält. Und wenn wir dann miteinander schlafen, dann soll das ein Fest sein, kein Fast-Food-Imbiß. Ich möchte das mit einer einzigen Frau entdecken. Die ich so sehr liebe, daß ich auch vor der Gesellschaft zu ihr stehe."

„Du meinst damit – heiraten?"

„Ja, und nicht nur das. Ich meine eine richtige Ehe, in der man alles miteinander teilt."

„Das wünsche ich mir auch. Wenn du dir den Sex aufhebst bis zur Hochzeit, ersparst du dir auch das Vergleichen."

„Wie meinst du das?"

„Wenn du mit mehreren Frauen geschlafen hast, dann

denkst du unwillkürlich: ‚Na, bei der war dies oder das anders. Das war schöner, oder das war weniger reizvoll'. Und dann erwischt man sich untertags dabei, daß man Mädchen und Frauen abschätzt wie eine Ware und sich überlegt, wie könnte es mit der sein ..."

„Ob die Mädchen auch so denken, wenn sie schon mehrmals ...?"

„Das wird in ihnen auch Spuren hinterlassen. Die Unbefangenheit geht verloren. Chris, ich sag dir, ich gäbe eine Million dafür, wenn ich noch mal neu beginnen könnte! Mit einem reinen Gewissen! Mit einer sauberen Phantasie!

„Jörg, du kannst wieder von vorn anfangen. Jesus hat es versprochen!"

„Ja, das stimmt. Daran klammere ich mich. Aber es geht nicht automatisch. Ich muß immer wieder darum bitten. Bei mir ist so vieles verkorkst, so viel Müll in meinen Gedanken. Es braucht seine Zeit, bis das alles entsorgt ist."

„Gott sieht dich jetzt schon so, als hättest du nie etwas falsch gemacht."

„Ja, weil ich mich hinter dem Rücken meines Freundes verstecken kann. Es ist mir immer noch unbegreiflich. Jesus nimmt mein verpfuschtes Leben auf sich, meine Lügen, meine Mädchengeschichten, meine schlimmen Streiche, für das alles hat er sich verurteilen lassen. Als Verbrecher. Dabei war er unschuldig. Wenn einer unschuldig war, dann er. Und dann läßt er sich foltern und anspucken und verspotten. Läßt sich ans Kreuz nageln. Flucht und schimpft nicht, sondern betet für seine Peiniger. Hängt da stundenlang in glühender Hitze, halb tot vor Schmerzen und doch lebendig genug, um noch alles mitzukriegen. Statt zu jammern, kümmert er sich noch um einen Verbrecher, der neben ihm hängt. Tröstet seine Mutter. Seinen besten Freund. Und dann stirbt er, obwohl er Gott ist. Stirbt unseren dreckigen Tod, den eigentlich wir verdient hätten. Chris, das ist eine Liebe, die keinen kalt lassen kann!"

Ich nickte still. Mochte das nicht zerreden, was Jörg so plastisch geschildert hat. Nach einer Weile meinte Jörg: „Mir ist es ein Rätsel, warum der zweite Verbrecher am Kreuz weiter gespottet hat. Warum hat er seine Chance nicht genutzt?"

„Weil er frei war. Keiner wird zum Glauben gezwungen. Nicht durch Logik, nicht durch religiöse Beeinflussung oder Erziehung. Er konnte sich entscheiden. Und er hat sich gegen seine Rettung entschieden. Hat die Gnade ausgeschlagen."

„Warum hat Gott da nicht ein bißchen nachgeholfen, um den anderen zu retten, auch gegen seinen Willen?"

„Ich glaube, das hätte nicht lange gehalten. Wenn einer nur zu Gott kommt, weil er sich Vorteile erhofft, oder aus Angst vor Strafe, dann bleibt er nicht bei ihm. Nur wer das Wesen Gottes begreifen lernt, seine Liebe, seine Größe bewundert, der fühlt sich wirklich zu ihm hingezogen. Der sehnt sich nach Nähe und Gemeinschaft. Will Gott ähnlich werden."

„Na ja, das ist klar. Was man liebt, das betrachtet man dauernd. Das prägt einen mit der Zeit. Unsere Köchin ist in ihren Mops vernarrt. Sie verbringt jede freie Minute mit ihrem Hund. Und sie hat inzwischen schon ein richtiges Mopsgesicht."

Ich mußte lachen. Dieser Gedankensprung – typisch Jörg. Seine Vergleiche hinken so charmant.

Stichwort charmant – und Vio fiel mir ein. Wie kann

ich ihr meine Gedanken verständlich machen? Sie meint, ich hätte sie abgelehnt, ihre Hingabe zurückgewiesen. Sie hat nicht begriffen, warum ich die Situation nicht ausnutzen wollte. Sie weiß vielleicht nicht, wie viele Menschen für die Süßigkeit einer Schmusestunde ein ganzes Leben lang bezahlen müssen. Daß sie eine Last tragen, die sie sich mit etwas mehr Besonnenheit erspart hätten. Vio konnte vorhin nicht mehr sachlich und vernünftig nachdenken; sie hat zu stark reagiert. Das paßte nicht zu ihr, auch nicht zum Anlaß. Da muß eine Wunde in ihr sein, die nicht verheilt ist. Irgendetwas von früher. Das nagt an ihr. Deshalb hat sie keinen Halt, keinen inneren Anker.

Jörg mußte meine Gedanken erraten haben; er sagte: „Wollen wir für Vio beten? Daß sie Frieden findet?"

Und das taten wir dann auch. Ich habe meinen ganzen Kummersack vor Gott ausgeleert. Mein Trost: Er liebt Vio noch viel mehr als ich. Bei ihm ist sie gut aufgehoben, denn er kennt sie in- und auswendig. Er weiß, wo sie ansprechbar ist. Er kann an Türen klopfen, die nur innen eine Klinke haben. Öffnen muß sie freilich selbst.

Die Ruine meiner Liebe

Chris kam nicht mehr zurück. Also ist der Schlußpunkt gesetzt. Er ist ausgestiegen. Jetzt muß ich schauen, wie ich allein weiterkomme. Ich will hier weg. Gleich morgen früh.

Ich habe in Mutters Dokumentenmappe nach meinem Reisepaß gesucht. Da ist ein Blatt herausgefallen: die Heiratsurkunde meiner Eltern. Ich schaute sie an, und was sehe ich: Meine Eltern haben erst zwei Monate vor meiner Geburt geheiratet. Ich bin also kein Wunschkind, sondern nur ein „Unfall". Vielen Dank, Vater und Mutter. Immerhin habt ihr mich nicht abtreiben lassen. Vielleicht wäre das noch besser gewesen. Besser als leben und nicht gewollt sein.

In der Mappe lag ein verschnürtes Bündel, oben drauf konnte ich ein Bild von meinem Vater sehen. Ich erinnere mich noch ganz schwach an ihn: Er hatte schwarze Haare und dunkle Augen. Wahrscheinlich sehe ich ihm ähnlich. Er war groß und hatte eine weiche Stimme. Abends saß er immer an meinem Bett und erzählte mir Geschichten. Vielleicht hat er mich doch gern gehabt? Wenigstens ein bißchen? Auf einmal spüre ich Sehnsucht nach ihm.

Ich weiß, was ich tue: Ich werde meinen Vater suchen. Ich muß wissen, ob er mich gewollt hat. Ich will herausfinden, warum er uns verlassen hat. Und nicht wiedergekommen ist. Seine Adresse weiß ich nicht. Aber ich notiere mir die Anschrift seines Anwalts. Als die Scheidung lief, wohnte er in München. Dort muß ich seine Spur aufnehmen. Geld hab ich nicht viel, und ich weiß nicht, wie lange ich damit auskommen muß. Ich werde also trampen.

Meine Sachen sind schnell gepackt. Ein Rucksack, eine kleine Tasche. Papiere eingesteckt, Geld, mein Postsparbuch für alle Fälle. Dann muß ich eine Nachricht an Mutter schreiben. Ob sie erschrocken ist, wenn ich weg bin? Vielleicht sagt sie: „Das tangiert mich nur peripher"?

Meistens bin ich ihr doch nur im Weg. Sie kann viel freier leben, wenn ich fort bin.

Und Chris? Was kümmert mich Chris! Er kann mir gestohlen bleiben mitsamt seinen Margeriten! Hab den Strauß aus der Vase gerissen und solange damit auf die Stühle geschlagen, bis ich nur noch die kahlen Stiele in der Hand hielt. Hatte keine Lust, das Chaos aufzuräumen. Auch den Stuhl ließ ich liegen. Nur den Obstsalat habe ich in den Kühlschrank gestellt. Alles andere soll so bleiben: die Ruine meiner Liebe.

Im Sprühregen

Viola ist weg! Ich habe Katrin zu ihrem Haus geschickt – als Friedenstaube –, doch niemand öffnete. Hab jede Stunde angerufen, Tag und Nacht. Viola hob nicht ab. Ich bekam Angst um sie. Dann sagte mir der Hausmeister, er hätte Vio am Samstag früh gesehen, sie sei mit dem Rucksack weggegangen. Ich dachte, sie besucht vielleicht eine Freundin oder fährt ihrer Mutter nach. Aber sie war weder gestern noch heute in der Schule. Da fuhr ich abends zu ihrer Mutter hinüber.

Frau Adamek war ganz verstört. Zeigte mir einen Zettel. Darauf stand: *Hallo Mutter, ich muß hier weg. Vielleicht komme ich irgendwann mal wieder. Bitte suche nicht nach mir. Du machst es mir nur unnötig schwer. Sei nicht traurig. Du hast es leichter ohne mich, und ich komm schon irgendwie durch. Gruß, Vio.*

„Sie hat nicht viel mitgenommen, ein paar Pullis, eine Jeans, ihre Turnschuhe. Ich hoffe immer noch, daß sie bald wieder auftaucht. Was war denn los? Habt ihr euch gestritten?"

„Hm ... ja ... nicht direkt. Wir waren uns nicht ganz einig, und dann hat mich Vio weggeschickt. Sie hat sich geärgert. Aber ich dachte, das renkt sich wieder ein."

„Da kennst du Vio schlecht. Sie ist sehr heftig in ihren Gefühlen. Sie liebt stark, aber wenn sie haßt, dann ist sie unversöhnlich. Sie kann nicht vergeben. Und sie ist so stolz, daß sie andere nicht um Verzeihung bitten kann. Ich glaube, das hat sie von mir ..." Frau Adamek ließ den Kopf sinken. Sie tat mir leid.

„Und was soll jetzt werden?" fragte ich.

„Ich warte ein paar Tage ab. Wenn sie sich bis dahin nicht gemeldet hat, schalte ich die Polizei ein. Obwohl ich mir davon wenig erhoffe. Wenn ich nur wüßte, wo sie hin will. Hast du eine Ahnung?"

Da kam mir eine Idee.

„Könnte es sein, daß sie ihren Vater besuchen will? Sie hat zwar selten von ihm gesprochen, aber ich glaube doch, daß sie ihn vermißt."

„Ihren Vater? Bestimmt nicht. Sie haßt ihn. Außerdem weiß sie gar nicht, wo er wohnt. Ich habe seine Adresse selber nicht mehr."

„Könnte man die nicht herausfinden?"

„Ja, aber wozu?"

„Viola ist doch auch sein Kind. Er sollte erfahren, daß sie verschwunden ist. Vielleicht kann er ihr helfen, wieder ins Gleichgewicht zu kommen."

„Ach nein, das ist keine gute Idee. Mein Exmann ist ein sehr anstrengender Mensch. Ich will nicht, daß er sich wieder in mein Leben einmischt. Ich bin froh, daß er fort ist."

Sie wollte nicht. Da kann man nichts machen. Zu Hause erzählte ich den Eltern davon. Paps meinte, ich hätte wahrscheinlich recht mit meiner Vermutung, daß

Viola ihren Vater sucht. Und wir sollten einfach Gott um Hilfe bitten. Er weiß, wo Viola steckt. Er kann sie mit Menschen zusammenbringen, die ihr weiterhelfen und gut zu ihr sind. Mam sagte: „Chris, du erlebst jetzt ein kleines Stück von dem, was Gott jede Stunde und jede Minute durchmacht. Da reißen sich die Menschen von seiner Hand los und laufen fort. Und er läßt sie laufen. Er läßt sie frei, obwohl ihm dabei das Herz bricht. Er lockt und ruft, er wartet mit unendlicher Geduld, und manchmal geht er ihnen nach, wie der Hirte ein verirrtes Schaf sucht. Du mußt Geduld haben. Bete für Vio, aber versinke nicht in Traurigkeit. Das nützt keinem. Du machst dich nur krank."

Das ist leichter gesagt als getan! Ich gehe momentan durch die Hölle. Ich grüble im Kreis herum wie ein Saphir, der in einer verkratzten Schallplattenrille hängengeblieben ist. Ich fühle mich als Versager. Nicht deshalb, weil ich mich Viola entzogen habe. Dazu stehe ich, das war richtig. Aber weil ich mich in den Wochen davor einfach treiben ließ. Ich war nicht mehr ich selbst. Viola war zum Dreh- und Angelpunkt meines Lebens geworden. Ich war regelrecht süchtig nach ihr; und ich habe alles andere an die zweite Stelle gerückt. Habe meinen besten Freund vernachlässigt – keine Zeit zum ruhigen Gespräch mit Gott, keine Zeit für sein Wort, die Bibel, keine Zeit für Abenteuer mit ihm, bei denen ich mich für andere Menschen einsetze. Meine Familie, die Kirchengemeinde, die Jugendgruppe, die Schule, das war mir alles so unwichtig geworden. Ich dachte nur noch an Viola, an unsere Stunden zu zweit. Mein Leben hatte auf einmal nur eine Schiene. Kein Wunder, daß ich keine Kraft mehr hatte; daß ich Vio das Leben mit Gott nicht schmackhafter machen konnte. Ich lebte ja gar nicht mehr mit ihm! Ich hatte ihn einfach stehenlassen. Hatte Vio zu verstehen gegeben: „Du bist mir mehr wert als Gott."

Aber Gott hat mich nicht aufgegeben. Ich fühle seine Nähe noch nicht, die Trauer umgibt mich wie ein kalter Sprühregen, aber ich weiß trotzdem, daß ich nicht verlassen bin. Gott hat mir in seinem Wort die Treue versprochen. Und er lügt nicht. Er hat mir verziehen. Ich bin kein bißchen besser als Jörg, auch wenn die Liste meiner Untaten kürzer ist. Man muß nichts Böses tun, um böse zu sein. Die Trennung von Gott beginnt in Gedanken. Es muß Jesus sehr weh getan haben, daß ich ihm untreu war. Obwohl ich es doch besser weiß.

Ja, ich bin kleinlaut geworden. Ich spüre, wie nötig ich Vergebung brauche. Und Trost. Denn Viola fehlt mir. Ich vermisse sie wie nach sechs Regenwochen den Sonnenschein. Dazu kommt die Sorge um sie. Wenn ich nur wüßte, wie es ihr geht!

Ich suche

Bis jetzt ist alles gutgegangen mit dem Trampen. Ich suche mir die Leute aus, bei denen ich einsteige. Bis Augsburg kein Problem. Konnte mit Frauen fahren, einmal auch mit einer Familie. Aber dann fing der Regen an. Ich war schon ganz durchgeweicht. Deshalb verzog ich mich in die Raststätte und bestellte einen heißen Tee. Ein Laster hielt draußen, die Tür flog auf, und ein Mädchen sprang heraus. Sie stolperte, riß sich wieder hoch und kam auf das Restaurant zugelaufen. Ich dachte: „Wie ein Reh, hinter dem die Jäger her sind!"

Zwei Männer stiegen aus; sie sah es und versteckte sich gleich in der Damentoilette. Das machte mich neugierig. Ich ging zu ihr. Sie war völlig außer Atem. Nach einer Weile hatte sie sich beruhigt. Ich fragte: „Irgendwelche Probleme?" War eine dumme Frage, aber sie nickte trotzdem.

„Ich hatte gleich ein mulmiges Gefühl", sagte sie, „schon beim Einsteigen. Aber dann dachte ich: Sei nicht so zimperlich. Was soll schon passieren?"

„Ist denn was passiert?" fragte ich.

„Sie wollten mit mir schlafen. Als Belohnung, weil sie mich mitnehmen. Reichlich unverschämt."

Ich sagte: „Jetzt kommst du erst mal mit mir raus und trinkst einen heißen Kakao. Das beruhigt die Nerven."

„Weißt du, ich kam mir vor wie eine Handelsware. Und sie waren zu zweit!"

„Zum Glück sind nicht alle Fahrer so. Jetzt reg dich erst mal ab. Nachher suchst du dir ein anderes Auto zum Weitertrampen."

Von den beiden Männern war nichts zu sehen, als wir uns an den Tisch setzten. Wir plauderten ein bißchen, dann hörte der Regen auf. Wir gingen hinaus an die Tankstelle. Ein Mercedes hielt – ältere Dame, gepflegte Frisur, teures Kostüm. Sie hob die Augenbrauen, als wir fragten: „Richtung München?"

Sie ließ uns einsteigen. Das war natürlich ideal: zu zweit trampen und dann noch mit einer älteren Frau. An der nächsten Raststätte wollte das andere Mädchen aussteigen; sie war dort verabredet, und ich durfte bis München weiter mitfahren. Wir kamen ins Gespräch. Sie wollte wissen, warum ich überhaupt nach

München will. Ich sagte ihr: „Ich will meinen Vater besuchen."

„Aha. Ist das per Bahn nicht sicherer?" meinte sie.

„Schon, aber auch viel teurer."

Sie lächelte: „Wie man's nimmt."

Darüber mußte ich lange nachdenken. Was hat sie nur gemeint?

Dann waren wir auf der Stadtautobahn, und sie fragte: „Wo wohnt denn dein Vater? Ich bring dich hin, willst du?"

Ich mußte ihr das mühsam ausreden. Konnte ihr doch nicht verraten, daß ich keine Ahnung hatte!

„Mein Vater ist noch im Büro, ich will ihn dort überraschen. Könnten Sie mich vielleicht am Stachus rauslassen? Von dort ist es nicht mehr weit." Dachte ich.

Sie bohrte nicht mehr weiter, entweder glaubte sie mir, oder es war ihr gleichgültig. Aber bevor ich ausstieg, gab sie mir eine Visitenkarte mit ihrer Adresse.

„Mädchen, wenn du mal in der Klemme sitzt – man kann ja nie wissen –, dann ruf mich an. Hörst du? Brauchst keine Hemmungen zu haben. Ich habe selber drei Töchter, eine frecher als die andere ... na ja, sind längst verheiratet und haben eine Handvoll bayerische Spießbürger in die Welt gesetzt."

Köstlich! Am liebsten wäre ich ihr um den Hals gefallen. Das ist sonst nicht meine Art, aber wenn man so allein ist, da schätzt man Freundlichkeit ganz anders. Ich bedankte mich und steckte die Karte ein.

Dann wühlte ich die Adresse des Anwalts heraus und suchte sie auf einem Stadtplan. O weh, da war ich am Stachus ganz falsch. Machte eine Odyssee mit U-Bahn, Bus und Straßenbahn und verlief mich dreimal. Dann hatte ich das Haus gefunden. Aber die Sprechzeit war seit einer halben Stunde zu Ende. Alles umsonst. Immerhin wußte ich schon mal, wo das war. Irgendwie fand ich die Jugendherberge und bezog ein Bett im Viererzimmer. Die anderen drei waren Französinnen und konnten kein Wort Deutsch. Dafür unterhielten sie sich die halbe Nacht in ihrem melodischen Singsang. Ich liebe diese Sprache! Es klang schön. Aber ich hätte auch ganz gern geschlafen.

Wachte am Morgen auf wie gerädert. Nach dem Frühstück fuhr ich auf direktem Weg zum Anwaltsbüro. Dort mußte ich zwei Stunden warten, bis der Anwalt von einer Verhandlung kam. Er war sehr freundlich zu mir, ganz anders als die Vorzimmerdame, die mich von oben bis unten gemustert hatte, als wäre ich eine verkleidete Terroristin mit einer Brandbombe im Rucksack.

Der Anwalt erklärte mir, daß die Akten 10 Jahre bei ihm im Büro aufgehoben würden, dann lagerten sie im Archiv; in seinem Büro wäre zu wenig Platz. Meine Eltern wurden vor ungefähr 13 Jahren geschieden. Also hat er keinen Zugriff mehr zu irgendwelchen Adressen. Den Fall hatte damals sein Vorgänger bearbeitet.

Mir sank der Mut. Der Anwalt zuckte die Achseln und meinte: „Do ko mer nix mochen, Fräilein. Ober sands froh, 'leicht isa a olds Ekl, da Herr Papa."

Sehr tröstlich! Wenigstens verlangte er kein Geld für die Beratung. Es gibt doch noch nette Menschen.

Als ich wieder draußen stand, fiel mir die Visitenkarte der alten Dame ein. Ich rief sie an, erklärte meine Lage. Diesmal schwindelte ich ihr nichts vor. Sie schimpfte kein bißchen, sondern meinte, sie würde mich sofort mit dem Auto abholen und zu ihrem eigenen Anwalt bringen. Eine halbe Stunde später war sie da. Ihr Anwalt hatte eine hochmoderne Kanzlei – alles blitzte von

Chrom und Glas. Der Rechtsanwalt paßte in die Umgebung, auch an ihm blitzte alles, von den Schuhen bis zur Stahlbrille. Die alte Dame scheint sehr reich zu sein; jedenfalls scharwenzelte jeder um sie herum. Die Sekretärin kochte uns sogar einen Kaffee. Ja, die Wunderwaffe Geld.

Der Anwalt telefonierte eine Weile herum, schimpfte in den Apparat, dann war er wieder ausgesucht höflich. Ich sah sie fast vor mir, die Lehrlinge mit den staubigen Fingern, die auf die Leiter klettern mußten und in den Akten stöberten. Und dann wieder den Anwaltskollegen, der da am anderen Ende der Telefonleitung saß, im eleganten Anzug mit Krawatte, korrekt, wahrscheinlich trug er sogar einen Ring am Mittelfinger. Unser Anwalt tat sehr geschäftig. Zwischendurch lächelte er sein Blitzlächeln, als wollte er uns fragen: „Schaut nur, wie ich mich für euch einsetze. Ist es recht so?"

Endlich hatte er Vaters Adresse aufgetrieben, notierte sie auf einem blütenweißen Zettel, den er der alten Dame mit einer vollendeten Verbeugung über den Tisch reichte. Sie stand auf, bedankte sich knapp, wie man sich für Selbstverständlichkeiten bedankt, und nahm mich am Arm.

„So, meine Liebe. Jetzt fahren wir hin. Bürozeit oder nicht – irgend jemand wird schon zu Hause sein."

Ich wollte das nicht annehmen, sie hatte meinetwegen schon so viel Zeit und Geld eingesetzt. Aber sie duldete keinen Widerspruch.

„Endlich erlebe ich mal ein Abenteuer. Das lasse ich mir durch deinen Dickkopf nicht verderben! Ich habe mitgeackert, jetzt will ich auch miternten!"

Also fuhren wir hin, standen endlos im Stau, fuhren Kolonne, schwitzten und atmeten original Münchner

Smog. Es war inzwischen halb zwei, und mir waren die Knie weich. Nicht aus Hunger! Ich hätte jetzt gar nichts essen können vor Aufregung. Wie gut, daß ich nicht alleine war. Mit der alten Dame neben mir fühlte ich mich etwas mutiger.

Ein mittelgroßes Appartement-Haus, zwanzig Namen am Klingelschild. Ich suchte „Adamek", fand ihn nicht. Die alte Dame schüttelte den Kopf und drückte auf die unterste Klingel.

„Hallo??" tönte es aus der Sprechanlage.

Sie fragte zielstrebig nach dem Hausmeister, bedankte sich für die Auskunft. Dann gingen wir zum Nebenhaus. Der Hausmeister war nicht da. Seine Frau wußte nicht Bescheid über frühere Mieter. Aber sie gab uns die Adresse des Immobilien-Maklers, dem diese Wohnungen gehörten.

Der Makler war gerade in einer Sitzung. Die alte Dame legte einen Zehnmarkschein auf den Tisch der Vorzimmerlady. Da dauerte die Sitzung nur noch eine Minute. Als wir ins Sprechzimmer kamen, nestelte der Mann an seiner Krawatte herum – ich glaube, wir hatten ihn in seiner Siesta gestört. Er hörte aufmerksam zu, suchte in alten Ordnern, scheuchte seine Sekretärin herum und fand schließlich den Namen „Adamek, Jan".

„Ja, dieser Herr ist vor sechs Jahren ausgezogen. Er hatte über unser Maklerbüro eine Wohnung in Tutzing am Starnberger See gekauft. Versuchen Sie es einmal dort."

Ich war froh, daß wir endlich die richtige Adresse hatten. Trotzdem war mir mulmig zumute, je näher wir dem Starnberger See kamen.

Wir fanden das Haus sofort. Drei Parteien, kein Adamek dabei. Mir wurde flau. Die alte Dame ließ sich nicht so schnell kleinkriegen. Sie klingelte systematisch alle Mieter durch, bis einer öffnete. Dann nahm sie ihn regelrecht ins Kreuzverhör.

„Jo, der Adamek hot hier gwohnt. Jo, freili kenn i an. Ober voram dreiviatl Johr is a umizogn, 'leicht wiada noch Münchn eini?"

Wir schauten uns an. Jetzt waren wir so schlau wie vorher. Die alte Dame war genauso enttäuscht wie ich. Als wir wieder im Wagen saßen, meinte sie: „So hat das keinen Zweck. Du fährst jetzt schön brav wieder nach Hause zu deiner Mutter. Und dann versucht ihr von dort aus, den Papa zu finden. Zu zweit geht das besser, glaub's mir."

Ich glaubte ihr aufs Wort. Nur, ich hatte den Verdacht, daß meine Mutter ihren Exmann gar nicht mehr finden wollte. Sonst hätte sie längst etwas unternommen. Vielleicht hatte es gar nicht nur an ihm gelegen, daß die beiden nicht miteinander auskamen? Ich habe im Lauf der Jahre viele kleine Puzzlesteinchen gesammelt, Bemerkungen, Nebensätze, beiläufig hingeworfen. Weil mir das Ganze zu kompliziert gewesen war, hatte ich das Bild immer wieder mit meinem Haß zugedeckt und nicht weitergedacht. Aber jetzt werde ich mich nicht mehr mit Vorurteilen zufriedengeben. Ich will die Wahrheit rauskriegen!

Endlich eine Spur!

Endlich eine Spur von Viola! Sie war in München und wird heute abend zurückkommen. Eine Frau hat bei Vios Mutter angerufen. Vio war mit ihr zusammen, und es ist so, wie ich es mir gedacht habe: Viola sucht ihren Vater. Die Frau wollte ihr helfen, aber es hat nichts genützt, sie haben Herrn Adamek nicht gefunden. Ob das Einwohnermeldeamt keine Auskunft erteilt hat? Oder hat er vielleicht kein Telefon? Am liebsten würde ich mit Vio zusammen noch mal nach München fahren. Gemeinsam würden wir ihn schon finden!

Aber jetzt kommt sie erst mal nach Hause. Endlich sind die Bleigewichte von meinen Schultern abgefallen. Ich kann wieder frei durchatmen. Frau Adamek hat mich gewarnt: „Glaub bloß nicht, daß Vio gleich wieder mit dir gut ist! Sie ist sehr nachtragend.“

Aber das ist mir alles unwichtig. Hauptsache, sie ist in Sicherheit. Habe vorhin einen Strauß Margeriten gekauft und von Vios Mutter in ihr Zimmer stellen lassen. Jetzt fahren wir gemeinsam zum Bahnhof. Ich werde mich erst einmal im Hintergrund halten und abwarten.

Frau Adamek hat mir nicht viel von Vios Abenteuer erzählt, nur das eine: Eine freundliche Dame hat Vio mit dem Auto hin- und hergefahren und schließlich in den Zug nach Hause gesetzt. Und dann hat sie bei Vios Mutter angerufen. Ich habe Frau Adamek noch nie so aufgewühlt gesehen. Sonst wirkt sie immer leicht unterkühlt. Aber jetzt merkt man, daß sie doch sehr an ihrer Tochter hängt. Vielleicht kann sie ihre Liebe nicht zeigen. Vermutlich hält sie ihre eigenen Gefühle für Schwäche und verleugnet sie? Es gibt solche Menschen. Aber jetzt wird alles gut zwischen den beiden. Hoffe ich!

Meine Eltern und Katrin haben sich in den letzten Tagen großartig verhalten. Sie ließen mich in Ruhe und waren doch für mich da. Paps hat mir einen Zettel auf meinen Frühstücksteller gelegt. Darauf stand: „Geduld bringt weiter als Heldentum; sich beherrschen ist besser als Städte erobern." Das ist auch ein Spruch von König Salomo. Es baut mich immer auf, wenn ich einen Text finde, der genau auf meine Situation paßt. Wo ich doch so ungeduldig bin. Und gern ein Held sein möchte.

Mam hat mehrmals täglich mit Frau Adamek telefoniert. Ich glaube, zwischen den beiden wächst eine unsichtbare Brücke. Das ist gut! Wie Gott aus einer ganz verfahrenen Situation doch noch etwas Brauchbares machen kann – faszinierend! Er tut das nicht automatisch. Wir müssen ihn darum bitten und ihm vertrauen.

So, ich muß los – der Zug kommt in einer halben Stunde an. Ich freue mich wie auf mein erstes Rendezvous mit Vio!

Ich gebe nicht auf

Die gute Frau brachte mich zum Bahnhof, kaufte mir eine Fahrkarte und verfrachtete mich ins Zugabteil. „Damit du mir nicht wieder ausreißt!" meinte sie. Sie hat einen guten Blick für Menschen. Denn ich werde auf keinen Fall wieder nach Hause fahren. Jedenfalls nicht jetzt. Zuerst muß ich Vater gefunden haben. Deshalb stieg ich bei der nächsten Station wieder aus und fuhr mit der S-Bahn zurück nach München. In der Jugendherberge fragte ich einfach mal die Herbergseltern und auch einige Gruppenleiter. Was sie mir sagten, das hatte ich schon selbst gewußt: Einwohnermeldeamt, Telefonbuch ... Das hat alles der Anwalt schon probiert – ohne Erfolg. Entweder ist mein Vater nicht offiziell gemeldet, oder er wohnt nicht mehr in München. Wenn er nach Berlin gezogen ist, habe ich natürlich Pech gehabt, aber ich nehme an, daß er die Gegend um München mag. Ich probiere einfach weiter. Wenn ich nur wüßte, welchen Beruf Vater hat! Ich kann mich nicht mehr daran erinnern. Morgen früh werde ich sämtliche Adameks in München anrufen und fragen, ob sie mit meinem Vater verwandt sind. Außerdem werde ich die Telefonbücher der umliegenden Orte durchstöbern. Vater kann nicht einfach verschwunden sein. Nicht jetzt, wo ich ihn so dringend brauche!

Ein heißer Tip

Viola ist nicht mit dem angekündigten Zug gekommen. Auch mit dem nächsten und dem übernächsten nicht. Wir sind gegen elf wieder nach Hause gefahren. Frau Adamek meinte: „Vielleicht kommt sie morgen …“, aber sie glaubte es selber nicht. Ich bin unendlich müde.

Als ich schon im Bett lag, kam Paps auf einen Sprung herein. Viola ist zur Zeit Dauerthema in unserer Familie, und er kam gleich zur Sache.

„Chris, ich habe darüber nachgedacht. Es gibt verschiedene Möglichkeiten, wo ein Mädchen wie Vio in München unterkommen kann. Am wahrscheinlichsten sind die Jugendherbergen, meinst Du nicht auch? Da könnten wir gleich morgen früh mal anrufen. Dann wissen wir schon etwas mehr.“ Er wuschelte mir mit der Hand durchs Haar.

„Komm, mach dich nicht verrückt. Ihr wird schon nichts passieren. Sie ist doch ein vernünftiges Mädchen. Sie wird ihren Vater suchen und finden, und dann kommt sie wieder zurück.“

Hoffentlich hat er recht, mein Paps! Hoffentlich findet Vio ihren Vater bald! Wie könnte ich ihr nur dabei helfen? Nächste Woche sind Ferien, da fahre ich einfach mal nach München. Paps hat dort einen Cousin, den habe ich schon lange nicht mehr besucht. Genauer gesagt: noch nie. Aber irgendwann muß man ja mal anfangen mit der Verwandtenpflege.

Kurz vor dem Einschlafen kam mir noch ein Gedanke: Wenn man wüßte, was Vios Vater beruflich macht, könnte man ihn vielleicht eher finden. Und noch etwas: Vielleicht hat er früher mal Unterhaltskosten an Frau Adamek gezahlt. Über seine Kontonummer könnte ich an die Adresse herankommen. Die Banken stehen zwar unter Schweigepflicht, aber ich hab schon eine Idee – wird aber noch nicht verraten.

Das ist die Frage ...

Es ist zum Mäusemelken! Meine Finger sind schon wund vom Herumtelefonieren. Die meisten Adameks sind berufstätig. Na klar, hätte ich mir selber denken können. Zwei habe ich erreicht, die kennen keinen Jan Adamek.

Habe in meinem Gedächtnis gegraben und gebuddelt – welchen Beruf hatte mein Vater? Ich kann mich nur noch an seine feinen, weißen Finger erinnern. Er hat also keine Schwerarbeit gemacht. Manchmal war ein Tintenkleks am Mittelfinger. Also hat er einen Denk- oder Schreibberuf. Meistens blieb er nach dem Mittag-

essen zu Hause, in seinem Arbeitszimmer. Wenn ich ganz leise war, durfte ich hinein. Ich bin dann unter seinen Schreibtisch gekrochen. Das war mein Spielhaus. Manchmal gab er mir Papier und Stifte. Da konnte ich dann malen – was man so malt als Vierjährige: Kritzi-Kratzi. Was hat Paps inzwischen auf dem Schreibtisch nur gemacht? Da lagen Bücher, manchmal auch Hefte ... Moment mal, dann war er vielleicht Lehrer? Das könnte sein! Hurra! Ich hab eine Spur!

Miteinander reden

Frau Adamek wunderte sich sehr, als ich sie um sechs Uhr früh anrief. Ich erwähnte das Wort „Jugendherberge" lieber nicht, denn sonst läßt sie Vio noch von der Polizei abholen, und das wäre unverzeihlich. Aber ich habe wenigstens rausgekriegt, was Herr Adamek beruflich macht: Er ist Sonderschullehrer. Jedenfalls war er es damals. Und sie hat mir auch die Nummer seines Postscheck-Kontos gegeben. In den letzten Jahren wollte Vios Mutter kein Geld mehr von ihm annehmen, aber vorher hat er monatlich für Viola Unterhalt gezahlt. Ich nehme an, daß er sein Konto immer noch hat. Und jetzt kommt meine geniale Idee: Ich werde ihm einfach 10 Mark auf sein Konto überweisen und bei „Verwendungszweck" schreibe ich hin: „Bitte anrufen, betrifft Viola!" und meine Telefonnummer. Ich bin gespannt, ob er darauf reagiert.

Außerdem habe ich noch bei den Jugendherbergen in München nachgefragt; in der einen ist Viola gemeldet. Sie war nicht erreichbar. Der Herbergsvater versprach, ihr etwas auszurichten. Vielleicht ruft sie mich heute an. Am liebsten würde ich die Schule schwänzen, damit ich ihren Anruf nicht verpasse. Aber Mam scheucht mich gerade, es ist schon spät.

Der Tag ist vergangen, und Viola hat *nicht* angerufen. Das verletzt mich. Ich bin enttäuscht, fast ein bißchen böse auf sie. Mam hat mir das an der Nasenspitze angesehen. Manchmal frage ich mich, ob ich auf der Stirn ein Display oder einen Bildschirm trage, auf dem jeder lesen kann, was ich denke! Na gut, vielleicht nicht jeder, aber jedenfalls Mam.

Sie hat mir einen köstlichen Früchtetee gebraut und einen Apfelkuchen gebacken. Sie sagt: „Gegen Liebeskummer ist Apfelkuchen die beste Medizin!" Und wenn ich sonst auch nicht viel von Medikamenten halte – gegen diese Therapie ist nichts einzuwenden. Aber es bleibt nicht beim Kuchen. Sie setzt sich zu mir und läßt mich erzählen. Wenn sie mich so anlächelt, da öffnen sich bei mir die Schleusen, und ich kann erst mal alles loswerden, was mich bedrückt. Und dann hütet sie sich davor, gleich alles zu bewerten und zu beurteilen, was ich sage. Nur selten gibt sie mir einen Rat. Meistens komme ich von selber drauf, wenn ich in ihrer Gegenwart das Pro und Kontra durchdenke, weil sie mich durch Fragen dazu anregt. So war es heute auch wieder. Zum Schluß wurde mir klar: Ich fühle mich von Vio abgelehnt. Aber eigentlich ist es dumm von mir, wenn ich mich über Vio ärgere, nur weil sie nicht so handelt, wie ich es mir wünsche. Sie ist doch eine eigene Persönlichkeit. Das wirkliche Problem ist meine Erwartung, nicht so sehr ihr Verhalten. Ich habe mir etwas in den Kopf gesetzt, und weil es anders gelaufen ist, bin ich enttäuscht.

Und während ich das sage, sehe ich Vios Enttäuschung an meinem Geburtstag auch noch von einer neuen Seite. Da haben sich viele verschiedene Gefühle zu einem Knoten verheddert. Sie fühlt sich wahrscheinlich genauso verletzt wie ich. Mit dem einen großen Unterschied: Ich habe schon seit Jahren trainiert, wie man Verzeihung annimmt und anderen verzeiht. Sie kann das noch nicht. Ich muß einfach Geduld haben.

Auf meinem Kopfkissen liegt wieder ein Zettel von Paps. Diesmal stammt der Spruch nicht aus der Bibel, sondern von Piet Hein, einem dänischen Philosophen, den wir beide sehr schätzen. Da steht:

> „Häng dir schön sichtbar –
> zur Not übers Bett –
> die dunkle Mahnung
> A.B.Z.
> Meinst du, dein Ziel sei entmutigend weit,
> soll's dich erinnern:
> *Alles braucht Zeit.*"

Vor einem Jahr hätten mich solche Zettel genervt. Damals fand ich meine Eltern hoffnungslos rückständig. Ich hatte das Gefühl, daß sie mir ständig Knüppel zwischen die Beine warfen und mich mit Ermahnungen bombardierten. Dabei wußte ich doch selber, was für mich gut war. Meistens. Oder besser gesagt – ab und zu. Aber in diesem einen Jahr haben wir alle drei uns enorm weiterentwickelt. Sie haben dazugelernt, respektieren meine Ansichten und haben viel Verständnis für mich. Deshalb kann ich auch viel offener sein. Und weil ich spüre, daß Mam und Paps nicht an mir herumerziehen, sondern mich begleiten wie Freunde, nehme ich ihre gelegentlichen Tips auch dankbar an.

Wenn ich später mal eine Familie habe, möchte ich das von Anfang an so einrichten. Es erspart Kummer und Tränen, wenn man erst mal gemerkt hat, daß man sich die meisten Probleme selber macht – weil man zuviel erwartet, von sich oder von anderen. Oder weil man sich manchmal selbst nicht leiden kann. Oder weil man etwas haben will, was der andere hat. Oder weil man zuviel mit sich selbst beschäftigt ist. Ob ich das mit Vio trainieren kann? Ach, Vio. Wenn ich an sie denke, wird mir wieder das Herz schwer. Da hilft auch das dritte Stück Apfelkuchen nichts. Ich muß eine Stunde allein sein, am besten im Wald.

Abgeschoben

Heute habe ich das Schulamt belagert. Es war mühsam! Einer schickte mich zum andern, und keiner hatte Zeit für mich. Ein Beamter fragte: „Fräulein, müßten Sie um diese Zeit nicht selber im Unterricht sein?“

Sie begreifen nicht, wie wichtig es für mich ist, meinen Vater zu finden.

Wenn die nette alte Dame dabei wäre, dann würden sie sich anders verhalten! Aber ich kann sie unmöglich noch einmal anrufen – sie wäre schlimm enttäuscht von mir. Deshalb habe ich ihre Karte kleingeschnipselt und weggeworfen. Damit ich die Frau nicht in einem Anfall von Hilflosigkeit doch noch anrufe.

Bei den Adameks in München hab ich auch kein Glück gehabt. Keiner kennt meinen Vater. Ich forste gerade die Telefonbücher der umliegenden Orte durch. Aber wie das so ist bei Lehrern – sie werden versetzt. Wer weiß, wo Vater steckt! Aber ich gebe nicht auf!

Als ich abends in die Herberge kam, gab mir der Herbergsvater einen Zettel. Darauf stand: „Liebe Viola, dein Vater ist Sonderschullehrer. Magst du mich mal anrufen? Chris." Mir kamen die Tränen, als ich das las. Woher weiß er, daß ich hier bin? Und wie hat er herausgefunden, daß Vater Lehrer ist? Am liebsten würde ich zur nächsten Telefonzelle stürzen und Chris anrufen. Wenn er nur hier wäre! Er würde mich in den Arm nehmen. Er würde mir übers Haar streichen und mir liebe Worte ins Ohr flüstern. Er würde sagen: „Bis ans Ende der Welt, Viowolke ..." Er würde ... würde er wirklich? Jetzt auch noch? Nach allem, was war?

Plötzlich sah ich ihn vor mir – die Lippen zusammengepreßt, daß die Sehnen am Hals hervortreten, Entschlossenheit im Blick. Er schiebt mich von sich weg, unerbittlich. Es schmerzt. Und während ich darüber nachdenke, schiebt sich ein anderes Bild dazwischen:

Ein kleines Mädchen klammert sich an die Beine eines Mannes. Der Mann wirft Pullover und Strümpfe in einen Koffer. Das Mädchen schreit: „Geh nicht fort, Vati. Nicht weggehen!"

Der Mann bückt sich und löst die Kinderhände von seinen Hosenbeinen, schiebt das Kind zurück ...

Das ist es. Davor habe ich Angst. Und weil ich nicht noch einmal verlassen werden will, habe ich Chris weggeschickt. Ich muß mir verbieten, an ihn zu denken. Ich reiße mir die Wärme, die ich noch für ihn empfinde, aus dem Herzen! Chris muß mir ganz gleichgültig werden. Nur dann bin ich unverletzlich. Nur dann kann ich weiterleben.

Ich hoffe, daß ich meinen Vater bald finde; das Geld wird knapp. Ich habe gestern kaum etwas gegessen und heute auch nur wenig. Muß die letzten 50 Mark gut einteilen. Die Fahrkarte nach Hause steckt noch in meiner Jacke – die freundliche, reiche Dame hat sie mir bezahlt, ohne auf meinen Widerspruch zu hören. Nach Hause. Aber ich weiß nicht, ob das überhaupt mein Zuhause ist. Wo gehöre ich hin?

Schlimme Saat

„Wir hätten besser nicht heiraten sollen", erzählte Frau Adamek im Nebenzimmer, und da konnte ich nicht widerstehen – ich schob die Verbindungstür einen kleinen Spalt weiter auf. Ich möchte so viel wie möglich über Vios Familie wissen, dann kann ich mich besser in sie hineindenken.

Mam hatte Vios Mutter zum Tee eingeladen, und nun saßen die beiden Frauen im Wohnzimmer. Frau Adamek war überraschend gesprächig. Jetzt erzählte sie gerade von Vios Vater, ihrem Exmann.

„Ich stamme aus einer zerrütteten Familie. Meine Eltern haben sich von früh bis spät gestritten. Wir drei Kinder bekamen mehr Prügel als Taschengeld, und ich war heilfroh, daß ich mit 18 endlich aus dem Haus kam. Hatte eine Stelle als Verkäuferin angenommen und wohnte für mich allein. Dann lernte ich Jan kennen. Er war damals noch Student. Was hat mir an ihm so gefallen? Sein seidiges Haar, die dunklen Augen, er wirkte so exotisch. Er hatte eine angenehme Stimme. Aber am meisten mochte ich seine Freundlichkeit. Wissen Sie, zu mir war nie jemand freundlich gewesen. Ich hatte ein paar Männerbekanntschaften, aber die waren schnell wieder zu Ende. Irgendwie war es mir nie gelungen, eine dauerhafte Freundschaft zu knüpfen. Jan war anders. Er dachte mehr an mich als an sich. Das hat mich fasziniert. Er hat immer Rücksicht auf mich genommen, und ich fühlte mich wie eine Königin, wenn er mit mir ausging. Er hat mich anfangs sehr geliebt ..."

Frau Adamek versank in Nachdenken. Nach einer Weile fragte Mam behutsam: „Was hat diese Liebe sterben lassen?"

„Wahrscheinlich waren wir zu verschieden. Ich war ziemlich leichtsinnig und lebte ganz dem Augenblick. Was später sein würde, war mir egal. Jan war ernst und sehr gewissenhaft. Es war für ihn schrecklich, wenn er etwas falsch machte. Das nahm er sich sehr zu Herzen. Mich hat das gereizt. Es machte mir Spaß, ihn zu provozieren und dann hilflos zu sehen. Ich wollte wissen, wie weit er gehen würde, um mich zufriedenzustellen. Er hat sich meinetwegen in Schulden gestürzt. Aber das war mir nicht genug. Ich habe ihn verführt. Für mich war es nichts Besonderes, ich hatte ja schon vor ihm mehrere Männer. Aber für ihn war es das erste Mal. Es hat ihn so stark aufgewühlt, daß er hinterher nicht mehr derselbe war."

„Wie meinen Sie das?"

„Ich kann es selbst nicht erklären. Vielleicht hatte er Gewissensbisse. Oder es hat ihn gestört, daß ich ihn verführt habe. Das widersprach seiner Vorstellung von einem anständigen Mädchen ... Ja, von da an wurde es anstrengend. Ich wollte eigentlich mit ihm Schluß machen, da stellte sich heraus, daß ich schwanger war. Als

Jan das erfuhr, schleppte er mich zum Standesamt. Für mich wäre das kein Grund zum Heiraten gewesen. Aber für ihn. Zuerst habe ich mich gefreut. Aber dann bekam ich Zweifel."

„Sie dachten, er hätte Sie vielleicht nur aus Pflichtgefühl geheiratet?"

„Ja, denn eigentlich war er viel zu gut für mich. Er war so voller Güte, Sie können sich nicht vorstellen, was für ein Mann das war! Er hat mich während der Schwangerschaft verwöhnt wie eine Prinzessin."

„Und Sie glauben, er hätte das alles nur getan, um sein schlechtes Gewissen zu beruhigen?"

„Manchmal kam es mir so vor. Ich wußte nie genau, was in ihm vorging. Er hat nie geschimpft oder sich beschwert. Und ich habe seine Gutmütigkeit schamlos ausgenützt. Ich wollte ihn dazu bringen, daß er einmal richtig aus der Haut fuhr. Aber es ist mir in den vier Jahren unserer Ehe nur einmal gelungen. Und dann war es zu spät ..."

„Sie haben also geheiratet, damit Viola in eine richtige Familie hineingeboren wird."

„Ja, das war Jan sehr wichtig. Das Kind und immer nur das Kind. Ich bin bald wieder zur Arbeit gegangen, weil ja irgendwo das Geld herkommen mußte. Da hat er Viola zu seinen Vorlesungen mitgenommen, anfangs in einem Tragetuch, später im Kinderwagen. Er hat sie gewickelt und gefüttert und ist aufgestanden, wenn sie nachts weinte. Sie war ein richtiges Papakind."

„Waren Sie manchmal eifersüchtig auf Viola?"

„Ja, und wie! Aus Rache habe ich mit anderen Männern herumgeflirtet, und zwar so, daß Jan es merken mußte. Er hat mich dann nur traurig angesehen. Das machte mich rasend. Wissen Sie, er glaubte an Gott, aber an einen Gott, der ständig da war. Ich fühlte mich dauernd überwacht von seinem Gott. Er war mir unheimlich, und ich verspürte den Drang, ihn zu ärgern, diesen unsichtbaren Wächter. Er sollte sich einmal zeigen. Aber da kam keine Reaktion. Ich konnte tun und lassen, was ich wollte – von Gott kam nichts, und Jan war immer gleichbleibend freundlich zu mir."

„Und das konnten Sie nicht ertragen."

„Das hat mich fertiggemacht. Ich habe ihn betrogen mit seinem Studienkollegen. Dann habe ich es ihm gebeichtet. Er hat geweint, aber er hat mir vergeben. Ich habe es wieder gemacht. Wieder das gleiche. Da war keine Grenze. Als ob man in Schaumgummi boxt, wissen Sie."

„Und dann gab es doch eine Schwelle, die er nicht überspringen konnte?"

„Ja. Ich hatte ihm etwas ganz Böses an den Kopf geworfen. Es war ... es war eine Gemeinheit und obendrein gelogen. Es ist zu schlimm, ich mag es nicht wiederholen. Ich habe mich schon tausendmal dafür geschämt, aber manche Worte haben Widerhaken. Sie lassen sich nicht zurückholen."

„Konnten Sie Ihren Mann nicht mehr umstimmen?"

„Damals wollte ich nicht. Seine Art ging mir auf die Nerven. Wenn ich ihn nur ansah, so heilig und vollkommen wie er war, bekam ich schon ein schlechtes Gewissen. Er war nur an einer Stelle verletzbar, und als ich ihn dort traf, verlor ich ihn für immer."

„Und Sie sind sicher, daß Ihr Mann Ihnen nicht verzeihen will?"

„Ich kann mir selber nicht verzeihen. Seit Jan weg ist, habe ich ein elendes Leben geführt. Zuerst habe ich die Freiheit genossen. Aber dann habe ich gemerkt, daß es keine echte Freiheit war. Ich stolperte von einer Beziehung in die nächste. Und fand nirgendwo das, was ich suchte."

„Was haben Sie denn gesucht?"

„Einen Halt für mein Leben. Etwas Festes. Zugehörigkeit. Ein Ziel. Etwas, was das Leben sinnvoll macht."

„Und Viola? Hat Ihnen das Kind keinen Halt gegeben?"

„Ganz bestimmt. Ohne Viola wäre ich völlig versackt. So mußte ich mich immer wieder zusammenreißen. Aber ich hatte meine Probleme mit Vio. Sie hat mich zu stark an Jan erinnert. Manchmal schaut sie mich an – genau wie ihr Vater. Meine größte Angst war, daß sie auch so werden könnte – so ... so ernst und tiefgründig. Das macht das Leben schrecklich kompliziert. Deshalb wollte ich auch nicht, daß Viola sich mit Religion befaßt."

„Und wie wollen Sie das verhindern?"

„Als sie klein war, habe ich ihr erklärt, daß ihr Vater böse ist, weil er uns verlassen hat. Und ihr Vater hat an Gott geglaubt. Das wußte sie noch. Mehr war nicht nötig, um ihr den Glauben auszutreiben."

Als ich das hörte, zog es mir das Herz zusammen. Mam ging es wohl ähnlich. Jedenfalls hörte ich sie schlucken. Frau Adamek fragte: „Ist Ihnen nicht gut, Frau Hauser? Habe ich Sie irgendwie verletzt?"

Mam schniefte ein paarmal. Dann sagte sie, und ihre Stimme zitterte ein bißchen: „Ich muß daran denken, wie verzweifelt Ihre Tochter nach einem Ziel sucht. Sonst wäre sie ja nicht davongelaufen."

„Ja, ich weiß, was Sie meinen. Der Glaube hätte ihr vielleicht Halt gegeben. Ich hätte ihr das alles ersparen können. Wieder ein Minuspunkt mehr auf der

Liste meiner Schandtaten. Ich mache einfach alles falsch."

Jetzt schniefte Frau Adamek. Längere Zeit war es still. Dann sagte Mam leise: „Es gibt nicht nur ein Schuldkonto, es gibt auch einen, der Schulden tilgt, wenn man ihn darum bittet."

„Ach ja, ich weiß. Sie meinen Gott. Für mich ist das alles so theoretisch. Zu weit weg. Und dann geht es mir auch gegen den Strich, wissen Sie. Ich weiß, daß ich einen schlechten Charakter habe. Und ich stehe dazu. Ich mache niemandem etwas vor."

Mam seufzte noch einmal. Das Telefon klingelte. Frau Adamek verabschiedete sich rasch. Ob es ihr peinlich war, daß sie so viel von sich erzählt hatte?

Jedenfalls kann ich Viola jetzt viel besser verstehen. Ich frage mich nur, was das für eine Gemeinheit war, die Herrn Adamek endgültig vertrieben hat?

Beinah am Ziel

Ich kann es kaum glauben, aber ich habe die Adresse! Das Schulamt fand nach langem Suchen heraus, daß Vater in Wolfratshausen unterrichtet. Ich habe dann über die Auskunft seine Telefonnummer herausgekriegt. Lange stand ich in der Zelle und war furchtbar aufgeregt; als müßte ich vor versammelter Schülerschaft ein Gedicht aufsagen. Beim Wählen zitterten mir die Finger. Dann hörte ich seine Stimme – und ich hätte sie unter Hunderten wiedererkannt, trotz der langen Trennung:

„Adamek?“ Mit einem kleinen Fragezeichen hinterher. Ich holte tief Luft und sagte: „Hier auch!“

Er war einen Moment lang still, dann fragte er: „Wer ist da, bitte?“

„Hier ist Viola Adamek. Deine Tochter Viola.“

Mein Mund war ganz trocken. Ich wußte nichts mehr zu sagen. Was ist, wenn er jetzt einfach auflegt? Auf einmal überfielen mich tausend Ängste.

Vater sagte zögernd:

„Viola ... das ist aber eine Überraschung!“

Immerhin, ein Anfang. Ich brachte ein kleines Lachen zustande: „Vati, ich möchte dich so gern besuchen. Darf ich?“

Und wenn er jetzt fragt: „Warum denn auf einmal – 14 Jahre lang ging es doch auch ganz gut ohne mich?“ Und wenn er „Nein!“ sagt? Und wenn er sagt: „Wie stellst du dir das vor – einfach so daherzukommen, ich bin längst wieder verheiratet und habe eine neue Familie ...“ Er fragte nichts von alledem. Er schwieg. Wahrscheinlich hatte ich ihn total geschockt. Ich nahm meinen ganzen Mut zusammen und bat, ja, ich flehte: „Vati, ich bin doch dein Kind. Ich habe Sehnsucht nach dir. Ich möchte dich sehen!“

Da seufzte er tief auf und sagte: „Viola, ich habe auch Sehnsucht nach dir. Ganz große Sehnsucht. Komm, Viomädchen, komm so schnell du kannst!“

Mir war, als ginge der Himmel über mir auf. Noch nie habe ich so ein Glück empfunden. Oder doch, vielleicht damals, als Chris mich küßte. Ich war so froh – mein Vater will mich! Ich sagte: „Vati, ich beeile mich. Ich habe deine Adresse von der Auskunft, Fliederweg 19, stimmt das?“

Und er sagte, ja, er schrie es richtig: „Ja! Das stimmt!

Komm, Viola, verlier keine Minute. Ich kann es kaum erwarten!“

Ich knallte den Hörer auf und raste zurück in die Herberge. Dort zahlte ich und schnappte mein Gepäck. Mein Restgeld – au weia – würde nicht mehr für eine Fahrkarte reichen.

Was jetzt? Ich kann nicht von Vati erwarten, daß er mich in München abholt. Also stelle ich mich wieder einmal an die Straße und halte den Daumen raus. Ich betrachte mir die Fahrer genau, wenn sie mir nicht geheuer sind, dann drehe ich mich weg und schüttle den Kopf.

Fünf Autos habe ich durchfahren lassen. Eben hält wieder einer, ein älterer Herr, graue Schläfen, eleganter Anzug, müßte eigentlich ein anständiger Mensch sein. Obwohl, das weiß man nie so genau ... Er fährt einen offenen Porsche. Ich wollte immer schon mal in einem Kabrio fahren. Soll ich?

Er grüßt höflich, als ich einsteige.

„Wolfratshausen, das geht in Ordnung“, meint er. Wir unterhalten uns ein bißchen. Das Autofahren scheint ihm Spaß zu machen. Er drückt das Gaspedal voll durch. Der Wind braust durch meine Haare. Hei, das ist Leben! Und diesmal bin ich nicht auf dem Weg nach nirgendwo, diesmal habe ich ein Ziel: Vati, ich komme!

Liebe ist eine anstrengende Sache

Vorhin ist geschehen, was ich schon seit Tagen erhofft habe: Herr Adamek hat mich angerufen.

„Herr Hauser, ich danke für Ihre Überweisung. Ich sollte Sie anrufen, und das ist mir sehr lieb. Was ist mit Viola?“ Er hatte eine angenehme Stimme.

Ich sagte: „Viola ist seit über einer Woche verschwunden. Das heißt, wir haben ihre Spur. Sie ist nach München gefahren, um Sie zu suchen.“

„Ja, sie hat heute nachmittag mit mir telefoniert. Ich war ganz überrascht. Aber ich habe mich gefreut, daß sie kommen wollte. Nur – bis jetzt ist sie noch nicht da, und es ist gleich halb sieben ...“

Meine Hände wurden feucht. Liebe ist eine anstrengende Sache, da muß man ständig um jemanden zittern! Ich zwang mich zur Ruhe und sagte: „Herr Adamek, ich habe mich noch gar nicht vorgestellt. Ich bin mit Viola befreundet. Sie ist zur Zeit ziemlich durcheinander. Sie braucht Ihre Hilfe. Deshalb bin ich froh, daß sie endlich Ihre Adresse gefunden hat. Aber ich weiß auch nicht, wo sie jetzt steckt. Wie lange fährt man von München bis zu Ihnen?"

„Sie müßte längst da sein! Wissen Sie vielleicht, wie sie kommt, mit dem Auto oder mit der Bahn?"

Das ist eine gute Frage.

„Ich tippe auf irgendein Auto."

Herr Adamek zog die Luft ein.

„Hoffentlich ist nichts passiert. Auf der Autobahn ist ein böser Stau gemeldet worden."

Ich versuchte ihn zu trösten.

„Es kann ja sein, daß Viola lange auf eine Fahrgelegenheit warten mußte. Sie fährt bestimmt nicht mit jedem."

„Das will ich hoffen", murmelte Herr Adamek.

„Bitte rufen Sie mich an, wenn sie heil bei Ihnen angekommen ist!" bat ich.

Und er fragte: „Und was machen wir, wenn nicht?"

„Dann können wir nur beten!" Es war mir einfach so herausgerutscht, aber er lachte mich nicht aus.

Er sagte: „Ja, Chris, das tue ich schon die ganze Zeit. Die ganzen 14 Jahre habe ich für Viola und ihre Mutter gebetet – jeden Tag. Eine lange Wartezeit. Aber jetzt kommt mein Mädchen nach Hause."

Hört mich denn niemand?

Wo bin ich? Es ist dunkel, überall dunkel und eng. Ich kann kaum atmen. Mein Gesicht ist blutverkrustet, und ich schmecke Blut. Und dieser Wahnsinnsschmerz im

Kopf. Meine Beine sind irgendwie verdreht, aber ich kann sie nicht bewegen, bin eingeklemmt. Was kann ich überhaupt bewegen? Die linke Hand, und die auch nur ein paar Zentimeter. Das ist ein Alptraum. Habe ich wieder Drogen genommen? Oder hat man mich in eine Schachtel gepackt? Die Panik steigt mir in die Kehle. Ich will schreien, aber es kommt nur ein Krächzen heraus. Nicht einmal den Kopf kann ich normal drehen. Er ist festgezurrt. Bei jeder Bewegung reißt es an meinen Haaren. Also halte ich still. Ich versuche mich zu erinnern: Da war der Porsche, ich stieg ein. Wir sind sehr schnell gefahren. Dann kam ein Stau. Der Fahrer bog von der Autobahn ab, wollte den Stau umfahren. Wir nahmen eine Bundesstraße. Viele Kurven, eine unübersichtliche Strecke. Und dann?

Ein Motorrad kommt uns entgegen, auf unserer Spur. Der Fahrer weicht schwungvoll aus. Aber der Schlenker ist zu elegant, der Wagen zu schnell, die Straße zu schmal. Wir werden aus der Kurve getragen – gerade hier ist die Leitplanke morsch, sie hält uns nicht. Ich sehe Bäume auf uns zurasen, Zweige peitschen mir ins Gesicht, dann ein heftiger Ruck, ein Messer zuckt mir durch und durch, und ich falle ... falle.

Irgendwo bin ich angekommen. Ich kann noch denken, also lebe ich. Aber ich sehe nichts. Bin ich blind? Vielleicht muß ich hier sterben, allein, im Dunkeln. Vor einer Woche hätte mich das kaum gestört. Aber jetzt habe ich ein Ziel: ich will nach Hause zu Vati. Er hat mich lieb. Deshalb kann ich hier nicht einfach so verbluten. Es muß Hilfe kommen, von irgendwoher.

Ich muß zwischendurch eingeschlafen sein. Oder war ich ohnmächtig? Fühle mich sehr müde und schwach. Die Schmerzen sind stärker geworden. Ich habe ein paar

Mal um Hilfe gerufen. Aber niemand hat mich gehört. Oder doch jemand? Ich habe auf einmal ein kleines Licht gesehen, ein Sternchen. Vorhin war es noch nicht da. Jetzt starre ich immerzu auf dieses Licht und befehle mir: „Nicht einschlafen! Rufen! Lauter rufen! Ich darf nicht aufgeben! Durchhalten! Ich will meinen Vater sehen!"

Ein Foto in der Tasche

Meine Gefühle sind völlig durcheinander. Seit Tagen habe ich nicht mehr richtig geschlafen. So kann es nicht weitergehen. Ich muß mich wieder in den Griff bekommen. Als erstes habe ich lange mit Jesus geredet. Es tut gut, wieder einmal Inventur zu machen. Bei ihm sind meine Sorgen gut aufgehoben, denn er weiß am besten, wie er Viola helfen kann. Und es liegt an mir, ob ich mein Gedankenpaket wieder auf mich nehme oder bewußt liegenlasse. Die Angst um Viola ist unterschwellig da, aber ich setze ihr das Vertrauen entgegen. Wenn Vio mir besonders stark fehlt, dann versuche ich, Katrin oder Mam eine Freude zu machen. Oder ihr rufe Frau Adamek an. Man darf sich nicht von den negativen Gefühlen überschwemmen lassen. Irgendwie muß man mit guten, starken Gefühlen gegensteuern, sich mit anderen Themen beschäftigen.

In der Schule gehen mir alle aus dem Weg – als hätte ich Viola ermordet. Sogar der Rektor hat mich vorgeladen und ausgefragt.

Jörg kreiselt zur Zeit sehr stark um sich selbst; die alten Denk- und Fühlgewohnheiten sind tief verwurzelt. Seine Drogen-Kumpel haben ihn wieder einmal auf ihre Tour mitgenommen, und er brauchte drei Tage, bis er sich davon erholt hatte. Sein Thermometer sank auf Minus 20 Grad. Er ist ziemlich am Boden. Aber Tine hält zu ihm. Sie zeigt ihm, daß er ihr genauso viel wert ist wie vorher. Sie sagt: „Wir haben alle unsere Rückfälle, nur sieht man das bei uns nicht so deutlich. Keiner von uns schafft es aus eigener Kraft." Leider wird Jörg von seinen Eltern kaum unterstützt. Sie zucken die Achseln und sagen: „Na, ist dein Religions-Trip vorbei?" Sie haben nicht gemerkt, wieviel Kampf es Jörg gekostet hat, vom alten Lebensstil wegzukommen. Am nächsten Wochenende haben einige aus der Gruppe ein Zeltlager für ein paar Häftlingskinder geplant. Sie nehmen Jörg als Betreuer mit. Sie brauchen ihn, und das tut ihm gut. Nichts baut so schnell auf, als wenn man anderen helfen kann.

...

Ich bin völlig fertig! Heute abend kam ein Anruf. Ich meldete mich wie immer: „Chris Hauser, guten Abend."

Ein erstaunter Ruf: „Sie sind Chris?"

„Ja, ich bin Chris. Und wer sind Sie?"

„Ich heiße Mark Fischer und bin Pfleger in der Unfallklinik Murnau. Seit vorgestern liegt auf unserer Intensivstation ein Mädchen. Sie ist schwer verletzt, nicht bei Bewußtsein. Wir konnten nicht herausfinden, wer sie ist. Sie hatte keinen Ausweis bei sich. Aber vorhin fand ich in ihre Jeans ein Foto von einem jungen Mann, und hinten stand diese Telefonnummer. Sind Sie mit der jungen Dame verwandt oder befreundet?"

Ich mußte mich erst mal hinsetzen, die Beine trugen

mich nicht mehr. Der Pfleger erzählte, daß er eigentlich gegen die Regel der Schweigepflicht verstoße, aber er wisse sich keinen anderen Rat.

„Es geht ihr sehr schlecht, wir wissen nicht, ob sie durchkommt. Manchmal ruft sie nach ihrem Vater, manchmal ruft sie nach einem Chris. Deshalb war mir Ihr Name auch bekannt."

„Können wir sie besuchen?"

„Ich weiß nicht, ob das geht ... ihr Zustand ist kritisch. Aber der Vater sollte kommen."

Ich notierte mir die Adresse der Klinik und alles andere, was wichtig war, und gab dem Pfleger Violas Personalien durch, auch die Telefonnummer ihrer Mutter. Dann wollte ich Herrn Adamek anrufen. Aber mir war so flau ...

Zum Glück war gerade Paps nach Haus gekommen. Er sah sofort, was mit mir los war und übernahm diese schwere Aufgabe. Sie haben lange miteinander telefoniert, die beiden Väter.

Inzwischen war Mam zu Frau Adamek hinüberfahren und hatte sie verständigt. Ich packte eine kleine Reisetasche, und dann machten wir uns auf den Weg. Die Frauen waren so durcheinander, daß sie nicht Auto fahren konnten, aber wozu hatten sie einen Chauffeur? Paps konnte nicht mit, sein Dienstplan war dicht, doch er rief im Krankenhaus Murnau an, damit sie uns auf der Intensivstation keine Schwierigkeiten machen.

Noch nie war mir eine Autofahrt so lang vorgekommen. Frau Adameks Auto fährt etwas schneller als unsere alte Kutsche, aber mir war es immer noch zu langsam. Bei jedem Stau wurde ich kribbelig. Vor München mußten wir tanken. Frau Adamek rief in Murnau an. Man sagte ihr, daß Violas Vater schon da sei. Sie war sehr kleinlaut, als sie wieder ins Auto stieg. Es muß schwer für sie sein, all das zu verkraften. Ich kann nichts anderes denken als: „Laß Viola leben, Herr! Laß sie leben!"

Nichts als Nebel

Ich bin lange durch dichten Nebel gewandert. Links und rechts Felsblöcke, an denen ich mich dauernd stieß. Ein Chor schauriger Stimmen schwoll an und ab. War das schon mein Totengesang? Ich riß die Augen auf, aber ich sah nichts. Nicht einmal das kleinste Sternchen. Die Schmerzen kamen in Wellen, stürzten auf mich herab, begruben mich, rissen mich hinaus in die Flut.

Dann hörte ich eine vertraute Stimme, sie rief meinen Namen. Woher kenne ich diese Stimme? Ich schöpfte Mut. Da ist jemand, der sich um mich kümmert. Ich treibe nicht völlig verlassen in diesem Nebelmeer, ich habe an langer Leine einen Treibanker. Und dieser Anker hat sich verhakt. Ich spüre, er hält mich ... irgendwo ist eine Insel. Und auf dieser Insel wartet jemand auf mich.

Ich krame in meiner Truhe – wie heißt er, der mich ruft? Vielleicht Chris? Oder Vati? Oder wer? Ich probiere die Namen aus und lausche auf das Echo. Ich höre es nicht, aber ich weiß, da ist ein Echo. Ich bin nicht mehr allein.

Dann spüre ich eine Hand auf meiner Schulter. Jemand hat mich geborgen. Ein warmer Sandstrand, Sonne ... Jetzt kann ich ausruhen. Ich bin angekommen.

An der Liebe leiden

Die Schwester auf der Intensivstation macht ein Riesentheater. Soviel Besuch ist nicht erlaubt. Ich frage nach Mark Fischer, dem Pfleger. Der hat ausgerechnet heute dienstfrei. Dann drängt sich Mam nach vorne. Sie will den Arzt sprechen. Der ist in der Pause. Mam läßt sich mit dem Chef verbinden. Er kennt Paps von Ärztekongressen. Der Chef kommt persönlich. Auf einmal springen die Türen auf. Beziehungen zum Chef, das macht den Unterschied. Während ich noch darüber nachdenke, wird Frau Adamek in das Krankenzimmer gerufen. Mam darf nicht hinein. Sie fragt die Schwester aus, und ich stehe herum und habe auf einmal zwei Hände zuviel. Dann kommt ein Mann auf mich zu. Ich erkenne ihn sofort: Violas Vater. Umwerfend ähnlich. Die Haare, das Kinn. Sogar die Augen – nachtgrau mit Pünktchen. Er lächelt mich an. Ich mag ihn auch sofort. Wir setzen uns im Besucherraum auf die Couch. Ich will ihn fragen: „Wie geht es Viola?“, da antwortet er schon: „Es geht ihr schlecht, aber ich habe Hoffnung. Du bist Chris, nicht wahr?“

Ich nicke. Er spricht weiter: „Ich habe dein Bild gesehen. Es liegt auf dem Nachttisch. Der Pfleger hat es dort hingelegt, falls Vio aufwacht. Nein, bis jetzt war sie noch nicht richtig wach. Sie hat ein paar Mal nach dir gerufen ... auch nach mir. Sie hatte hohes Fieber, weißt du. War sehr unruhig, hat mit den Armen gerudert wie eine Ertrinkende. Sie muß schlimme Schmerzen haben. Sie hat starke Schmerzmittel bekommen, aber man merkt, daß sie sich unwohl fühlt. Ich habe sie in den Arm genommen, ihre Schulter gestreichelt. Sie ist dick eingepackt, aber sie muß es doch wahrgenommen haben. Ich habe sie angesprochen, da wurde sie auf einmal still. Der Puls normalisierte sich, auch die Atmung wurde tiefer. Jetzt schläft sie. Ihre ... ihre Mutter ist gerade bei ihr."

Er schweigt. Ich betrachte ihn, die schlanken Hände, die graue Strähne im Haar, die scharfen Sorgenlinien um den Mund. Ich frage mich, warum er sich all die Jahre nicht um Viola gekümmert hat. Aber es wäre taktlos, diese Frage laut zu stellen. Und jetzt schon gar nicht. Nach einer Weile fängt er wieder an: „Chris, vielleicht sollte ich nicht mit dir darüber sprechen, du bist noch ziemlich jung. Aber ich spüre, daß dir Viola viel bedeutet. Hab ich recht?"

„Ja, Herr Adamek. Ich liebe Viola. Ich liebe sie jetzt noch mehr als früher. Aber ich weiß nicht, wie ich ihr helfen kann."

„Ich habe einen großen Fehler gemacht. Ich habe ihrer Mutter mehr geglaubt als meinem Herzen. Damals, vor 14 Jahren, hatten wir einen schlimmen Streit. Meine ... meine Frau konnte sehr heftig werden. Sie wollte die Scheidung. Ich habe eingewilligt unter der Bedingung, daß das Kind zu mir kommt. Da sagte sie etwas, und das war vergiftet. Sie sagte: ‚Du hast kein Recht auf Viola, sie ist gar nicht deine Tochter. Ich habe dich mit einem anderen Mann betrogen, schon damals. Und ihn will ich jetzt heiraten'. Ich wußte ja, daß sich meine Frau bei mir nicht wohl fühlte. Ich habe es nicht geschafft, sie glücklich zu machen. Also hatte ich meine ganze Liebe meinem Kind zugewandt. Und nun wurde mir auch das genommen."

„Aber Herr Adamek ... Viola *ist* Ihre Tochter, das sieht man gleich!" Ich kramte meine Brieftasche hervor und reichte ihm Vios Foto, das ich immer mit mir herumtrug. Er betrachtete es nachdenklich.

„Ja, natürlich, jetzt ist mir das auch klar ... obwohl man im Moment nicht viel von ihr sieht. Aber damals, sie war ja erst vier, da war das noch nicht so deutlich. Wahrscheinlich war es mein verletzter Stolz, der mir die Augen verschlossen hat. Ich bin damals gegangen, und weil meine Frau keinen weiteren Kontakt wollte, habe ich mich zurückgezogen. Ich nehme an, sie hat später diesen anderen Mann geheiratet?"

Ich schüttelte den Kopf.

„Nein. Sie lebt allein, mit Viola." Daß sie dauernd neue Freunde hat, brauchte ich ihm ja nicht zu verraten.

„So wie ich sie kenne, wird sie nicht allzu alleine sein", meinte Herr Adamek. „Aber einsam. Sie war immer einsam. Sie hat mich nie wirklich an sich herangelassen."

„Das verstehe ich nicht."

„Weißt du, Chris, eine Ehe kann nur dann glücklich werden, wenn sich jeder ganz für den anderen öffnet. Wenn der eine etwas zurückhält, sich seinen Privatbereich vorbehält, in den er den anderen nicht hineinläßt, dann mag das harmlos sein, solange es um Kleinigkeiten geht. Aber bei uns waren es sehr wichtige Bereiche, die wir nicht miteinander geteilt haben. Meine Frau hat das Leben völlig anders betrachtet als ich. Für sie war es ein Sonntagsspaziergang im Wald, hier eine Erdbeere pflücken, dort ein paar Blümchen. Zuerst habe ich es an ihr geschätzt, wie sie den Augenblick genießen konnte. Aber auf die Dauer war mir das zu wenig, zu flach ... Für mich ist jeder Tag ein kostbares Geschenk. Ich muß mich dafür verantworten, wie ich ihn nutze. Ich kann an diesem Tag etwas bauen. Ich kann Menschen eine Stütze sein, kann ihnen das Gefühl geben, daß sie etwas wert sind. Wenn ich diese Chancen verpasse, dann sind sie unwiederbringlich dahin. Meine Frau konnte das nie begreifen, dieses Bewußtsein – daß man einem Höheren Rechenschaft schuldig ist."

„Ja, und daß man nicht für sich allein lebt."

„Mir war von Anfang an klar, daß unsere Ehe problematisch sein würde, weil wir in den wichtigsten Dingen des Lebens uneins waren. Ich hoffte, es würde sich ändern. Ich wollte sie durch meine Liebe zu Gott hinziehen, verstehst du? Aber das kann man nur bis zu einem gewissen Punkt. Dort muß der Mensch frei entscheiden. Wenn diese Entscheidung nicht erfolgt, ist auch die größte Liebe machtlos."

„Ich kenne dieses Gefühl. Es ist eine Qual."

„Ja, Chris, das ist es. Und diese Qual erduldet der Schöpfer dieser Welt seit Jahrtausenden. Er leidet an seiner Liebe. Er leidet an unserer Nichtliebe."

Herr Adamek hat den Kopf gesenkt. Ich spürte, daß er immer noch an seiner Frau hängt. Ich sage: „Liebe ist eine unheilbare Krankheit."

„... die manchmal tödlich endet!" fügt er hinzu.

Mich fröstelt, obwohl draußen die Luft vor Hitze flimmert. Viola! Wird es bei uns auch tödlich enden?

Einer war bei mir

Ich habe lange geschlafen. Aber jetzt bin ich wach. Leider kann ich immer noch nichts sehen, aber inzwischen habe ich begriffen, daß mein Kopf mit irgendwas umwickelt ist. Ich liege in einem Bett, soviel habe ich herausgefunden. Meine Beine kann ich nicht bewegen, und den einen Arm auch nicht. Der Kopf läßt sich drehen, auch wenn das schauderhaft sticht. Ich lasse es lieber ...

Im Zimmer ist es still. Nicht ganz, denn da surrt ein Apparat. Draußen höre ich eine Amsel. Ich stelle mir vor, wie sie auf dem Dach sitzt und ihr Revier verteidigt. Wir denken immer, die Vögel singen aus Lebensfreude. In Wirklichkeit ist das Lied ihre Waffe. Sie kämpfen um ihren Lebensraum. Aber ist das ein Widerspruch? Muß denn immer mit Zähnen und Klauen gekämpft werden? Warum nicht mit einem Lied?

Ich kämpfe auch. Ich kämpfe um die Insel in der Sonne. Wenn mich der Schmerz überschwemmt, wühle ich mich mit aller Kraft in den Boden. Ich spüre, da ist mehr als Sand. Da ist fester Untergrund, denn einer hat mich geborgen. An diese eine Wurzel klammere ich mich, denn ich will nicht wieder fortgerissen werden in den Strudel. Ich will nicht mehr vor Gott davonlaufen. Ich will stillhalten und hören, was er von mir möchte. Vielleicht kann er mir etwas Gutes anbieten – einen Hafen, in dem ich bleiben kann?

Jetzt geht die Tür. Jemand ist hereingekommen. Ich sage leise: „Hallo?“, da kommen die Schritte näher. Eine Frau ruft: „Sie ist wach!“

Viele Schritte, Getrappel wie von einer Pferdeherde. Es wird mir eng in meinem Bett. Wer ist das, wer kommt da? Da, eine gebieterische Stimme: „Alle raus hier! Laßt den Vater zu ihr. Sonst verschreckt ihr das Kind."

Kind sagt er – meint er mich? Wie lange hat mich keiner mehr Kind genannt? Aber es stimmt, ich bin ein Kind, denn ich habe Eltern. Mutter und Vater.

Ich spüre, wie sich jemand über mich beugt: „Viola!"

Mein Vater ist da! Und noch ein anderer – einer, der mich geborgen hat. Ich sehe ihn nicht. Ich höre ihn nicht. Aber ich weiß, ich bin angekommen.

Willst du leben?

Wir sind drei Tage bei Viola geblieben, übernachtet haben wir bei Herrn Adamek. Einer von uns blieb immer am Krankenbett. Ich durfte auch hinein, weil sie ein paar Mal nach mir gerufen hat. Aber als ich kam, schlief sie schon wieder. Ich habe sie lange betrachtet. Von ihrem schönen Haar sieht man nur noch ein paar Büschel, das andere ist abgeschnitten worden. Der eine Arm ist dick verbunden, auch das Gesicht bis unter die Nase. Sie hat schwere innere Verletzungen. Sie können Viola aber noch nicht operieren, ihr Lebensfaden ist seidendünn. Sie hatte auch Gehirnblutungen.

Inzwischen konnten wir rekonstruieren, wie es zu dem Unfall kam. Man hat unten in einer Schlucht ein Porsche-Kabrio gefunden. Total zertrümmert und verbogen. Zwanzig Meter daneben hing die Leiche eines älteren Mannes im Gebüsch, er war wohl der Fahrer des Unfallwagens gewesen. Viola lag unter dem Wrack, schauderhaft verdreht und eingeklemmt. Ich habe das

Polaroidfoto der Polizei gesehen. Keiner glaubte, daß sie noch lebte. Aber dann hat der Sanitäter einen schwachen Puls gespürt. Man hat sie mit dem Hubschrauber ins Unfall-Krankenhaus gebracht, und seither kämpft ein Team von Ärzten um ihr Leben.

Seit Herr Adamek da ist, geht es aufwärts. Der Chefarzt meint, das hätte psychische Ursachen. Er vertraut mehr auf Violas Lebenswillen als auf die vielen Apparate. Deshalb ließ er Viola von einigen Geräten „abstöpseln“ und überwacht ihren Zustand lieber durch „Bezugspersonen“, wie er sich ausdrückt. Ich bin auch so eine Bezugsperson. Er sagt: „Ein Gramm Liebe hat mehr Heilkraft als eine Tonne Medizin.“ Ich habe den Spruch aufgeschrieben. Für Paps.

Am stärksten reagiert Viola auf ihren Vater. Wenn er bei ihr sitzt, dann ist sie immer kurz vor dem Wachwerden. Einmal hat sie sogar gelächelt. Schade, daß ihre Augen verbunden sind wegen der tiefen Schnittwunden an der Stirn. Herr Adamek spricht leise auf sie ein, und ich glaube, daß sie ihn hört. Ihr Puls wird dann ruhig, das Fieber läßt nach. Als die Schwester sich wieder einmal darüber wunderte, meinte er: „Wir alle werden heil, wenn der Vater bei uns ist ...“

Die Pflegerin schaute ihn etwas irritiert an, aber ich wußte, was er meinte.

Frau Adamek ist ziemlich durcheinander. Sie hält sich nie lange in Vios Zimmer auf; sie sagt, sie erträgt es nicht. Mam geht stundenlang mit ihr spazieren oder in die Kantine. Die meiste Zeit ist Herr Adamek bei Viola. Manchmal löse ich ihn ab, aber er bleibt immer in der Nähe. Wir beide verstehen uns ohne viele Worte. Als würden wir uns schon jahrelang kennen.

Dann, am dritten Tag, kam die Krise. Viola wurde

von heftigen Krämpfen geschüttelt. Eine Schwester rannte nach dem Stationsarzt, die andere stand mit besorgtem Gesicht an Violas Bett. Sie wollten uns aus dem Zimmer schicken, aber Herr Adamek nahm mich am Arm und sagte fest: „Wir bleiben!“

Er schob die Schwester ein bißchen auf die Seite – „Sie entschuldigen bitte!“ – und setzte sich auf Vios Bettrand. Das ist eigentlich streng verboten wegen der Infektionsgefahr, aber wer fragt danach, wenn der Tod bereits am Fußende steht? Ich habe Gott angebettelt: „Laß sie leben! Laß sie leben!“

Da schaute mir Violas Vater gerade in die Augen: „Weißt du, was für sie am besten ist?“

Nein, das weiß ich nicht. Vielleicht ist Violas Gehirn geschädigt. Vielleicht wird sie nie wieder normal denken können. Und ihre Beine – sie sind möglicherweise gelähmt. Viola, die vor kurzem noch anmutig über den Baumstamm balancierte, biegsam wie eine Weide im Wind, die im Sportunterricht allen Mädchen spielend davonlief, Viola, zeitlebens an den Rollstuhl gefesselt? Der rechte Arm zertrümmert und ihre feine Stirn zerrissen von Narben, die Nase, früher klassisch gerade, wird jetzt ein plumper Knollen sein – obwohl das nicht so wichtig ist, denn ein Mensch ist mehr als sein Gesicht. Ich ließ den Kopf sinken und sagte in Gedanken zu Gott: „Es soll geschehen, wie du es willst, denn du willst immer das Beste für uns.“

Auf einmal eine neue Bewegung im Bett, als wollte sich Viola aufrichten: „Vati?“ Zum ersten Mal seit dem Unfall ist sie voll da.

Herr Adamek nimmt seine Tochter in die Arme.

„Viomädchen, ich bin bei dir!“

„Vati, gehst du nicht mehr fort?“ sagt sie mit einer

kleinen, dünnen Kinderstimme. Mir wird ganz ehrfürchtig zumute: Ein Lied, vor 14 Jahren begonnen, wird weitergesungen. Wird die letzte Strophe wieder traurig enden?

„Viola, ich verlasse dich nicht. Und wenn ich ganz kurz mal weggehe, dann komme ich bald wieder. Ganz bestimmt komme ich wieder."

„Vati, nimmst du mich mit?"

„Ja, mein Mädchen. Natürlich. Sobald du wieder gesund bist, kommst du zu mir."

„Hast du überhaupt Platz für mich?"

„Aber sicher! Du kriegst ein großes Zimmer mit Balkon. Ein Zimmer voller Sonne."

„Und ich darf immer bei dir bleiben?"

„Immer, Viola. Solange du willst." Sie ließ sich in das Kissen zurücksinken. Ein tiefer Seufzer. Herr Adamek beugte sich über sie.

„Viola, willst du leben?"

„Ich weiß nicht ... ich bin so müde."

„Das geht vorbei, Mädchen. Du darfst jetzt nicht aufgeben. Du mußt leben wollen. Sag es laut: ‚Ja, ich will leben'!"

Vio flüsterte: „Ich will leben ... Ja ... ich glaube, es lohnt sich."

Herr Adamek zog mich näher ans Bett.

„Hier steht Chris. Er will dir auch etwas sagen."

Violas Mund verzog sich – weinte sie, oder wollte sie lächeln?

Ich sagte schnell: „Viola, weißt du noch? Wir sind unterwegs – wir beide – und fahren zusammen bis ans Ende der Welt."

Sie formte ein paar Worte, ich konnte sie kaum hören, aber ich verstand: „Du mußt ... vorher tanken ...

und" – das Sprechen fiel ihr schwer – „steig nicht aus ... unterwegs. Bitte nicht."

„Nein Vio, ich werde unterwegs nicht aussteigen. Ich verspreche es dir. Ich werde dich nie verlassen, so lange ich lebe."

Und da sagte sie ganz deutlich, und diese Worte werde ich nie wieder vergessen, denn sie sind das Kostbarste, was mir je ein Mensch gesagt hat: „Dein Ziel ... ist mein Ziel."

Liebe kann loslassen

Seit drei Monaten bin ich zu Hause. Bei Vater in Wolfratshausen. In einem sonnigen Zimmer mit Balkon, wie er es versprochen hatte. Es war vorher sein Schlafzimmer. Sein Bett steht jetzt in einem kleinen Nebenraum. Ich wollte das nicht, aber er ließ sich nicht umstimmen. So ist Vati: Immer denkt er mehr an andere als an sich selbst.

Mutter war traurig, weil ich nicht zu ihr wollte, aber sie hat mich verstanden. Sie kommt oft am Wochenende zu Besuch. So sind wir beinahe eine richtige Familie. Aber ich kann sie auch begreifen. Sie ist wirklich ganz anders als Vati. Ein Wunder, daß die beiden es vier Jahre miteinander ausgehalten haben.

Vati hat mir erklärt: „Wenn zwei Menschen offen sind und sich lieben, dann finden sie immer wieder zueinander. Aber wenn einer sich verschließt und nur an sich selber denkt, oder wenn er nicht vergeben will, dem anderen nicht zutraut, daß er sich ändert – wie soll man da miteinander leben?"

Ich glaube, Mutter will so bleiben, wie sie ist. Schade.

Chris ist an jedem Wochenende hier gewesen, während der zwei Monate Krankenhaus und auch jetzt. Ohne ihn hätte ich das Ganze nicht durchgestanden – fünf Operationen, gefährlich, kompliziert, hinterher rasende Schmerzen, Schlaflosigkeit, anstrengende Krankengymnastik zum Muskelaufbau. Oft war ich mutlos, wollte aufgeben. Als sie mir zum ersten Mal einen Spiegel reichten, habe ich laut geschrien. Ich wollte lieber tot sein, als so weiterleben. Aber Chris war gerade im Zimmer. Er nahm mich in die Arme und küßte mich auf alle Narben und auf den Knubbel, der jetzt meine Nase sein soll, und sagte: „Viowolke, für mich bist du wunderschön!"

Und da konnte ich weiterleben.

Es wird noch lange dauern, bis ich wieder laufen kann. Die meiste Zeit sitze ich im Rollstuhl. Keiner kann sagen, ob meine Beine wieder ganz heil werden. Es hat Wochen gedauert, bis ich das akzeptieren konnte, und auch jetzt muß ich manchmal darüber weinen. Warum läßt Gott zu, daß ich solche Schmerzen aushalten muß? Warum hat er mich nicht ganz gesund gemacht, wenn er doch will, daß ich lebe?

Vati weiß darauf keine Antwort. Wir reden oft über Gott. Ich habe so viele Fragen, so viel nachzuholen. Manches weiß ich noch von früher, aber ich muß all das neu durchdenken. Mit 18 und im Rollstuhl braucht man was Festeres als einen Kleinkinderglauben. Und ich möchte wissen: „Warum gerade ich? Warum ist das mir passiert?"

Ich habe Chris danach gefragt. Er meinte: „Es gibt unendlich viel sinnloses Leid. Diese Welt ist ein einziges Krankenhaus. Aber wir werden hier nicht ewig bleiben müssen. Eines Tages kommt Jesus und holt uns. Er hat uns nicht vergessen, denn wir sind seine Kinder. Stimmt's, Vio?"

Ich weiß noch nicht genau, ob ich wirklich Gottes Kind bin. Ich muß noch darüber nachdenken, was das bedeutet. Ob ich das alles will. Es war schön, damals auf einer Insel zu landen. Aber ich kann nicht mein Leben lang auf der Insel wohnen. Ich muß wieder hinaus aufs Meer.

Chris glaubt ganz fest, daß Jesus Christus bald wiederkommt. Er sagt mir immer wieder: „Hoffentlich kommt er bald. Dort kriegst du bestimmt auch ein Zimmer mit Balkon!"

Chris hat auf dem Balkon Margeriten gepflanzt und in einem Kübel Kletterrosen. Als ich heimkam, blühten sie schon. Wenn es warm ist, steht mein Rollstuhl draußen, und ich kann auf den Spielplatz hinunterschauen. Die Kinder kennen mich inzwischen alle. Manchmal kommt ein kleines Mädchen und verpetzt den frechen Bruder. Manchmal muß ich Streit schlichten. Manchmal kommt die ganze Bande herauf und will eine Geschichte erzählt haben. Jetzt habe ich viel Zeit, mir Geschichten auszudenken. Manche fallen mir ein, während ich erzähle. Und hinterher schreibe ich sie auf. Ich will ein Buch daraus machen.

Habe gelernt, mit der linken Hand zu tippen, denn mein rechter Arm steckt immer noch im Gips. Die Knochen waren total zersplittert und müssen langsam wieder zusammenwachsen. Ich muß Geduld lernen.

Anfangs war es furchtbar, still im Stuhl sitzen zu

müssen. Aber jetzt habe ich mich daran gewöhnt. Wenn ich schon nicht draußen herumspringen kann, dann kann ich wenigstens in Gedanken spazierengehen. Und meine Welt hat keine Mauern. Und keine Stufen. Und keine Geschwindigkeitsbegrenzung. Ich kann im Husch von hier nach Afrika reisen, und es kostet mich keinen Pfennig. Ich habe im Krankenhaus gelernt, daß das Glück nicht außerhalb von mir zu finden ist. Auch nicht in mir drin. Das Glück ist eine Person. Und wenn sie da ist, dann ist das Glück überall, ob ich Schmerzen habe, ob ich laufen kann oder nicht.

Und diese Person heißt nicht Chris, das habe ich auch gelernt. Ich liebe ihn sehr, aber ich brauche jemanden, der meinen Hunger nach Leben auf Dauer stillen kann. Das kann kein Mensch. Vielleicht kann es ein Gott – Jesus Christus? Ich möchte ihn gern näher kennenlernen. Manchmal fällt es mir schwer, das alles zu glauben, was in der Bibel steht. Aber dann muß ich wieder an die schlaflosen Nächte in der Klinik denken. Damals wußte ich, daß er da war. Daß er sich um mich kümmert. Daß er mich geborgen hat. Und darüber bin ich froh. Ich bin kein Treibgut mehr. Ich habe Halt gefunden, zumindest ein bißchen.

Heute habe ich lange darüber nachgedacht, ob es richtig ist, daß ich Chris an mich binde. Chris mit seiner fröhlichen und zupackenden Art. Chris mit seinem Schönheitssinn und seinem Spaß am Sport. Er hat eine bessere Freundin verdient als Vio im Rollstuhl, Vio mit Knubbelnase und Narbenstirn. Kosmetische Operationen sind teuer, und ich muß mich erst einmal von den anderen Eingriffen erholen. Wenn mich die Leute auf der Straße sehen, zucken sie zusammen und schauen schnell zur Seite.

In ihrem Blick kann ich lesen: „Armes Mädchen, so jung und so entstellt. Und noch dazu im Rollstuhl ...“

Daß ich innerlich so reich und so froh bin, sieht man erst auf den zweiten Blick, und wer guckt schon so lange hin? Wie wird Chris das Mitleid der Leute ertragen? Ich will nicht, daß seine Liebe stirbt, weil ihm die Last zu schwer wird. Denn jetzt bin ich keine Wolke mehr, ich bin ein Bleiklotz. Kann ich von ihm verlangen, daß er mich sein Leben lang trägt? Nur weil er es einmal versprochen hat? Und deshalb habe ich ihm heute geschrieben. „Liebster Chris“, habe ich geschrieben, und dann kommt ein Tintenklecks, weil eine Träne aufs Papier gefallen ist, denn ich schreibe mit der Hand. Diesen Brief wollte ich nicht der seelenlosen Maschine anvertrauen. „Liebster Chris, Deine Liebe hat mir das Leben gerettet, weißt Du das?“ Und dann mußte ich erst einmal eine Pause machen, so schwer wurde mir das, was ich schreiben mußte. Schreiben wollte.

„Ich danke Dir für alles, was Du für mich getan hast. Ich trage Dein Bild in meinem Herzen. Aber jetzt gebe ich Dich frei. Steig aus, Chris, denn mein Wagen fährt zu langsam für Dich.“

Die letzten Worte wollten mir kaum aus dem Füller kriechen. Ich mußte meine Hand regelrecht zum Schreiben zwingen.

„Du kannst ohne mich viel mehr erreichen. Du findest sicher ein Mädchen, das besser zu Dir paßt als ich. Suche sie und werde glücklich. Und dann kommt mich besuchen. Denn ich wünsche mir, daß wir immer gute Freunde bleiben.“

Ich dachte, es bringt mich um, aber man überlebt so manches, wenn man will. Vati hat den Brief gelesen und genickt: „Es ist gut, daß du dich nicht an ihn klammerst.

Eine große Liebe braucht Freiheit. Nur so kann sie blühen. Wer frei ist, kann auch treu sein, von innen heraus.“

Ich verstand nicht ganz, was er meinte. Er erklärte nichts. Er schlug mir eine Seite aus dem „Hohelied“ des Salomo auf und lächelte in sich hinein. Da steht:

„Lege mich ein wie ein Siegel auf dein Herz
und wie ein Siegel auf deinen Arm.
Denn Liebe ist stark wie der Tod
und Leidenschaft unwiderstehlich
wie das Totenreich.
Ihre Glut ist feurig
und eine Flamme des Herrn,
so daß auch viele Wasser die Liebe nicht auslöschen
und Ströme sie nicht ertränken können.“
(Salomo, „Hoheslied“, Kapitel 8, Verse 6-7)

Wie ein Putzlappen

„Hallo, ihr zwei, ist Post für mich da?" Katrin nickt. Mam schiebt mir den Brief über den Tisch. Ich reiße den Umschlag auf und überfliege die ersten Zeilen. Moment mal ... was schreibt Viola? „Steig aus, Chris, mein Wagen fährt zu langsam für Dich!" Was soll das? Ich muß mich hinsetzen.

Mam schaut mir prüfend ins Gesicht, Katrin fragt:

„Was Schlimmes?" Aber ich kann nicht antworten, mein Hals ist wie zugeschnürt. Ich stürme in mein Zimmer und werfe mich aufs Bett. Der Kloß in der Kehle wird dicker. In den Ohren dröhnt es: Vio will mich nicht! Vier Worte, die die Sonne verdunkeln. Ich begreife das nicht. Fünf Monate lang hab ich Vio aufgepäppelt, habe sie schrittweise ins Leben zurückgelockt. Und jetzt geht es ihr endlich besser – da macht sie Schluß? Als ob das so einfach ginge. Als ob uns diese Zeit nicht zusammengeschweißt hätte. Ich möchte ins Auto springen und zu Vio nach Wolfratshausen rasen. Ich möchte sie in die Arme nehmen und durchschütteln. Damit sie zur Besinnung kommt. Denn sie braucht mich doch! Wie kann ich sie verlassen?

Aber mir sind die Hände gebunden: Klausurenwoche, wichtige Vorprüfungen zum Abitur, unser Auto in der Werkstatt. Ich will anrufen, probiere es alle zehn Minuten, aber niemand nimmt ab. Die Spannung zerrt an meinen Nerven.

Mam bittet zum Abendbrot. Sie hat sich viel Mühe gemacht. Der rotbunte Salat lacht mich an, aber ich lache nicht zurück. Mir ist zum Heulen. Heute schmeckt alles wie Pappe. Ich würge drei Bissen runter, dann springe ich auf.

„Muß noch zur Jörg rüber – bis nachher dann.“ Jörg ist nicht zu Hause. Geht mir denn alles daneben? Es regnet. Ich laufe durch die Straßen, ohne Ziel, ohne Absicht, komme um drei Uhr früh zurück, naß wie ein Putzlappen, und genauso fühle ich mich auch. Rundherum jagen meine Gedanken, immer schneller, verheddern sich heillos, bis ich gar nichts mehr verstehe. Nichts.

Ein Fenster geht auf

Jörg hat angerufen. Er sorgt sich um Chris. Ich habe ihm meine Gründe erklärt: Chris braucht Freiheit. Ich will nicht, daß er sich immer nur um mich dreht und dabei schwindelig wird. Außerdem fühlte ich mich manchmal von seiner Liebe fast erdrückt. Es macht mir zu schaffen, wenn andere alles für mich tun müssen. Sicher hat er es gern getan, aber trotzdem ...

Jörg wird sich um Chris kümmern, damit er seine Traurigkeit überwindet. Ich bin auch traurig. Sehr. Hab in einer Woche drei Kilo abgenommen. Mein Therapeut in der Klinik merkte was und wusch mir regelrecht den Kopf. Ich habe ihn noch nie so ärgerlich erlebt. Michael ist sonst lieb und geduldig. Aber diesmal explodierte er.

„So geht das nicht weiter! Du mußt mitarbeiten, Vio. Im Rollstuhl sitzen und auf den Märchenprinzen warten, das bringt dich nicht voran."

Wenn er wüßte, daß ich meinen Märchenprinzen vor kurzem weggeschickt habe!

„Du vertrödelst dein Leben mit Tagträumen. Das nimmt dir alle Kraft. Das macht dich schlaff und müde!" schimpfte er weiter.

„Aber ich brauche meine Träume. Sonst halte ich die Schmerzen nicht aus", widersprach ich.

„Du bist feige. Du willst keine Verantwortung für dein Leben übernehmen. Du flüchtest vor der Wirklichkeit!"

„Na und? Ich pfeife auf die Wirklichkeit! Was bleibt mir denn? Meine Zukunft ist im Eimer!"

Da wurde er richtig böse. „Dummes Zeug! Du bist doch keine achtzig! Laß dich nicht so hängen. Mach was aus deinem Leben!"

„Vielen Dank!" knurrte ich. „Mit meinem Gesicht und meinen bildschönen Beinen nehmen sie mich glatt beim Film!"

Michael blitzte mich an, aber dann mußte er lachen.

„Ach, Vio, das läßt sich doch alles reparieren."

Zuerst dachte ich, er will mich nur trösten, aber er meinte das im Ernst.

„Du darfst dich nie mit einem Zustand abfinden, der sich ändern läßt. Schau her!" Er wühlte in einem Schrankfach und holte ein Bündel Prospekte heraus.

„Da sind Fotos von Leuten, die durch einen Unfall schlimm entstellt wurden. Guck da – ein Gesicht ohne Nase. Oder hier – die halbe Stirn ist weg. Oder hier drüben – das Kinn zur Hälfte weggerissen. Und jetzt betrachte die Leute nach der Operation. Nicht wiederzuerkennen, was?“

Da ging mir ein Fenster auf: Vielleicht werde ich wieder heil!

„Meinst du, es geht mir schon gut genug für eine solche Operation?“ fragte ich leise.

„Aber ja! Kein Problem! Ich spreche heute noch mit deinem Vater.“

„Und die Kosten? So was zahlt doch die Kasse nicht, oder?“

„Vio, das muß die Versicherung des Autofahrers zahlen, der dich in diesen Unfall reingerissen hat!“

„Aber er hatte keine Insassenversicherung.“

Michael kratzte sich am Kinn. „Hm ... mal überlegen ... Da findet sich schon ein Weg, mach dir jetzt mal keine Sorgen.“

Am Abend telefonierte Vati lange mit Michael. Und mit Professor Hauser. Sie entwickelten gemeinsam einen Schlachtplan, und geschlachtet wird: mein Knubbelgesicht. Nächste Woche habe ich einen Termin beim derzeit besten Gesichtschirurgen weit und breit! Ich bin ganz aufgeregt. Ich kriege wieder eine richtige Nase!

Aus alt mach neu

Ich war lange krank vor Kummer. Konnte nicht schlafen, konnte nichts essen. Habe drei Klausuren verpatzt und zwei Einträge gekriegt, weil ich mit den Gedanken woanders war. Wozu denn noch lernen? Ich hatte zu nichts mehr Lust. Vorgestern kam ich bei einem Waldspaziergang am Steinbruch vorbei. Stand lange da oben und starrte hinab. Wie hoch – 40 bis 50 Meter? Unten Felsen und Geröll. Ich dachte: „Ein Schritt, ein Sturz, und die Qual hat ein Ende." Beugte mich vor, fühlte mich auf einmal leicht; in meinem Kopf sauste es. Noch ein Stückchen, und ich falle ...

Das Brausen wurde stärker. Auf einmal ein Ruf: „Christian!" Ich warf mich zurück. Vios Stimme?!? Eine Täuschung – Vio ist weit weg. Und doch hat mich dieser Ruf gehalten.

Ich habe mich ins Gras sinken lassen und konnte endlich, endlich weinen. Und auf einmal spürte ich, daß einer bei mir war. Einer, der die Tränen zählt und mich versteht, weil auch seine Liebe abgelehnt wurde. Er kennt das Dunkel, in dem ich herumtappe.

Abends kam Jörg zu mir: „Ich muß mit dir reden."

Na, da haben wir eben geredet. Und dabei gingen mir verschiedene Kronleuchter auf.

„Deine Sorte von Mitleid ist tödlich!" sagte Jörg. „Du machst Vio dadurch klein und hilflos."

Daran hatte ich noch nie gedacht. So weh es tat – es war die pure Wahrheit: Ich brauche Vios Schwäche, damit ich mich stark fühle. Ich bin stolz, daß sie auf mich angewiesen ist. Ihre Dankbarkeit tut mir gut, macht mich größer. Ein Spruch fiel mir ein, den Paps gern zitiert (er und seine Reime!):

„Wer sich an den Kleinen mißt,
meint, daß er gewachsen ist."

Ich war über mich selbst erschrocken. Aber es kam noch schlimmer.

„Sag mal, du legst doch viel Wert auf Schönheit ..."

„Was willst du damit sagen?!" fuhr ich auf. „Ich liebe Vio trotz ihrer Narben!"

„Und warum?" bohrte Jörg. Er ging mir langsam auf die Nerven. Ich suchte pathetische Sätze zusammen wie „Schönheit kommt aus der Seele" und „Innere Werte sind wichtiger". Jörg sagte nichts, sah mich nur immer an. Da fielen meine weisen Sprüche in sich zusammen wie Schnee in der Sonne. Plötzlich wußte ich, warum mich Vios Narben nicht stören: Sie sind meine Garantiekarte für Vios Treue. Denn wer will so ein Mädchen haben? Ich dachte: „Solange sie so aussieht, habe ich sie sicher ..." So edel bin ich, so selbstlos. Pfui Spinne!

Ich hätte Jörg verprügeln können, so sehr hat mich das alles getroffen. Er merkte das auch, ließ mich in Ruhe und ging sehr schnell nach Hause.

Seither denke ich gründlich nach. Bin zu dem Schluß gekommen, daß der Christian Hauser eine Niete ist.

Nicht zu gebrauchen. Bei mir müßte Großputz gemacht werden. Ich wünschte mir, dieser egoistische Chris wäre tot, und ich könnte noch einmal von vorn anfangen. Wie ein Baby. Ich war traurig über mich, und das ging sogar noch tiefer als mein Kummer um Viola.

Ich habe damals mit sechzehn öffentlich gezeigt, daß ich ganz zu Gott gehören will. Ich habe mich taufen lassen. Mir gefällt dieses Symbol: Man wird im Wasser begraben und steht wieder auf. Meine Taufe war damals wunderschön. Ich hatte das Gefühl, daß Gott mich in seine Arme nimmt, als ich in das sonnenwarme Wasser stieg. Und hinterher war ich eine Woche lang so fröhlich, daß ich ständig vor mich hingepfiffen habe. Dann begann wieder der Alltag, das Hochgefühl ließ nach – das Leben besteht nicht nur aus Glanzlichtern. Ich war schon bald wieder im alten Trott. Und jetzt bin ich damit in die Sackgasse geraten.

Aber dann stöberte ich in meiner Bibel und fand das richtige Heilmittel. Ich kann wirklich neu beginnen. Der die Welt erschaffen hat – durch ein Wort aus dem Nichts –, der kann auch aus dem elenden Chris einen neuen Menschen machen. Ich habe ihn darum gebeten, und er hat mich erhört. Woher ich das weiß? Er hat es versprochen, und er lügt nicht. Nie.

Ohne Schmerz keine Heilung

Ich habe Angst. Vati drückt mir die Hand, aber was hilft's? Ich muß doch allein in den OP. Mir graut vor der Narkose, diesem schweren, bösen Schlaf, in dem Gespenster mich jagen. Ich fürchte mich vor den Schmerzen, den endlosen Nächten danach. Vati nickt mir zu und murmelt: „Einer hat dich geborgen. Hab Mut.“

Auf einmal steht Michael hinter ihm, ganz außer Atem. Er hat sich extra dienstfrei genommen. Um hier zu sein – ist er die weite Strecke gefahren, damit er mich vor der Operation noch einmal sehen kann?

„Vio, altes Haus, halt die Ohren steif!“

Ich muß lachen. „Wie soll ich das anstellen – mitten in der Narkose?“

Er grinst zurück. „Wirst es schon schaffen. Was für eine Nase hast du dir denn aus dem Katalog ausgesucht? Spitz, stumpf oder stups?“

„Einen Adlerzinken mit einem Höcker in der Mitte!“

„Na, wenn das kein Fortschritt ist ...“ witzelt er, und seine Späße lenken mich ab; ich merke kaum den Einstich in die Vene, da bin ich schon hinüber. –

Und wache in einem Sonnenzimmer auf. Ich kann sie nicht sehen, die Sonne, aber ich spüre ihre Wärme durch den Verband hindurch und bin froh, daß es dieses Mal gar nicht so arg gewesen ist mit den Horrorvisionen. Eine Schwester kommt herein und feuchtet mir die Lippen an. Danach führt sie meine Hand zu einer Blumenvase. Ich taste Rosen und ... Margeriten. Margeriten?

Die Schwester sagt: „Sind per Fleurop gekommen, ist aber keine Karte dabei.“

Wer? Michael oder Chris? Ach, Chris ...

Jetzt weiß ich, was ich will!

Ich mußte erst lernen, meine Gedanken unter Kontrolle zu halten. Am Anfang war es schrecklich: Ich kreiste um Viola wie die Motte um die Gartenlaterne. Kein Ausweg aus dem Karussell. Und das mitten im Abistreß! Als es fast unerträglich wurde, habe ich laut um Hilfe geschrien. Jesus, mein Freund, ist Spezialist im Knakken solcher Ketten! Da wurde mein Kopf wieder klar. Und das ist wichtig, denn ich muß mich konzentrieren. Ich will ein gutes Abi schaffen, damit ich später Arzt werden kann.

Vorhin war Frau Adamek da, Violas Mutter. Sie kommt öfter mal vorbei und plaudert mit Mam. Heute war sie richtig aufgedreht, weil sie so gute Nachrichten aus Wolfratshausen bekommen hat: Viola geht es immer besser. Sie übt eisern, trainiert ihre Muskeln, kann quer durchs Zimmer humpeln, ganz ohne Stock. Ihr rechter Arm ist noch etwas steif, aber sie kann ihn schon belasten und bewegen.

Aber das Tollste: Viola hat sich das Gesicht operieren lassen. Ich halte das Foto in der Hand. Man sieht nichts mehr von den Narben. Keine Spur ist davon zurückgeblieben. Frau Adamek erzählt: „Der Chirurg hat aus Violas Rippe einen Knochensplitter rausgesägt und daraus eine neue Nase gebaut."

Die Nase ist edel – aristokratisch. Zarte Nasenflügel, fein modelliert wie Porzellan, ihre Stirn makellos. Ich bin sprachlos vor Staunen. Daß so was möglich ist! Daß man so was machen kann!

Und da durchfährt es mich: Das ist es! Ich will Menschen ihre Schönheit, ihre Selbstachtung wiederschenken. Ich will Gesichter heilen. Ich werde Chirurg!

Ich sprang auf und tanzte durchs Zimmer. Paps fühlte mir besorgt den Puls, aber als ich ihm sagte, warum ich so froh bin, da tanzte er wahrhaftig mit, und wie! Wir rissen Katrin von der Couch und wirbelten sie im Zimmer herum. Mam lachte, und Frau Adamek kamen die Tränen. Sie ist ganz anders geworden seit Vios Unfall: weicher, lebendiger. Sie zeigt ihre Gefühle. Wie kommt das nur?

Morgen will mir Paps eine Zivistelle bei einer Reha-Klinik suchen. Damit ich soviel Praxis kriege wie möglich. Ich bin aufgekratzt und kann mal wieder nicht schlafen. Oder liegt das daran, daß ich Vios Bild gesehen habe?

Wer kennt meine Grenze?

Der blöde Rollstuhl! Wenn ich ihn bloß schon los wäre! In der Pause zwischen zwei Therapiestunden fuhr ich in den Park hinaus. Schließlich möchte ich auch was vom Frühling haben! Ich wollte runter zum Teich, hatte aber das Gefälle nicht berechnet. Ich kam richtig in Schwung. Zuerst hat es mir großen Spaß gemacht, der Wind zauste meine Haare, und die kleinen Kieselsteinchen spritzten unter den Rollstuhlrädern weg nach rechts und links. Aber dann konnte ich nicht mehr bremsen. Eine Baumwurzel, und ich kam ins Schleudern. Wieder sah ich Bäume auf mich zurasen, Zweige peitschten mir ins Gesicht – wo hab ich das schon mal erlebt?

O Gott – nicht schon wieder!!! Ein Wahnsinnsruck, und der Stuhl kippte um, natürlich auf mich drauf. Der Motor summte wie eine aufgeregte Biene, die Räder drehten sich wie toll, weil sie keinen Widerstand mehr hatten. Da lag ich also, die Beine verdreht, die Arme eingeklemmt, sogar die Haare hingen irgendwo fest. Alles wie gehabt, nur daß es nicht dunkel war. Ein Trost, und was für einer!

Ich schrie um Hilfe, aber kein Mensch war in der Nähe. Zum Heulen. Der Schmerz in den Beinen nahm zu, mir wurde kalt vor Angst. Alles noch mal von vorn? Die schweren Übungen, der Dehnungsschmerz, die Konzentration – umsonst gewesen? Ich weinte, bis meine Nase verstopft war. Da kam ich zur Besinnung: Ich muß was unternehmen. Ich kann nicht einfach liegenbleiben und in Selbstmitleid baden.

Hab die Zähne zusammengebissen. Hab alle Muskeln angespannt. Hab gekeucht: „Hilf mir, Herr!" Und er hat mich gehört! Auf einmal rührte sich der Stuhl ein paar Zentimeter vom Fleck. Ich bekam den linken Arm frei. Mein linker Arm ist ganz schön stark, und auch mit dem rechten kann ich schon allerhand anfangen. Ich ruckte und schubste den Stuhl beiseite, bis ich darunter vorkriechen konnte. Puh! Ein schönes Stück Arbeit. Und das Schlimmste stand mir noch bevor: den Rollstuhl aufrichten und hineinklettern. Kein Problem auf ebenem Boden. Aber hier, mitten im Unterholz?

Es klingt verrückt, aber auf einmal war ich wieder fröhlich. Ich wußte, ich würde es schaffen. Endlich saß ich wieder in meinem „Rennwagen". Der Sturz hatte ihm nichts ausgemacht; der Motor sang etliche Töne tiefer, und ich hoffte, die Batterie würde noch eine Weile durchhalten. Ich mußte einen Umweg fahren und kam 40 Minuten zu spät zur Therapie: dreckverschmiert, total aufgelöst und schweißnaß. Aber ich hatte es geschafft!

Michael grinste, als ich in sein Behandlungszimmer rollte.

„Hab dich vom Fenster aus beobachtet", meinte er. „Hast dein Pensum für heute erledigt. Wie wärs mit 'ner Tasse Tee? Oder magst du lieber was Kaltes?"

Ich war empört: „Du hast gesehen, wie ich umgefallen bin, und du hast mir nicht geholfen?!?"

Er zuckte die Achseln und sagte seelenruhig: „Warum sollte ich? Du kamst doch alleine auch ganz gut zurecht."

Mir verschlug es den Atem.

„Und wenn ich es nicht geschafft hätte?"

„Och ... dann wär ich schon gekommen. Aber ich kenne deine Grenze. Du kannst viel mehr, als du meinst. Du bist ganz schön hart im Nehmen, Viola. Du weißt es bloß nicht. Du denkst immer noch, du wärst ein kleines, hilfloses Mädchen, dem die anderen gefälligst helfen müssen."

Zuerst war ich so wütend auf Michael, daß ich am liebsten geplatzt wäre. Aber das hat leider nicht geklappt.

Es hätte ihm wahrscheinlich auch nichts ausgemacht. Ich hätte mich nur selber bestraft. Aber jetzt – mit etwas Abstand – bin ich froh, daß er so hart ist. Seine trockene Art tut mir gut. Ich werde dadurch stärker. Ich traue mir mehr zu. Danke, Michael! Du bist ein guter Therapeut und ein guter Kamerad. Und was sonst noch? Sonst eigentlich nichts ... Oder doch?

Wie es Chris wohl geht? Er steckt mitten im Abi. Es tut nur noch leise weh, wenn ich an ihn denke. Ich erlaube mir das nicht zu oft, damit ich nicht wieder traurig werde, nur ab und zu. Chris mit seinen roten Locken. Chris mit den sanften Händen. Chris mit seiner Fröhlichkeit – ob wir eines Tages doch wieder zueinander finden?

Und wieder Margeriten ...

Das Abi ist geschafft. Es ging besser, als ich dachte. Da muß mir einer geholfen haben; denn ich habe einen Notendurchschnitt von 1,5.

„Danke, Herr, ich danke dir!“

Meine Zivildienststelle ist mir sicher. Paps hat gesagt – mit einem kleinen, feinen Lächeln: „Vielleicht interessiert es dich, daß eine junge Dame namens Viola in dieser Klinik behandelt wird, und zwar täglich.“

Mir wurde heiß und kalt, ich mußte erst mal in den Wald rennen. Sechs Monate haben wir uns nicht mehr gesehen. Aber diese Zeit hat die Glut nicht erstickt, im Gegenteil. Was früher Gefühl war, ist jetzt Gewißheit.

Und nun bin ich reif für einen großen Entschluß: Ich muß mit Viola reden. Ich fahre nach Wolfratshausen. Jetzt gleich.

Ich biege gerade in Vios Straße ein, stelle den Motor ab. Noch ein tiefer Atemzug, dann werde ich die Treppe hinaufstürmen. Ich werde klingeln – dreimal kurz. Herr Adamek weiß Bescheid; er wird die Wohnungstür öffnen und gleich danach die Tür zu Violas Zimmer weit aufreißen. Ich werde klopfen und leise eintreten. Ich werde einen Margeritenkranz auf Vios Haar setzen, ganz behutsam und sachte: „Viola, ich liebe dich. Ich liebe dich heute mehr als damals. Ich möchte so gern mit dir zusammen weiterfahren. Bis ans Ende der Welt. Willst du einsteigen, Vio, willst du mich?“

Hoffentlich, hoffentlich sagt sie Ja!

Sylvia Renz

Mit dir bis ans Ende der Welt

Die Geschichte einer Liebe

Sylvia Renz

Mit dir bis ans Ende der Welt

Die Geschichte einer Liebe

Was bisher passiert ist ...

Chris und Viola, beide 17 und kurz vor dem Abitur, haben sich bis über beide Ohren ineinander verliebt. Doch ihre Freundschaft gestaltet sich nicht so einfach und harmonisch, wie sie sich das vorgestellt haben. Chris kommt aus einer harmonischen, intakten Familie; Viola ist Scheidungswaise. Chris glaubt an Gott; für Viola ist das „Quatsch“. Auch über Freunde, Freizeitgestaltung und Musik haben Chris und Viola sehr verschiedene Ansichten.

Da ist zum Beispiel ihr drogenabhängiger Klassenkamerad Jörg, um den Vio sich kümmert, während Chris mit heftiger Eifersucht zu kämpfen hat.

Schon bald bekommen die beiden die ersten ernsthaften Schwierigkeiten, die durch Verliebtsein allein nicht zu überwinden sind. Und um das Maß voll zu machen, hat Viola auch noch dauernd Streit mit ihrer Mutter.

Eines Tages hält Viola den Druck einfach nicht mehr aus und läuft von zu Hause weg. Sie hat sich in den Kopf gesetzt, ihren Vater zu finden, von dem sie nur weiß, daß er irgendwo bei München lebt. Es gelingt ihr tatsächlich, die Adresse ihres Vaters ausfindig zu machen. Doch auf dem Weg zu ihm wird Viola in einen schweren Unfall verwickelt, bei dem sie lebensgefährlich verletzt wird. Lange Zeit hängt ihr Leben am seidenen Faden. Und als sie dann schließlich wieder zu sich kommt, muß Vio feststellen, daß ihr Gesicht völlig entstellt ist und sie auf unbestimmte Zeit an den Rollstuhl gefesselt sein wird. Durch einige Operationen wird zwar Vios Gesicht wiederhergestellt, aber die Rehabilitationsübungen für ihre Beine sind sehr hart und fordern von Vio das Letzte an Kraft und Durchhaltewillen.

Chris hält in dieser schweren Zeit bedingungslos zu seiner Freundin. Trotzdem beschließt Vio, die Freundschaft mit ihm zu beenden, weil sie befürchtet, er würde nur aus Mitleid bei ihr bleiben. Doch so leicht läßt sich Chris nicht abwimmeln!

Er macht sich auf den Weg zu Viola, um ihr zu erklären, daß er sie wirklich liebt, so wie sie ist. Doch dann erlebt er eine unangenehme Überraschung …

Es kommt immer anders ...

Chris stürmte die Treppe hinauf. Die Wohnungstür stand einen Spaltbreit offen. Jan Adamek begrüßte ihn im Flüsterton und zog ihn ins Wohnzimmer. „Pssst – leise. Viola schläft."

Chris stellte seine Reisetasche ab, legte den Margeritenkranz vorsichtig auf den Tisch und dachte: *Zum Glück hat er sich in der Wasserschüssel frischgehalten.* Er lächelte, als er daran dachte, wie er Vio mit dieser Blumenkrone überraschen würde. Herr Adamek lächelte nicht.

„Christian, heute abend hat sich etwas ereignet, das deine Pläne über den Haufen wirft. Ich wollte dich anrufen, aber du warst schon losgefahren."

„Ist etwas passiert? Etwas Schlimmes?"

„Schlimm eigentlich nicht, das heißt – wie man's nimmt. Weißt du was, jetzt trinkst du erst mal einen Orangensaft, und dann gehen wir eine Runde spazieren. Im Gehen kann ich es dir besser erklären", meinte Adamek.

„Und wenn Vio inzwischen aufwacht?"

„Sie hat eine Schlaftablette genommen. Sie war nämlich völlig durcheinander."

Chris wurde der Hals eng. Er hatte das Empfinden, als müßte er Kieselsteine schlucken, dabei war der Orangensaft erstklassig. Er stellte das Glas ab und stand auf.

„Bringen wir's hinter uns", murmelte er düster und war schon zur Tür hinaus, bevor Herr Adamek ihn einholen konnte.

Sie schwiegen, bis sie in das kleine Waldstück hinter dem Haus kamen. Dann seufzte Herr Adamek und sagte: „Also, Chris, du weißt, daß ich dich sehr schätze. Ich habe dich aufrichtig gern. Ich habe mich darüber gefreut, daß du deine Freundschaft mit Vio erneuern wolltest ..."

Chris nickte stumm.

„Aber es wäre im Augenblick unklug, Viola vor eine Entscheidung zu stellen."

„Wieso?" Das Blut schoß Chris in die Stirn. „Hat sie sich in einen anderen verliebt?"

„So würde ich es nicht ausdrücken." Herr Adamek suchte nach den richtigen Worten. „Ich sag's mal so: Ein anderer hat sich in sie verliebt. Es ist ihr Therapeut in der Reha-Klinik. Heute hat er es ihr gestanden."

Chris hielt den Atem an.

„Vio war völlig konfus, als sie mir davon erzählte. Sie hat sogar geweint. Sie mag ihn, wie man einen guten Kameraden mag. Ob sie ihn wirklich liebt, das weiß sie nicht. Sie fühlt sich jetzt durch seine Liebeserklärung unter Druck gesetzt – sie muß ja irgendwie darauf reagieren."

„Und ich habe dabei kein Wort mitzureden?"

Adamek blieb stehen. „Nein, Chris, im Augenblick nicht. Ihr seid jetzt ein halbes Jahr getrennt. Wenn du Vio immer noch liebhast, dann darfst du sie mit deiner Liebe nicht einengen. Viola ist ebenso frei wie du. Sie muß selbst herausfinden, wen sie liebt und wen sie will."

Chris stöhnte auf. „Aber wenn sie den anderen wählt ..."

Adamek legte ihm den Arm um die Schulter. „Nun verliere nicht gleich den Kopf. Du hast immer noch die besseren Karten. Nur solltest du sie nicht gerade jetzt ausspielen."

„Das verstehe ich nicht!"

„Vio kann im Augenblick nicht sachlich entscheiden. Versuch', sie zu verstehen. Dieser Therapeut hat sich sehr für sie eingesetzt. Er weiß, wie er sie anpacken muß, damit sie richtig mitmacht. Ohne sein persönliches Engagement hätte sie lange nicht solche Fortschritte gemacht. Na, und sie weiß, was sie ihm zu verdanken hat. Er ist so etwas wie eine Mutter für sie."

„Wie eine Mutter?"

„Du kennst ja meine Frau. Sie hat Vio keine Geborgenheit geben können. Ich versuche mein Bestes, aber es ist einfach sehr viel nachzuholen. Und nun verbringt Vio jeden Tag ein bis zwei Stunden bei diesem Therapeuten. Er übt mit ihr, er fördert sie und fordert sie bis zur Belastungsgrenze. Nebenbei treibt er ihr verschiedene Flausen aus. Und das alles geschieht in einer Atmosphäre, in der sich Viola total angenommen fühlt."

„Also holt sie bei ihm ein Stück Kindheit nach?"

„Genau das. Und dabei entsteht natürlich eine enge Bindung zwischen den beiden. Das kommt oft vor."

Chris nickte. „Mein Vater erzählt manchmal davon, daß sich seine Patientinnen in ihn verlieben. Und dann hofft er auf eine dramatische Eifersuchtsszene von Mam. Aber sie lacht nur. Sie nimmt das nicht einmal ernst."

„Von Vios Seite ist das auch nicht weiter ernst zu nehmen. Sie mag ihren Therapeuten, und das ist auch wichtig, sonst hätte er ihr nicht helfen können. Dazu kommt noch ihre Dankbarkeit."

„Sympathie und Dankbarkeit sind starke Gefühle", gab Chris zu bedenken.

„Ja, aber sie tragen eine Partnerschaft nicht auf Dauer. Die Beziehung bleibt einseitig, wenn der eine immer gibt und der andere nur nimmt. Ein Liebespaar braucht mehr als das."

Chris überlegte eine Weile. Dann fragte er: „Was für ein Mensch ist dieser Therapeut?"

„Ich glaube, du würdest ihn mögen, Chris. Er hat eine trockene Art, manchmal ein bißchen ironisch. Er kann sich gut in andere einfühlen und weiß genau, was sie nötig haben. Ich halte ihn für einen hervorragenden Pädagogen."

„Er wäre also eine gute Partie für Viola?" Das klang bitter.

Adamek sah Chris von der Seite an. „Eifersüchtig? Kann ich verstehen. Aber du hast keinen Grund dazu. Noch hat sich Vio nicht für ihn entschieden."

„Was spricht dafür, daß sie sich gegen ihn entscheidet?"

Adamek runzelte die Stirn, bis er diesen verknoteten Gedankengang entwirrt hatte. Dann lächelte er: „Ganz einfach: Er ist zu alt für Vio. Er dürfte Anfang bis Mitte Dreißig sein."

Chris konnte seine Erleichterung kaum verbergen.

„Er wohnt allein. Ich weiß nicht, ob er Junggeselle ist oder geschieden, keine Ahnung. Er lebt nur für seine Arbeit. Deshalb ist er auch so gut."

„Und nun hat er sich zum ersten Mal verliebt, und ausgerechnet in Viola?"

„Kannst du's ihm verdenken?"

„Nein, bestimmt nicht. Aber jetzt bin *ich* durcheinander und könnte eine Schlaftablette gebrauchen. Oder einen guten Rat."

Sie kamen an einer Waldgaststätte vorbei. Adamek nahm Chris am Arm und schlenderte auf einen freien Tisch zu.

„Komm, wir haben eine Erfrischung nötig." Sie bestellten Saft und Mineralwasser.

Chris wunderte sich: „Sie trinken kein Bier?"

„Nein, mir schmeckt es nicht. Ich trinke lieber Saft oder Sprudel."

Eine Weile hörten sie dem Summen der Fliegen zu, dann meinte Adamek: „Chris, magst du mich nicht beim Vornamen nennen? Wir kennen uns doch inzwischen so gut."

Chris strahlte. Das war die erste gute Nachricht des Tages. Sie ließen die Gläser zusammenklingen. Der Ton stand eine Weile in der weichen Abendluft. Dann fragte Chris:

„Wie soll es weitergehen?"

„Dein Vater hat mir erzählt, daß du in Vios Reha-Klinik eine Zivildienststelle bekommen hast. Ich habe es Viola noch nicht verraten. Was hältst du davon, ihr einfach über den Weg zu laufen?"

„Du meinst ... ich soll das dem Zufall überlassen?"

„Unser Zufall ist nicht blind", lächelte Jan Adamek. „Wir haben einen über uns, der läßt uns das Richtige zufallen."

„Aber wenn sich Vio nun mit ihrem ... ihrem Therapeuten einläßt?"

„Dann wartest du geduldig ab. Vielleicht dauert diese Freundschaft nicht lange. Vio wird bald merken, ob sie echte Liebe für diesen Mann empfindet, oder ob sie nur die übliche Übertragungsbindung durchmacht. Wenn das Ganze vorbei ist, wird sie um einiges klüger sein."

Chris biß sich auf die Unterlippe. „Wenn er nur nicht ..." murmelte er düster.

Jan begriff sofort. „Ich halte ihn für einen verantwortungsbewußten Menschen. Ich vertraue ihm. Er wird die Situation nicht ausnutzen. Aber wenn es dich beruhigt, ich habe schon veranlaßt, daß Viola den Therapeuten wechselt. Sie wird ab morgen von einer Frau behandelt. Das ist für alle Beteiligten am besten."

„Ist ihr das auch recht?"

„Sie hat es sogar gewollt. Das wird sonst zu kompliziert. In jedem Fall."

Der Kellner kam zum Abkassieren. Jan zahlte, dann stand er auf.

„Ich denke, wir gehen zurück."

„Eigentlich wollte ich das ganze Wochenende hierbleiben. Das lasse ich jetzt wohl lieber", meinte Chris.

„Du brauchst noch nicht heimzufahren. Wenn du schon mal hier bist, kannst du dir gleich deine neue Umgebung anschauen. Heute nacht schläfst du bei uns im Wohnzimmer. Morgen früh, bevor Vio wach ist, fahr ich dich zur Klinik und zeig dir die Gegend."

„Und Vio?"

„Sie kann sich gut ein paar Stunden allein behelfen. Sie braucht gar nicht zu wissen, daß du da warst. Ich habe einen guten Freund an der Klinik, bei ihm kannst du übers Wochenende bleiben. Wenn du dann in ein paar Wochen herkommst, ist das alles nicht mehr so neu für dich."

„Ach ja, das ist eine gute Idee."

„Wann fängst du mit deinem Zivildienst an?"

„Ich habe nächste Woche meinen Einführungskurs, der geht vierzehn Tage."

„Bis dahin wissen wir vielleicht schon mehr."

„Und du meinst, ich soll einfach alles laufen lassen?"

„Chris, du kannst im Augenblick nichts ändern. Alle Kraftakte würden die Lage nur komplizieren, weil sie Viola überfordern. Sie braucht Zeit. Sie muß in aller Ruhe herausfinden, was sie will und was nicht. Hab Geduld. Und hab Vertrauen."

„Wenn ich sie heute gefragt hätte, so wie ich mir das vorgestellt hatte, mit Margeritenkranz und so ... wie hätte sie reagiert?"

Jan zuckte die Achseln. „Bei Frauen weiß man nie so genau ... Höchstwahrscheinlich hätte sie einen Weinkrampf bekommen und geschrien: ‚Laßt mich in Ruhe! Laßt mich alle in Ruhe!'"

„Ich hätte einen Korb einstecken müssen?"

„Ja, möglicherweise, und so was ist schwer rückgängig zu machen. Besser, man erspart sich das, indem man den richtigen Zeitpunkt wählt."

Sie waren am Haus angekommen. Jan ging voraus und sah nach Viola. Sie schlief unruhig und stöhnte. Chris schaute ihm über die Schulter. Sein Herz krampfte sich zusammen. Er wäre so gern hingelaufen und hätte sich neben ihr Bett gekniet. Hätte ihr die Seidensträhnen glatt gestrichen und sie aus der Nähe betrachtet. Ihr neues Gesicht ... Nach der Operation war sie noch schöner geworden, fand er. Aber er durfte nicht. Er mußte sich zurücknehmen. So nahe – und doch ausgesperrt. Wände aus Glas.

Doch es war ja nicht für immer. Ihre Freundschaft konnte wieder wachsen. Er dachte: „Alles noch mal von vorn. Ich muß es mir merken: Vio ist ein fremdes Mädchen. Ich will sie neu kennenlernen. Ich will sie verstehen lernen. Ich will sie lieben lernen. Sie soll glücklich sein." Er ging hinaus auf den Balkon und suchte die Sterne. Einer schien ihm zuzublinzeln. Chris schickte eine stumme Bitte hinauf. Nicht zum Stern, sondern zu dem, der über den Sternen wohnt.

Aller Anfang ist neu?

Die nächsten Wochen rasten im Eiltempo vorbei. Chris versuchte, sich auf die neuen Aufgaben zu konzentrieren. Er verscheuchte den Kummer, der ihn immer wieder überfluten wollte. Das war aber keine Trauer über einen echten Verlust, es war pures Selbstmitleid – Gift vom ersten bis zum letzten Gedanken. Ab und zu rief Jan Adamek an. Dann plauderten sie eine Weile. Nur einmal hatte er es gewagt, nach Vio zu fragen. Jan sagte leise: „Wait and see."

Abwarten. Er hätte gern Genaueres gewußt, aber das wäre nicht fair gewesen. Keine Geheimdienstaktionen!

Sie hatten eine lustige Zeit im Einführungskurs. Chris wohnte mit einem Ostfriesen auf dem Zimmer. Der war stolz auf sein sattes Plattdeutsch, und dazu hieß er auch noch Otto. Chris war froh über das alberne Gerede, das sein Zimmergenosse pausenlos von sich gab. Es lenkte ihn irgendwie ab.

Dann kam er nach Hause und mußte packen. Die Familienkutsche war vollgestopft bis unters Dach. Katrin und Mam quetschten sich hinein, denn sie wollten unbedingt mitfahren und sein neues Zimmer einrichten. Chris hätte das lieber selber gemacht, aber – wie sagte immer sein verstorbener Opa aus Ostpreußen? „Was sollst streiten!"

Er spürte, daß „seine Frauen" einfach noch mit ihm zusammensein wollten. Den Abschied ein bißchen hinausschieben. Paps hatte bei der Abfahrt wieder einen Vers von Wilhelm Busch auf Lager:

„Allererst und alsofort
eilet Knopp an jenen Ort,
wo sie wohnt, die Wohlbekannte,
welche sich Adele nannte,
jene reizende Adele,
die er einst mit ganzer Seele
tiefgeliebt und hochgeehrt,
die ihn aber nicht erhört,
so daß er, seit dies geschah,
nur ihr süßes Bildnis sah.
Transpirierend und beklommen
ist er vor die Tür gekommen.
Oh, sein Herze klopft so sehr,
doch am Ende klopft auch er.
‚Himmel' – ruft sie, ‚welches Glück!'
(Knopp sein Schweiß, der tritt zurück.)"

Sie lachten, Chris ein bißchen leiser als die anderen. Ob der Vater doch etwas gemerkt hatte?

Chris hatte seiner Familie nichts von seinem mißglückten Besuch bei Viola erzählt, wollte sie nicht mit seiner Traurigkeit belasten. Das Abschiednehmen war schwer genug.

Chris dachte: *Typisch Paps! Er will uns allen über die Abschiedsstimmung hinweghelfen. Und er möchte, daß ich an die Zukunft denke, Hoffnung habe. Er wird mir fehlen. Aber er hat recht: Ich kann mich freuen. Ich habe allen Grund dazu. Auch wenn ich nicht gleich an Violas Türe klopfen darf. Aber ich bin in ihrer Nähe. Bald werde ich sie sehen – irgendwann, irgendwie. Und vielleicht wird doch noch alles gut.*

Sein Zimmer hatte ein Fenster zum Park. Er teilte den Raum mit einem Küchenlehrling, der schon ein halbes Jahr hier war.

„Netter Kerl", dachte Chris, als Maxl ins Zimmer walzte.

Der strahlte über beide Grübchen: „Ach, da ist er ja, der Neue!"

Maxl war mehr als rundlich, er war richtig rund. Schwarzer Igelschnitt, dunkle Augen, gebräunte Haut und ein mächtiges Doppelkinn, das rhythmisch auf und nieder tanzte, wenn er lachte, so wie jetzt.

„Ich werde dich Streichholz nennen, wenn du nichts dagegen hast", erklärte Maxl.

„Und wenn ich doch was dagegen habe?" erkundigte sich Chris. Diesen Spitznamen konnte er nicht leiden.

„Dann eben Feuermelder!" Maxl hatte seine festen Vorstellungen.

Chris seufzte. „Kannst du es nicht mal mit Chris probieren?"

Maxl zog die Mundwinkel nach unten. „Finde ich absolut langweilig. Wir nennen dich … warte mal … ja, ich hab's: Kiki. Das ist die Abkürzung von ‚Kikeriki' und das bedeutet soviel wie ‚Roter Hahn' oder Dachstuhlbrand."

Chris dachte: *Und den hab ich für einen netten Kerl gehalten! Er ist widerlich. Eine Nervensäge!*

„Also, Kiki, es gibt gleich Abendessen. Kann man vernachlässigen, wenn man nachher zum Italiener ins Gartenlokal geht. Kommste mit?"

Chris schüttelte den Kopf und zeigte ins Zimmer. „Hab noch Besuch ..."

Maxl studierte dieses Argument und kam dann zu dem Schluß, daß es stichhaltig war. „Okay, Kiki, dann bis später."

Weg war er.

Mam und Katrin setzten sich auf den Boden und prusteten los. Sie hatten sich schon die ganze Zeit das Lachen verkniffen.

„Streichholz! Dachstuhlbrand! Feuermelder! Roter Hahn! Kikeriki! Dagegen ist Kiki ja ein Ehrentitel!"

Chris knurrte sie an. „Seid *ihr* bloß ruhig. Euer Rot ist noch viel röter als meins!"

Mam wurde ernst. „Chris, ich hätte dir gern eine andere Haarfarbe vererbt. Aber du mußt zugeben, daß du den schönsten Farbton der Familie erwischt hast, so richtig schön dunkelrot."

Katrin nickte. „Es steht dir exzellent. So kriegt das kein Friseur hin. Mach dir nichts aus dem Gespött. Das ist nur der Neid der Besitzlosen." Sie drehte stolz eine rote Strähne um den Zeigefinger.

Chris war erst getröstet, als Mam die Kühltasche auspackte. Apfelkuchen, Früchtetee, jede Menge Himbeeren. So konnte man den Zivildienst aushalten!

Später führte er seine Leute durch die Klinik und

erklärte die Therapie-Räume. Er kannte sich ja schon etwas aus.

Sie zögerten den Abschied hinaus, bis es stockdunkel geworden war. Chris winkte dem Auto noch lange hinterher, dann ging er auf sein Zimmer. Stand am Fenster, schaute auf den stillen Park hinab. Ganz hinten glitzerte Wasser – ein Teich? Das Mondlicht spielte auf der Wiese. Ein Nachtvogel schrie seine Klage hinaus. Chris hörte ihm zu und fühlte sich verstanden.

Wer die Wahl hat ...

Viola wendete geschickt den Rollstuhl und ließ sich die Rampe hinabrollen. Vaters Wagen stand verwaist auf dem Parkplatz. Sie fuhr eine Runde und hielt dann unter einer Linde. Sie liebte diesen Duft. Ihr Lieblingsparfüm ... immer wenn sie es roch, kam sie ins Träumen. Von weitem sah sie Michael, der im Laufschritt auf die Klinik zulief. Sie winkte ihm zu, er stockte kurz und kam herübergesaust.

„Bin sowieso schon zu spät dran", japste er. „Da kommt es auf zwei Minuten auch nicht mehr an."

Sie lachte. „Du müßtest eigentlich jede Menge Zeit haben, wo du doch jetzt meine Therapie nicht mehr machst."

„Hast du 'ne Ahnung. Mein Terminkalender war sofort wieder rappelvoll. Die Patienten reißen sich nämlich um mich, junge Frau."

Er biß sich auf die Lippen, als hätte er zuviel gesagt,

und wandte den Kopf ab, damit ihm die Frage nicht aus den Augen purzelte: „Und was ist mit dir?"

Vio schwieg eine Weile, dann sagte sie gepreßt: „Bitte nimm es nicht persönlich, daß ich nicht mehr zu dir in die Behandlung komme. Ich ... ich kann nicht. Weißt du, es ..."

Michael lächelte: „Seit wann stotterst du denn? Hast dir wohl die Zunge verrenkt?"

„Nein ... ja ... ach, ich weiß auch nicht. Ich kann es nicht erklären."

Michael wurde ernst. „Viola, ich verstehe das. Ich hatte schon von mir aus eine Kollegin gebeten, deine Behandlung zu übernehmen. Vielleicht war es ein Fehler, daß ich meinen Mund nicht gehalten habe. Du bist noch so jung ..."

„Was hat das denn damit zu tun?" brauste Vio auf.

Michael seufzte. „Lassen wir das jetzt. Ich komme Ende der Woche mal bei euch vorbei. Auf ein Plauderstündchen. Ist dir das recht?"

Viola nickte. Inzwischen war Jan Adamek herangekommen.

„Gute Nachrichten, Vati!" sagte Vio, um das Thema zu wechseln. „Ich werde den Rollstuhl nicht mehr lange brauchen. Meine Knochen sind schon ziemlich belastbar."

„Das müssen wir feiern!" freute er sich.

Michael hakte ein. „Wie wär's mit nächstem Samstag? Darf ich bei Ihnen reinschauen?"

„Ja, so gegen acht paßt es gut", meinte Herr Adamek und hob zum Abschiedsgruß die Hand, denn er sah, daß Michael in Eile war.

Nachdem Vio und Rollstuhl im Wagen verstaut waren, schaltete Herr Adamek das Autoradio ein. Vio wunderte sich. Das war sonst gar nicht seine Art. Meistens erkundigte er sich nach der Therapiestunde und wollte jede Einzelheit wissen. Doch heute wollte er offensichtlich kein Gespräch.

Sie dachte: „Auch gut, dann kann ich ungestört meinen Gedanken nachhängen." Nachhängen war das falsche Wort; sie fühlte sich wie in der Wäscheschleuder. Dieser Tag hatte noch mehr Verwirrung gebracht als die vorigen. Michaels Gefühle für sie. Ihre eigenen Fragezeichen. Die neue Therapeutin. Die war kurz angebunden und streng. Sie kannte Vios Grenzen noch nicht und verlangte zu viel von ihr. Viola hatte es drei Wochen lang klaglos ertragen, aber heute war ihr der Geduldsfaden gerissen.

„Michael hat das aber anders gemacht. Da hat es lange nicht so weh getan!"

Die Neue war sofort eingeschnappt gewesen. „Der neunmalkluge, vollkommene Michael! Wenn das gnädige Fräulein so von ihm bezaubert ist, warum hat es dann gewechselt und sich in meine unwürdigen Hände begeben?"

Viola ärgerte sich. Sie konnte aber schlecht sagen: „Weil sich dieser vollkommene Michael in mich verliebt hat, zum Donnerwetter!" Damit hätte sie einen Skandal ausgelöst. Also biß sie sich lieber auf die Lippen und sagte nichts. Die Therapeutin gab sich nicht damit zufrieden. „Hey, ich hab Sie was gefragt!"

Viola riß sich zusammen und sagte liebenswürdig: „Mein Arzt meinte, wegen der Abwechslung wäre das besser. Jeder hat so seine starken und schwachen Seiten. Ich wollte gerne mal zu Ihnen. Sie haben einen guten Ruf an der Klinik." Und das war nicht gelogen.

Die Therapeutin lächelte probeweise. „Na toll, ... dann wollen wir mal ..."

Der Rest der Stunde war schweißtreibend gewesen. Ein echter Schlauch. Aber sie hatte es überlebt. Und sie sah den Fortschritt.

Dann war sie in die Pause gefahren, an der Bäderabteilung vorbei. Eine Tür stand offen. Sie hörte jemanden pfeifen, und dieses Gepfeife kam ihr seltsam bekannt vor. Neugierig rollte sie näher und spähte in den Baderaum. Da sah sie hinten einen roten Lockenschopf um die Ecke verschwinden.

„Vio, du spinnst!" schalt sie sich. „Du siehst am hellichten Tag Gespenster!"

Wenn Chris hier wäre! Ach, Chris ... Ob er sie noch liebhatte? Wahrscheinlich nicht. Er hatte so lange nichts mehr von sich hören lassen. Ein halbes Jahr lang, und Chris war immer sehr umschwärmt gewesen. Und sie selbst? Wie stand sie zu Chris? Hatte es Sinn, ihm nachzutrauern? Oder sollte sie sich lieber der Wirklichkeit zuwenden? Ihre Wirklichkeit hieß Michael. Und sie wußte keine Antwort auf seine Frage.

Den Rest der Woche verbrachte sie wie in Trance. Sie verdrängte ihre Probleme und verlegte sich wieder aufs Träumen. Die Therapeutin wurde böse: „Sie müssen mitmachen, Fräulein Adamek. Ich kann mich nicht für Sie bewegen! Oder wollen Sie Ihre Therapie noch um ein Jahr verlängern?"

Viola seufzte. „Bestimmt nicht. Aber ich hab nun mal Probleme. Lassen Sie mir ein bißchen Luft. Ich hab mich bald wieder gefangen."

Die Frau wurde sanft: „Möchten Sie darüber sprechen?"

Vio brauchte nicht zu überlegen. „Vielen Dank, aber ich muß allein damit klarkommen."

Mit Michael hatte sie über alles sprechen können. Oder über fast alles. Allerdings nicht über Chris. Irgend etwas hatte sie immer gebremst, wenn sie nahe dran war, von ihrer ersten großen Liebe zu erzählen.

Ihr Vater machte in letzter Zeit auch keinen Anlauf zu einem tieferen Gespräch, obwohl er spürte, wie es in ihr wühlte. Manchmal strich er ihr mit dem Zeigefinger über den Handrücken: „Du wirst es schaffen. Denk es durch. Gib nicht auf. Du bist nicht allein. Du weißt doch, woher du Rat und Hilfe kriegen kannst."

Vio wunderte sich. Meinte er etwa Gott? Aber über so was konnte man doch nicht mit Gott reden! Außerdem war das Gebet immer ihr *letzter* Notnagel gewesen. Zuerst mußte man es allein probieren. Oder nicht?

„Such, Poldi, such!" rief Nachbars Emmi ihrem Dackel zu. Sie wollte ihm schon seit undenklichen Zeiten das Apportieren beibringen, aber das Tier begriff einfach nicht, was es mit dem Stöckchen sollte.

„Such, Vio, such!" befahl sich Viola. „Du mußt die Antwort finden."

Dann war der Samstagabend da. Michael brachte einen Blumenstrauß mit. Taktvollerweise keine Rosen, sondern ein Mischmasch aus bunten Sommerblumen: Kornblumen, Mohn, zarte Gräser. Auch drei Margeriten waren dabei. Viola freute sich über die Blumen. Besonders über die Margeriten, aber das verriet sie lieber nicht. Sonst hätte Michael gefragt, wieso. Und sie wollte ihm nicht wehtun.

Es wurde ein vergnügter Abend. Viola erzählte von ihrer Therapie, Michael gab Anekdoten aus der Klinik zum Besten, und der Vater brachte Storys aus seinem

Unterricht in der Sonderschule. Sie lachten viel. Fast hätte Viola vergessen, daß Michael in sie verliebt war. Er verhielt sich so wie immer – ganz normal. Erst beim Weggehen beugte er sich kurz über sie und hauchte ihr einen Kuß auf die Stirn. Sie wurde rot. Bevor sie protestieren konnte, war Michael schon an der Tür:

„Frechheit siegt!“ lachte er ihr über die Schulter zu, und da konnte sie ihm nicht böse sein. Aber klarer wurde dadurch nichts. Im Gegenteil.

Später, als sie mit Vater in der Küche herumwerkelte, fragte sie: „Du, Vati, wie kann man herausfinden, ob man einen Mann wirklich liebt?“

„Liebe ist ein Spiegel mit tausend Facetten“, meinte er. „Jeder empfindet das ein bißchen anders.“

„Ach, jetzt weichst du aus!“ beschwerte sie sich. „Nenn mir doch ein paar Facetten. Und komme jetzt bitte nicht mit Mutterliebe daher oder der Liebe zum Goldhamster.“

„Der Mann, den du liebst, gefällt dir, so wie er ist. Du bewunderst ihn. Du möchtest immer in seiner Nähe sein. Du möchtest ihn berühren und von ihm berührt werden. Du möchtest in ihn hineinschauen bis in die letzten Winkel. Und du sehnst dich danach, daß er dich versteht. Daß er weiß, was du sagen willst, bevor du das Wort ausgesprochen hast.“ Er unterbrach sich.

„Deshalb darfst du dir aber nicht einbilden, daß er Gedanken lesen kann. Normalerweise kann das keiner. Man braucht Menschenkenntnis, man muß gut zuhören, dann kann man sich auch in einen anderen einfühlen.“

„Michael kann das ...“ murmelte Viola.

„Daß Michael dich liebt, daran zweifelt wohl keiner,

aber das war ja auch nicht die Frage. Möchtest du, daß Michael deine Gedanken errät?"

Viola überlegte. Dachte an den roten Schopf, der seit Tagen durch ihre Träume geisterte. „Nein, lieber nicht. Ich glaube, er wäre traurig und enttäuscht, wenn er wüßte, was ich mir so zusammenträume."

Der Vater lächelte mitfühlend. „Dann ist Michael wohl nicht der Held deiner schlaflosen Nächte?"

„Kann man nicht behaupten", gab Viola zu. „Obwohl ich ihn aufrichtig mag. Ich bewundere ihn. Er ist einfach genial. In mancher Hinsicht finde ich ihn faszinierend. Du müßtest ihn mal in der Therapie erleben! Ich denke manchmal, er sitzt in jedem einzelnen Muskel drin, so genau weiß er, was ich gerade spüre und wo es gleich weh tun wird."

„Und vom Aussehen her – gefällt er dir da?"

„Er hat so ein liebes Gesicht! Es macht mir nichts aus, daß er Falten hat, die sind doch vom Lachen, oder? Und daß er bald eine Glatze kriegt, stört mich auch nicht. Wirklich nicht! Ein Mann ist mehr als sein Gesicht, nicht wahr?"

Der Vater wartete eine Weile, dann sagte er leise: „Das hat Chris einmal gesagt ..."

Viola zuckte zusammen, als hätte sie mit der Hand auf die heiße Herdplatte gefaßt. „Das hat er nicht nur einmal gesagt, das war sein ständiger Spruch. Und er hat recht, sag ich dir. Man muß Michael als ganze Person sehen, seine Stimme, seinen Gang, sein Lachen. So was gibt's nur einmal. Doch, er gefällt mir. Und es macht mir auch nichts aus, daß er schon etwas älter ist ... wie alt ist er eigentlich? Vati??? Hörst du mir überhaupt zu?"

Jan Adamek versuchte sein Lächeln hinter der Hand

zu verstecken und hob die Schultern. „Was schätzt du denn?“

„Na ja, vielleicht Ende Zwanzig oder so. Zehn Jahre, was sind schon zehn Jahre … Mein Traumtyp ist er nicht, aber vielleicht wird er's noch. Ich muß mich einfach erst an den Gedanken gewöhnen. Glaubst du, ich kann mich daran gewöhnen, Vati?“

Als Viola später im Bett lag, versuchte sie sich wieder diesen sanften Kuß vorzustellen: leicht wie ein Tupfer Eischnee. Und plötzlich mußte sie an ihre Mutter denken. Einmal hatte sie von ihr einen Kuß auf die Stirn bekommen. Das war genauso gewesen, und sie wußte noch, wie sie sich dabei gefühlt hatte: wie ein Vogel im Nest. Geborgen. Geliebt. Und da dachte sie, daß sie es gerne mal mit Michael probieren wollte.

Man lernt nie aus

Chris hatte es gerade noch hinter den Schrank geschafft. Sein Herz klopfte wie wild. Wenn sie jetzt mit ihrem Rollstuhl hereinkam und nach ihm rief, dann wollte er sich zu erkennen geben. Ein paar Atemzüge lang blieb alles still, nur der Rollstuhl surrte leise. Er hörte einen Seufzer, die Räder quietschten, dann entfernte sich das Geräusch.

„Vielleicht ist es noch zu früh", dachte er. „Ich will ihr ja nicht gerade den Schock ihres Lebens versetzen. Trotzdem – ich halte es kaum noch aus. Ich sehe sie immer nur von weitem ..."

Er stützte sich auf den Schrubber und träumte vor sich hin, bis Schwester Annette vorbeikam und ihm einen Klaps auf die Schulter gab: „Beweg dich, Kiki! Faulenzen kannst du daheim." Schrecklich, dieser Spitzname. Er sagte energisch: „Ich heiße übrigens Christian!"

Sie lachte bloß: „Für mich bist du der Kiki. Bei der Hitze ist mir das andere zu lang."

Am Nachmittag wurde er in eine andere Abteilung versetzt. Der Therapeut, Herr Kramer, nahm sich Zeit für ihn, erklärte die verschiedenen Geräte und ihre Wirkung, zeigte ihm Schaubilder von Muskeln und Gelenken.

„Ich habe den Eindruck, für dich ist das nicht nur so'n Job", meinte er. „Schwester Annette hat mir von dir erzählt. Du kniest dich ganz schön rein, hab ich recht?"

Chris dachte: *Ein Glück, daß keiner meine Gedanken lesen kann!*

Aber Kramer hatte im Grunde recht.

„Ich möchte soviel wie möglich lernen", erklärte Chris. „Darf ich mir ein par Bücher ausleihen?"

Kramer freute sich. „Aber ja. Du kannst auch bei einigen Patienten dabeisein und zuschauen. Mußt dann allerdings etwas länger bleiben, damit du deine Arbeit schaffst."

„Kein Problem. Ich tue alles, damit ich möglichst viel mit den Patienten zusammensein kann. Ich will nämlich Medizin studieren und Chirurg werden."

„Was denn für einer?"

„Wiederherstellende Chirurgie. Ich möchte gern verletzten Menschen ihre Würde wiedergeben. Ein neues Gesicht. Oder neue Hände. So was in der Art."

Der Therapeut lächelte anerkennend. „Ich staune immer nur, was manche Chirurgen zustandebringen. Man glaubt es nicht, Kiki."

Chris gab es auf, sich gegen diesen Spitznamen zu wehren – Katrin hatte recht: Es gab schlimmere.

In den nächsten Tagen lernte Chris eine ganze Menge

über die Behandlung von unfallgeschädigten Patienten. Früher hatte er gedacht, behinderte Menschen wären reifer oder edelmütiger, aber er mußte sich korrigieren: Sie hatten genauso gegen Ungeduld und Frust zu kämpfen wie alle anderen. Einige waren verbittert und zornig auf das „Schicksal“ und verschwendeten viel Kraft auf ihre Wut. Chris beobachtete die Patienten genau. Wer sich gelassen in das Unabänderliche fügte, hatte Kräfte frei, um zu ändern, was noch zu ändern war, während die rebellischen Patienten nicht genug Energie für die schweren Übungen aufbrachten. Sie gaben viel zu schnell auf und verpaßten manche Chance wegen ihrer Bitterkeit und Haßgefühle. Am schnellsten erholten sich Patienten, die nicht nur um sich selbst kreisten, sondern viele Kontakte zu anderen Menschen hatten und an deren Leben Anteil nahmen. Chris notierte seine Beobachtungen. Eines Tages sah ihm Kramer über die Schulter.

„Wir haben jetzt noch eine Stunde Zeit, weil ein Patient abgesagt hat“, meinte er. „Hast du Lust auf einen Spaziergang im Park?“

Chris nickte. Er mochte Herrn Kramer gern und bewunderte sein Geschick im Umgang mit Menschen.

„Aber nimm dein schlaues Buch mit; deine Notizen interessieren mich!“ schlug der Therapeut vor.

Sie gingen bis zum See und setzten sich auf eine Bank, ganz in ihr Gespräch vertieft. Chris las vor, was er in den letzten Tagen aufgeschrieben hatte. Sie besprachen die verschiedenen Behinderungen, die gemeinsamen Züge, die Unterschiede.

„Vergiß niemals, daß du mit lebendigen Menschen umgehst, die ihre Würde haben!“ Herr Kramer sagte es eindringlich und ernst. „Nie darf der Fall wichtiger werden als der Mensch. Und zwar der ganze Mensch. Nicht nur der Kapuzenmuskel oder das Kniegelenk. Deshalb bringe ich meine Patienten so weit, daß sie ein bißchen von zu Hause erzählen. Manche Verspannung kommt von häuslichen Konflikten und läßt sich durch keine physikalische Anwendung dauerhaft lösen. Das muß auf einer anderen Ebene geschehen."

„Wie wäre es, wenn man die Patienten zusammen mit ihrem psychologischen Berater behandelt?" fragte Chris.

„Ach weißt du, viele Psychiater kleben an einer bestimmten Theorie über die menschliche Seele. Sie vergessen, daß unsere Vorstellungen nur Hilfsmodelle sind, die ihre Schwachpunkte haben. Da liegt die Gefahr nahe, die Patienten in einen bestimmten Rahmen hineinzupressen, ob sie nun hineinpassen oder nicht. Es ist viel sinnvoller, selber die Augen und Ohren offenzuhalten und Signale von den Patienten richtig zu verknüpfen. Zum Beispiel Frau Schindler ..." Kramer erklärte Chris, wie man die Körpersprache richtig deutet und wie man aus Gesten und Körperhaltung etwas über die Einstellung des Menschen, über seinen Gemütszustand herauslesen kann. Die Stunde verflog im Nu, und ein sehr nachdenklicher Chris trottete an diesem Spätnachmittag in sein Zimmer zurück.

Er war gerade beim Schreiben, als Maxl hereinschnaufte. „Ah, da ist ja unser geliebter Kiki – bist jetzt dem Kramer sein Schätzchen, was?"

„Nur kein Neid", brummte Chris, weil er mit den Gedanken bei seinen Aufzeichnungen war.

„Hör mal, Kikilein, kommst du heute abend mit zum *Napoli*? Du bist jetzt schon vier Wochen da und warst noch nie mit uns dort. Ich glaub', du magst uns nicht?“ Chris blickte auf – da schwang doch eine leise Drohung mit?

Er klappte sein Buch zu und stieß den Stuhl zurück.

„Wie kommst du denn auf so was, Maxl? Natürlich geh ich mit. Ich zieh mir nur eben mal ein frisches T-Shirt an. Augenblickchen, ja?“ Er verschwand im Duschraum. Maxl blätterte ungeniert in Chris’ Notizen und schüttelte verständnislos den Kopf. „Der spinnt, der Kiki – lernt, was er gar nicht muß!“

Eine Schlacht gewinnen, den Krieg verlieren

Zehn Minuten später trafen sie sich mit den anderen an der Pforte: ein lustiger Trupp von jungen Leuten, wobei die Jungs deutlich in der Minderheit waren. Das Gartenlokal *Napoli* war nur ein paar Kilometer von der Klinik entfernt. Dort trafen sich abends die Pfleger und Praktikanten, die Küchenhilfen und Lernschwestern. Sie hatten ihren Stammtisch am Springbrunnen.

Enzo, der Wirt, nahm die Bestellungen persönlich auf. Er klopfte Chris auf die Schulter: „Ein neuer Zivi?"

Chris wollte sich mit Namen vorstellen, aber die anderen überschrien ihn: „Er heißt Kiki – Kiki wie Kikeriki!"

Der Wirt kniff ein Auge zu. „Kiki ... du neu ... brauchst du viel hier oben", er tippte sich an die Stirn,

„sonst ...“, er fuhr sich mit dem Finger unter dem Kinn vorbei, „die machen dich Kopf kürzer.“ Er kannte seine Pappenheimer.

Die anderen bestellten sich Bier oder Cola; Chris wählte einen roten Traubensaft. Einige gingen zur Tanzfläche, zwei Jungs spielten Armdrücken, und Chris unterhielt sich mit Lilia. Sie war mit Abstand das hübscheste Mädchen der ganzen Reha-Klinik: aschblonde Naturlocken, Augen, grün wie der Brienzer See, winzige Sommersprossen auf der Nase und eine Haut wie Marzipan. Sie wirkte wie eine Elfe, die sich auf die Erde verirrt hat. Noch dazu hatte sie Köpfchen. Sie dachte gründlich nach. Ob das daran lag, daß sie etwas älter war, kein Gigglgänschen mehr wie die meisten anderen? Chris schätzte sie auf Anfang Zwanzig. Man konnte mit ihr über tiefergehende Dinge sprechen als über das Wetter oder die Klinik. Umweltschutz, Ökologie, soziale Gerechtigkeit, das waren ihre Spezialthemen.

Sie waren gerade bei der Ausländerpolitik angelangt, als Maxl sich zu Chris herüberbeugte. Er nahm ihm das Glas aus der Hand, schüttete den Saft in den Springbrunnen und schob ihm seinen eigenen Maßkrug zu.

„Da, trink was Ordentliches, damit was aus dir wird!“

Schlagartig wurde es still am Tisch. Chris wischte sich den Bierschaum von der Hand und überlegte blitzschnell.

„Maxl, nimm's mir nicht übel, aber ich trinke kein Bier“, sagte er und winkte dem Wirt. Er bestellte einen neuen Traubensaft und meinte: „Maxl ist so nett und zahlt.“

Die Mädchen kicherten. Maxl wurde knallrot im Gesicht. Aber er gab noch nicht auf. Als der Traubensaft gebracht wurde, schnappte sich Maxl wieder das Glas. Diesmal leerte er es Chris über den Kopf und sagte: „Rot zu rot – paßt got."

Den Reim muß ich Paps schreiben! nahm sich Chris vor. Inzwischen tropfte ihm der Saft auf die Schultern und lief hinten ins T-Shirt hinein. Er seufzte und stülpte Maxl den Bierseidel über die Igelfrisur: „Will das Haar nicht richtig sprießen, muß man es mit Bier begießen."

„Zwei zu zwei", stellte Lilia fest, „jetzt könnt ihr wieder aufhören." Sie wollte sich lieber mit Chris unterhalten. Aber die anderen Mädchen fanden es spannend und feuerten Maxl an: „Das kannst du dir doch nicht gefallen lassen!"

Der Wirt hatte das Duell beobachtet und winkte seiner Frau. Die kam mit Eimer und Lappen und drückte jedem der beiden einen Schwamm in die Hand.

„Da – sauberputzen!" kommandierte sie und blieb neben ihnen stehen, die Arme in die Seiten gestemmt. Chris und Maxl blieb nichts anderes übrig, sie mußten den Tisch abwischen, die Stühle trockenreiben und den Kies am Boden mit Wasser abspritzen.

„Rote Saft auf weiße Kies – nix gut!" fauchte die Wirtin.

Was wird sie erst sagen, wenn sie die Spuren im Marmorspringbrunnen entdeckt! schoß es Chris durch den Kopf. Maxl mußte dasselbe gedacht haben, denn er grinste, als sich ihre Blicke trafen. Chris grinste zurück. Lilia atmete hörbar auf.

Der Wirt brachte zwei Mineralwasser: „Nix klebrig, nix rote Farbe – ist besser!" schlug er vor.

Für eine Weile war der Friede wiederhergestellt. Maxl hatte sich abgeregt, und auch Chris tat, als wäre nichts gewesen, obwohl sein T-Shirt im Nacken hart wie Sperrholz geworden war.

Dann setzte sich Lars zu Chris und guckte so finster, daß eine ganze Mafiabande auf ihn stolz gewesen wäre. Lars war Hilfspfleger, und man brauchte ihn überall dort, wo schwere Patienten zu heben oder zu tragen waren. Er sah auch so aus. Seine Muskelpakete blähten das T-Shirt auf, daß man glaubte, gleich müßten die Nähte krachen. Er hatte Chris von Anfang an nicht ausstehen können. Keiner wußte warum – es war einfach so.

In der letzten halben Stunde hatte er mit wachsendem Ärger zugesehen, wie gut sich Chris und Lilia verstanden. Er betrachtete das Mädchen als seine Flamme, und er gönnte sie keinem anderen. Was Lilia darüber dachte, war ihm egal. „Alle Frauen wollen mich – sie wissen es nur nicht!" war sein Motto.

„Kiki!" knurrte er jetzt gebieterisch. „Du bist neu hier. Du kennst unsere Spielregeln noch nicht. Jeder Neue muß die ganze Runde zahlen, außer er kann mehr Bier trinken als ich. Also los, fang an. Und mach keine Mätzchen! Mir leerst du kein Bier über'n Kopf!"

Lilia warf ein: „Was soll denn das? Laßt ihn doch in Ruhe."

Lars schwoll die Schläfenader: „Mädchen, halt dich da raus. Das ist eine Sache unter Männern!"

Die anderen Mädchen kamen ihr zu Hilfe, denn mit Lars war nicht zu spaßen – ein anderes Kaliber als Maxl.

„Müßt ihr Kerle immer die Stimmung verderben?

Ihr seid schrecklich!" sagte eine, und die andere meinte: „Wenn ihr Bier getrunken habt, dann ist nichts mehr mit euch anzufangen. Ihr werdet dann albern. Oder ihr streitet nur herum."

Lilia setzte noch einen drauf: „Ich finde es gut, daß Chris keinen Alkohol trinkt. Wenigstens einer, mit dem man vernünftig reden kann."

Damit hatte sie unabsichtlich Öl ins Feuer gegossen. Lars wurde rot im Gesicht.

„Ihr Tussis seid wohl alle in den rothaarigen Gartenzwerg verknallt, was? Kein bißchen Geschmack im Hirn, was?" Er wurde laut. „Hey, Lilia, jetzt werd ich dir zeigen, wie er von innen aussieht, dein Zwerg. Mal sehn, ob du ihn dann immer noch so toll findest ..." Er beugte sich zu ihr hin und murmelte: „Und dann hol ich mir meinen Kuß. Einen Kuß für den Sieger!"

„Da kannst du lange warten", empörte sich Lilia.

Lars' Augen funkelten. Die anderen Mädchen duckten sich. Chris sagte fest: „Lars, laß das Mädchen in Ruhe. Sonst kriegst du es mit mir zu tun."

„Da schlottern mir ja die Knie vor Angst!" höhnte Lars. „Da mach ich mir gleich in die Hose!"

Am Tisch war es totenstill geworden. Keiner wagte eine Bewegung. Chris sagte trocken: „Das möchte ich dir auch geraten haben."

Maxl zog vor Entsetzen scharf die Luft ein.

Lars schob sich genießerisch in die Höhe und ließ die Muskeln spielen.

„Unser geliebter Kiki", sagte er gefährlich leise, „mit dem feuerroten Haar und dem Gesicht wie'n Feuermelder. Zum Reinschlagen und Weglaufen!"

Chris schaute ihn fest an. „Tja, dazu könnte dein Grips noch reichen, zu mehr wohl nicht."

Lars sprang auf, daß sein Stuhl hintenüberknallte, packte Chris vorne am T-Shirt und riß ihn hoch. Chris sah ihm in die Augen, und als sie sich verengten, duckte er sich blitzschnell und entging damit einem Boxhieb. Er warf ein paar Münzen auf den Tisch und flankte über den niedrigen Gartenzaun.

„Bleib hier, du Feigling!" brüllte Lars.

„Ich prügle mich nicht im Lokal – komm hierher, wenn du was von mir willst!" rief Chris. Inzwischen war es dunkel geworden. Er musterte den Platz: eine frisch gemähte Wiese, ein paar Sträucher, der Boden sonst eben. Er zog sein T-Shirt aus, es klebte erbärmlich an der Haut. Die anderen waren zögernd herangekommen. Der Wirt stand besorgt im Hintergrund und suchte in der Schublade schon mal nach Pflaster und Jod.

„Ist Klinikpersonal das Schlimmste", murmelte er.

Chris stellte sich mit dem Rücken zur Straßenlaterne, so daß sein eigenes Gesicht im Dunkeln blieb. Lars schnaubte wie ein wütender Stier und führte einige Schläge in die Luft.

Chris mahnte: „Keine Tiefschläge, keine unfairen Tricks, okay?"

Lars begann, ihn zu umtänzeln. Chris wich geschickt aus und drehte sich mit. Er war immer ein guter Squash-Spieler gewesen, auch im Tischtennis hatte ihn so schnell keiner besiegt, wenn er das Gesicht des Gegners beobachtete. Was er ein paar Stunden vorher über Körpersprache gelernt hatte, kam ihm jetzt zugute. Er konnte an der Fußstellung erkennen, in welche Richtung und mit welcher Hand der nächste Schlag erfolgen würde. Zuerst versuchte er nur, Lars' Schläge und Boxhiebe abzuwehren. Aber dann wurde es dunkler, und er konnte nicht mehr gut sehen. Da versetzte ihm Lars einen gewaltigen Hieb ins Gesicht. Chris spürte, wie sein Auge blitzschnell zuschwoll. Immer mehr Treffer konnte der andere landen. Chris wurde wütend, aber er zwang sich zum klaren Überlegen.

„Ich darf auf keinen Fall hinfallen", sagte er sich. „Sonst macht Lars Hackfleisch aus mir. Und wenn er gewonnen hat – o weh, die arme Lilia!" Der Gedanke an Lilia gab ihm neue Kraft.

„Jetzt muß ich angreifen. Darauf ist er nicht gefaßt." Er führte ein paar rasche Schläge, um Lars zu irritieren. Er trieb ihn immer weiter ins Dunkle, wo der Boden uneben wurde. Lars hatte nicht mehr mit Gegenwehr gerechnet. Bevor er sich von seiner Überraschung erholt hatte, versetzte ihm Chris drei Boxhiebe ins Gesicht. Dann traf er Lars am Kinn. Der taumelte rückwärts, Chris gab ihm zur Sicherheit noch einen Hieb an den Kopf und trat ihm gegen das Standbein. Lars fiel um wie ein gefällter Baum und rührte sich nicht.

„Also, das war's dann", keuchte Chris. „Macht's gut, ihr alle, und verarztet mir den Lars, ich muß jetzt erst mal nach meinem Auge schauen." Einige Mädchen beugten sich über Lars, Maxl wollte Wasser holen. Sie trafen sich im Waschraum, wo Chris sein Auge kühlte. Maxl pfiff zwischen den Zähnen und sagte: „Alle Achtung, Kiki. Hast wohl doch nicht bloß Stroh im Kopf. Muß was Härteres sein."

Chris zuckte die Achseln. „Eigentlich prügle ich mich nicht so gern."

„Haha, du hast ihn wohl nur aus Versehen getroffen. Aber du, das war dein Glück. Wo der Lars hinhaut, da wächst kein Gras mehr."

Chris nickte und befühlte sein Auge. Ein kleiner Schlitz war noch offen.

„Das ist das erste Mal, daß Lars nicht gesiegt hat",. meinte Maxl. „Er wird dir das übelnehmen."

„Der Ärmste …", sagte Chris, „ich bin untröstlich. Aber dann geh ich jetzt besser, damit er sich nicht noch länger über meinen Anblick ärgern muß."

Freiheit, die ich meine

Chris wanderte durch die Wiese zurück. Die Bauern hatten Heu gemacht, es hing zum Trocknen über Holzlatten und duftete atemberaubend. Die Grillen geigten ihr Nachtlied. Chris blickte zum Himmel hinauf und war froh, daß er buchstäblich mit einem blauen Auge davongekommen war. Es hätte auch anders kommen können. Normalerweise machte er einen Bogen um derartige Muskelmänner wie Lars; er war ja nicht lebensmüde. Aber wenn Mädchen im Spiel waren, wenn sie in ihrer Ehre angegriffen wurden, dann vergaß er alle Bedenken. Der gierige Blick, den Lars auf Lilia geworfen hatte, seine geringschätzige Art, mit der er alle Mädchen behandelte – so was konnte man doch nicht durchgehen lassen! Diese gemeinen Augen, mit denen er Lilia beinahe auszog, der brutale Mund – Chris schauderte noch bei der Erinnerung. Er war froh, daß er ordentlich zugeschlagen hatte. *Solche „Typen" verdienen es nicht besser. Man mußte ihnen einen Denkzettel verpassen!* So dachte er vor sich hin, aber zufrieden war er nicht.

Im Grunde habe ich mich auf seine Stufe begeben. Obwohl ich Gewalt hasse, war ich ebenso grob wie er. Es hat mir sogar Spaß gemacht, in dieses böse Gesicht zu schlagen. Ich habe in diesem Moment vergessen, daß er ein Mensch ist wie ich. Er war auf einmal nur noch mein Feind. Ich habe ihn gehaßt. Warum nur? Weil er so unfreundlich ist? Weil er anders ist als ich? Weil ich ihn für dumm und gemein halte? Habe ich überhaupt das Recht, so über einen anderen zu denken?

„Was hab ich bloß falsch gemacht?" überlegte er laut. „Wie hätte ich dem Streit ausweichen können?" Es mußte doch noch andere Möglichkeiten geben als Schläge und Boxhiebe. Da wurde ihm klar, daß er diesen Kampf ganz allein durchgefochten hatte, ohne vorher zu fragen: „Ist es richtig? Ist es gut so?" Er hatte gar nicht überlegt. Er hatte die Herausforderung angenommen und wollte seine Ehre verteidigen. Aber was war das für eine Ehre, die Blut fließen ließ?

Vielleicht wäre der Abend ganz anders gelaufen, wenn ich auf Jesus gehört hätte, dachte er. *Er hat mir versprochen, immer bei mir zu sein. Das hatte ich glatt vergessen.*

An der Brücke holte ihn Lilia ein. Sie keuchte vom schnellen Laufen.

„Es geht ihm schon wieder besser. Ein bißchen Wasser, und er kam wieder zu sich."

„Warum bist du schon gegangen?" forschte Chris. „Es ist doch noch so früh?"

Lilia kickte ein Steinchen vor sich her und sagte dann lange nichts. Dann meinte sie: „Ich habe Angst vor

Lars. Wenn er betrunken ist, dann wird er aufdringlich."

„Aber es sind doch noch andere Jungs da. Die könnten dir doch helfen?"

Sie lachte bitter auf. „An Lars traut sich keiner ran. Die meisten sind von ihm schon verprügelt worden. Entweder trinkt er sie unter den Tisch, oder er verhaut sie. Manchmal beides."

„Und wenn sich die anderen Jungs zusammentun?"

„Dazu sind sie viel zu neidisch aufeinander. Irgendwie fehlt es ihnen an Zusammenhalt. Jeder ist froh, wenn er dem anderen eins auswischen kann, weißt du?"

„Na toll, von so einem Betriebsklima kann man nur träumen", murmelte Chris.

„Ja, und zwar alpträumen", ergänzte Lilia. „Aber es gibt auch gute Leute bei uns. Da ist zum Beispiel Herr Kramer. Ein Schatz!"

Chris nickte. „Ich arbeite gern bei ihm. Die Tage vergehen mir immer viel zu schnell – man lernt viel in seiner Abteilung."

„Sein Fanclub hat viele Mitglieder. Die meisten Mädchen und Frauen schwärmen für ihn."

„Kein Wunder", meinte Chris und sah sie nachdenklich an – sie auch?

Inzwischen waren sie am Wohnheim angekommen. Lilia fragte: „Kommst du noch rauf in mein Zimmer?"

Chris schüttelte den Kopf. „Du, ich muß unter die Dusche. Außerdem will ich mein Auge kühlen."

„Ich hab Eis im Kühlfach, und eine Dusche gibt es bei mir auch."

Das Mädchen kam einen Schritt näher und sah ihn groß an. Der Wind spielte mit ihren Locken, eine wehte ihm ins Gesicht. Sie duftete nach Sommergarten, und als sie sich sachte an ihn lehnte, spürte er die Wärme ihrer Haut durch die dünne Bluse. Ihr Herz klopfte, und sein Puls begann zu rasen.

Warum eigentlich nicht? Er war ein freier Mensch. Viola hatte sich mit ihrem Therapeuten eingelassen – vielleicht jagte er einer Wolke nach, wenn er immer noch auf sie wartete? Er mochte Lilia, und wenn er sich's recht überlegte, war er schon ein ganz kleines bißchen in sie verliebt. Alle Jungs waren scharf auf Lilia, und sie hatte ihn gewählt. Warum eigentlich nicht?

Er wollte sie gerade umarmen und noch enger an sich ziehen, da ging in einem Fenster über ihnen das Licht an. Der Lichtschein zeichnete ein Sternenmuster über ihr Gesicht; es wirkte fremd und unwirklich. Auf einmal war der Zauber verflogen. Chris konnte wieder klar denken. Behutsam machte er sich los.

„Du, es geht nicht", sagte er leise. „Ich ... ich muß dir was erzählen."

Die Enttäuschung stand dem Mädchen ins Gesicht geschrieben. „Dann stimmt es also, was die anderen über dich sagen?" fragte sie, und in ihrer Stimme schwang ein Stahlton.

„Was erzählen sie denn über mich?"

„Na ja, daß du andersrum wärst ..."

„Wie andersrum?"

„Also, vom anderen Ufer. Du wärst immer nur mit Männern zusammen, zum Beispiel mit Herrn Kramer. Der ist ja auch nicht verheiratet."

Chris zog scharf die Luft ein. „Und wer erzählt so was?"

„Die anderen Mädchen und ein paar Jungs ... Lars und Maxl und so. Oder stimmt es gar nicht?"

Chris atmete ein paarmal tief durch. Ihm war zum Davonlaufen. Aber was hätte das gebracht?

„Lilia, wollen wir ein Stück weitergehen?“ schlug er vor. „Ich muß mich jetzt bewegen, sonst platze ich!“ Sie ging steif neben ihm her, achtete streng auf Abstand.

„Ich hab dich wirklich gern“, versicherte Chris und bemühte sich, den bitteren Zug zu übersehen, der in ihrem Gesicht stand. „Aber weißt du, da ist ein anderes Mädchen ...“

Lilia wirkte erleichtert: „Ach so, du hast schon eine Freundin?“

„Ja ... nein ... nicht direkt ...“, stotterte er.

„Na, was denn nun?“ Sie ließ nicht locker.

Und da konnte er nicht anders, er mußte ihr von Viola erzählen: wie ihre Freundschaft begonnen hatte, ihr schwerer Unfall, die Monate danach, dann die Trennung und jetzt – seine Hoffnung, die er nicht zeigen durfte, seine Sehnsucht, die er nur mühsam bezähmen konnte, sein halbgeträumter Traum.

„Schau, Lilia, so chaotisch sieht es in mir aus. Was soll ich nur tun? Viola abschreiben? Meine Liebe zu ihr abwürgen und was Neues anfangen? Ich habe das Recht dazu – wenn sie einen anderen hat, bin ich frei.“

Lilia legte ihm leicht die Hand auf den Arm.

„Nein, Chris, da täuschst du dich. Du bist nicht frei. Du liebst Viola. Du liebst sie immer noch, und es wäre verkehrt, sie meinetwegen einfach fallenzulassen. Du würdest mir das nie verzeihen.“

Ihre Stimme war wieder weich geworden, und sie hielt den Kopf gesenkt. Chris blieb stehen und sah sie an. Der Mond schien auf ihr Gesicht, eine einzelne Träne lief ihr aus dem Augenwinkel bis hinunter ans

Kinn. Dort hing sie lange, bis sie auf die Bluse tropfte. Chris hatte drei Sekunden lang den fast unbezähmbaren Wunsch, ihr die Träne wegzuküssen, aber da wäre ihm alles durcheinander geraten.

„Es wäre unrecht von mir, wenn ich dich da reinziehen würde, du hast was Besseres verdient. Einen, der dich ungeteilt liebhat. Kannst du mich ein bißchen verstehen?“ fragte er leise.

Lilia nickte.

„Ich bin froh, daß du mir das alles erzählt hast. Danke für dein Vertrauen. Zuerst hab ich gedacht ... du magst mich nicht.“

Chris lachte vorsichtig. „Nein, nein, damit liegst du völlig falsch. Du bist ein Juwel, Lilia, aber gerade, weil ich dich so gern habe, möchte ich ehrlich zu dir sein. Ich will nicht mit Gefühlen spielen. Das tut nachher so weh.“

Lilia nickte. „Wem sagst du das!“

Und dann erzählte sie von ihrer Jagd nach Liebe und Verständnis, die vergeblich geblieben war, denn ihre Freunde hatten immer nur ihre Schönheit bewundert, aber nicht ihr Herz gesucht.

„Einer, der mir wirklich gefällt, ist Herr Kramer. Aber der merkt es nicht. Und ich kann ihm doch nicht nachlaufen!“

„Wir sind schon ein tolles Paar, wir beide – jammern uns gegenseitig die Ohren voll“, meinte Chris.

„Geteiltes Leid ist doppeltes Leid“, sagte Lilia, und es dauerte einige Sekunden, bis Chris den Witz verstanden hatte. Sie lachten, und das tat gut.

Nach einer Weile, sie waren schon wieder auf dem Rückweg, meinte Lilia: „Also bist du wirklich nicht vom anderen Ufer ...“

„So ein Unsinn", ereiferte sich Chris. „Bloß weil ich mich mit Herrn Kramer gut verstehe, muß ich doch nicht schwul sein, oder?"

„Du machst dich verdächtig, weil du die Mädchen nicht an dich ranläßt", erklärte Lilia. „Und du bist einfach zu rücksichtsvoll. Das ist man hier an der Reha-Klinik nicht gewöhnt."

„Dann wird's aber Zeit, daß die Männer hier ein bißchen Schliff kriegen!"

„Ich wünsch dir viel Erfolg dabei", sagte Lilia, aber überzeugt klang es nicht.

Sie sagten sich „Gute Nacht", und Chris konnte endlich sein mißhandeltes Auge kühlen. Es war bereits veilchenblau.

Ein Gläschen in Ehren ...

Lange nach Mitternacht kam Maxl ins Zimmer gewankt, der noch viel blauer war als Chris' Auge. Er warf sich mit Kleidern und Schuhen aufs Bett und rülpste laut. Chris zog ihm die Schuhe aus und lockerte ihm den Gürtel. Maxl spürte nichts, merkte nicht, wie sich sein Magen ausstülpte und etliche Maß Bier sich auf sein Kopfkissen ergossen. Chris wälzte ihn beiseite und überzog das Bett frisch. Er zerrte ihm das schmuddelige Hemd ab und wusch ihn sauber. Diese Prozedur mußte er in der Nacht noch einmal wiederholen, denn Maxl war wie ein Faß ohne Deckel bei hohem Seegang.

Am nächsten Morgen stand der Alkoholdunst wie eine Nebelwolke im Zimmer. Es stank erbärmlich. Maxl hatte sich obendrein als Faß ohne Boden betätigt; sogar der Teppichboden unter dem Bett hatte feuchte Flecken. Chris flüchtete nach draußen, bevor Maxl wach wurde. Er lief hinüber zu Maxls Abteilung und sagte Bescheid: „Der Maxl ist heute krank. Er muß sich den Magen verdorben haben."

Die Schwester fragte teilnahmsvoll: „Jöööh, der Arme! Hat er v'leicht was Falsches g'gessen?"

„Oder g'trunken", meinte Chris, und machte, daß er wegkam.

Herr Kramer staunte, als er sein buntschillerndes Gesicht sah.

„Mein lieber Schwan, da ging's aber rund!"

Chris mußte grinsen, obwohl das ziemlich weh tat.

„Jugendlicher Leichtsinn …" murmelte er und hoffte, der Therapeut würde nicht mehr nachfragen. Der betrachtete ihn aufmerksam.

„Ich will mich nicht in deine Angelegenheiten mischen", meinte er, „aber wenn du in ernsten Problemen steckst, dann denke dran, du hast hier einen Freund!" und er klopfte sich auf die Brust. Chris war ihm dankbar.

Kramer holte eine kleine Tube Make-up aus dem Badezimmerschrank. „Hat eine Patientin hier vergessen. Komm, wir überschminken dein Veilchen, sonst stiehlst du mir heute die Show. Die Patienten werden dich dermaßen bedauern, daß sie zu nichts anderem mehr fähig sind."

Chris betrachtete sich im Spiegel. Geschminkt sah sein Auge wie aufgepappt aus. Aber nicht mehr so gefährlich wie vorher.

Am Nachmittag nahm ihn Kramer beiseite. „Wir haben jetzt eine halbe Stunde Zeit. Da könntest du mir mal erzählen, was es gestern gegeben hat. Ich glaube, es ist wichtig."

Chris wollte nicht. „Das sind alles nur dumme Streiche. Jungs prügeln sich, das ist doch nichts besonderes."

„Du weißt nicht, mit wem du es zu tun hast. Du hast dich mit Lars geschlagen, stimmt's?“ Und als Chris nicht widersprach, redete Kramer weiter: „Lars hat einen Hang zur Gewalttätigkeit. Ich kann manchmal nicht verstehen, daß wir solch einen labilen Menschen als Pfleger beschäftigen. Wenn bei ihm alles glatt geht, ist er sanft wie ein Lamm, aber wehe, jemand reizt ihn.“

„Hm ...“

„Du bist geschwätziger als ein Marktweib. Wie ist es überhaupt zum Streit gekommen?“

Chris erzählte kurz den Hergang, erwähnte auch Lilia – Kramer war sofort im Bilde.

„Du hast dir einen Todfeind geschaffen. Er wird keine Ruhe geben, bis er dich erledigt hat.“

„Herr Kramer, ich hatte keine andere Wahl. Hätte ich davonlaufen sollen, nachdem er mich angegriffen hat? Flüchten wie ein Feigling?“

Kramer lächelte. „Das hätte deinen Ruf bei den Mädchen ruiniert, nicht wahr? Allerdings hättest du dir damit auch eine Menge Ärger erspart. Es war nicht vernünftig, dich mit ihm zu prügeln. – Jaja, ich weiß“, er winkte ab, weil Chris aufbrausen wollte, „er hat angefangen, er hat dich vor den anderen herausgefordert. Ich kann dich schon verstehen; man kann nicht immer vernünftig sein ...“

Kramer schwieg. Chris dachte schon, er hätte ihn vergessen. Aber dann sagte der Therapeut: „Eins interessiert mich. Warum hast du dich geweigert, mit den anderen Bier zu trinken?“

„Weil ich nicht wollte.“

„Ja, aber warum?“ Kramer bohrte tiefer. „Schmeckt es dir nicht, oder hast du noch andere Gründe?“

„Beides. Ich kann den bitteren Geschmack nicht ausstehen. Und außerdem habe ich mir vorgenommen, keinen Alkohol zu trinken."

Kramer nickte ihm ermutigend zu. Also erzählte Chris weiter: „Mein Vater ist Arzt und hat beruflich viel mit Drogenabhängigen zu tun. Er betreut auch eine Gruppe von ehemaligen Alkoholikern. Was man da alles mitkriegt – meine Herren! Kaputte Familien, mißhandelte Kinder, Armut, Frauen im Weinkrampf, hysterische Szenen, Selbstverachtung ... und das hat alles mal mit einem Gläschen Wein angefangen oder mit einer Maß Bier. Zuerst trinkt man, weil alle trinken. Einfach zur Gesellschaft. Weil man kein Frosch sein will. Weil man sich erwachsen fühlen möchte. Dann allmählich beginnt es zu schmecken. Oder man findet die Wirkung gut."

Kramer nickte. „Der Schüchterne fühlt sich auf einmal mutig, der Dumme hält sich für einen Philosophen, und der Eigenbrötler möchte die ganze Welt umarmen."

„Merkwürdig an der Sache ist nur, daß die anderen einen gar nicht so hinreißend finden", setzte Chris hinzu. „Sie merken nicht viel von dieser Veränderung. Man meint, man wäre lustig und angeregt, aber rein sachlich stimmt das nicht; der Körper arbeitet sogar langsamer."

„Ich habe mich vor einigen Jahren stark mit diesem Thema beschäftigt", sagte Kramer. Er war plötzlich sehr ernst geworden. „Ich habe viel Material über die Wirkung des Alkohols gesammelt – hier, ein ganzer Ordner voll. Alkohol ist ein Zellgift. Er lähmt und blockiert. Die Anfangserregung ist ein Alarmzustand, mit dem der Körper sich gegen das Gift wehrt."

„Ja, und seit ich das alles weiß, habe ich keine Lust, so was in mich reinzuschütten. Wozu denn? Ich brauche das nicht. Es schadet mir bloß."

Kramer nickte. „Ich bin zu dem gleichen Ergebnis gekommen. Aber leider mußte ich erst teures Lehrgeld bezahlen ..." Er stockte. Chris spürte seine innere Bewegung. Nach einer Weile hatte sich Kramer wieder gefaßt.

„Weißt du, ich war kein Säufer. Hin und wieder ein Gläschen, wenn man gemütlich beisammensaß, mehr nicht. Eines Abends fuhren wir von einer Hochzeit nach Hause. Meine Frau war müde und schlief auf dem Beifahrersitz, unsere kleine Tochter war im Kindersitz eingeschlafen. Ich hatte nicht zuviel getrunken, vielleicht zwei oder drei Glas Wein. Trotzdem sah ich den Wagen nicht, der mich überholte. Ich reagierte zu spät, als er vor mir einscherte, verriß das Steuer und kam ins Schleudern. Geriet auf die Gegenfahrbahn, stieß mit einem Laster zusammen ..." Er drehte den Kopf weg und sprach mühsam weiter. „Und meine Frau und mein Kind mußten schwerverletzt ins Krankenhaus eingeliefert werden. Sie überlebten den Unfall nicht. Meine Schuld."

Erschüttert legte Chris dem Therapeuten die Hand auf den Arm. Kramer sah auf: „Sie sind tot, weil ich falsch reagiert habe. Freilich kann man sagen: ‚Das passiert jedem, daß er mal falsch reagiert.' Damit wollten mich viele trösten. Aber es ist kein Trost. Ich bin ein guter Autofahrer. Ich habe früher Ralleys und Rennen gefahren. War ein As im Schleudertraining. Aber an diesem Abend hatte ich alles vergessen. Habe mich benommen wie ein jämmerlicher Anfänger. Ich habe versagt."

Chris konnte immer noch nichts sagen.

Kramer fuhr fort: „Und deshalb trinke ich heute keinen Tropfen Alkohol mehr. Mir ist es egal, was die Leute über mich denken. Ich wünschte, ich hätte das immer so gehalten. Dann wäre meine Frau, dann wäre mein Kind heute noch am Leben ..."

Chris lief es kalt den Rücken runter. Er betete im Stillen: „Jesus, bitte mach ihn wieder froh. Nimm ihm diese Last weg!"

Spät am Nachmittag nahm Kramer den Gedanken wieder auf und sagte: „Ja, es lebt sich schwer mit diesem Schuldgefühl. Lange Zeit konnte ich nicht mehr lachen. Aber jetzt geht es aufwärts. Ich sehe Land!"

Chris wollte mehr wissen.

„Übernächste Woche möchte ich meinen Geburtstag feiern. Richtig groß, mit voller Besetzung. Ich werde die ganze Reha-Clique dazu einladen. Denn ich möchte euch allen meine Freundin vorstellen."

„Schön!" nickte Chris, denn was soll man darauf sagen?

„Bei dieser Gelegenheit können wir auch gleich ein häßliches Gerücht aus der Welt schaffen, das wahrscheinlich Lars in die Welt gesetzt hat. Vielleicht hast du schon davon gehört? Wir beide hätten was miteinander."

Chris wurde abwechselnd rot und blaß. Er hätte explodieren können. Einen Augenblick lang haßte er die ganze Reha-Klinik.

„Du wirst auf der Fete mein Ehrengast sein", sagte Kramer.

„Wird dadurch nicht alles noch schlimmer?" wunderte sich Chris.

„Nein, bestimmt nicht. Vielleicht werde ich mich an

diesem Abend sogar verloben, mal sehen. Und du wirst dich mit Lilia sehen lassen."

„Mit Lilia?"

Kramer nickte. „Ich glaube, sie mag dich. Und damit ist dem Tratsch aller Nährboden entzogen."

„Ich fürchte, das geht nicht", wandte Chris ein.

„Keine Angst, ich sorge dafür, daß Lars Spätdienst hat. Oder hast du was gegen Lilia? Sie ist eine Perle! Ein Mädchen wie aus dem Bilderbuch. Und obendrein klug und charmant, richtig zum Verlieben, findest du nicht?"

„Ja ja, das hab ich schon gemerkt, aber ich kann trotzdem nicht ... ich habe eine andere Freundin ... hier in der Nähe."

„Dann lade sie doch auch zu meiner Fete ein", schlug Kramer vor.

Chris schüttelte wortlos den Kopf. Kramer betrachtete ihn aufmerksam.

„Du siehst nicht besonders glücklich aus."

„Bin ich zur Zeit auch nicht, aber da muß ich durch", sagte Chris und drehte sich weg. Kramer wechselte taktvoll das Thema.

Ein Unglück kommt selten allein

„Ein Unglück kommt selten allein", prophezeite Maxl, als er Chris beim Rubbeln zusah. Chris hatte sich nämlich sein neues Seidenhemd mit Ketchup bekleckert, und das nur, weil Lars ihn in der Cafeteria angerempelt hatte, natürlich mit Absicht. „Was ziehst du an, wenn der Fleck nicht rausgeht?" wollte er wissen.

„Dreizehn rote Haare auf der Brust", brummelte Chris.

Seit der Prügelei hinter dem Gartenlokal hielt Maxl eisern zu Chris. Er sagte auch nur noch selten Kiki zu ihm. Seinen Sauf-Kater hatte er damals ganze anderthalb Tage pflegen müssen, und danach war ihm noch tagelang schlecht gewesen. Jedenfalls so schlecht, daß er das Zimmer nicht saubermachen konnte. Chris hatte wortlos gewischt und geschrubbt und versucht, die geistvollen Kommentare seines Zimmerkollegen zu überhören, der vor sich hindozierte, es sei jedermanns

Privatsache, ob er Alkohol trinke oder nicht, das müsse jeder selber entscheiden.

Nur einmal platzte Chris der Kragen: „Du hast gut reden. Liegst faul im Bett und schaust zu, wie ich deine Privatsache aufputze." Da blieb dem Maxl der große Mund offen stehen. Er legte die Stirn in Falten und dachte kräftig nach. Seither war er lammfromm und erwähnte in seinen Gesprächen mit Chris weder das Wort „Bier" noch das Wort „Privatsache".

„Du kannst dir auch ein Hemd von mir ausleihen", bot Maxl großzügig an.

„Danke, aber deine Hemden spannen mir über dem Bauch", meinte Chris.

„Haha", sagte Maxl. „Du amüsierst mich königlich. – Wann müssen wir denn los?"

„Ich komme etwas später zum Fest. Ich muß Schwester Annette noch bei einem Patienten helfen. Hab ich ihr versprochen, sie kann doch nicht so wegen ihrem Rücken. Kannst du mir aufschreiben, welchen Bus ich nehmen muß? Du warst doch schon bei Kramer?"

Maxl beteuerte, er würde eine „erstklassige Skizze" anfertigen: „Naturidentisch, maßstabgetreu und wirklichkeitsnah. Gell, da schaust, daß ich solche Wörter kenn. Ja ja, Werbefernsehen bildet." Er zog sein Gesicht in gescheite Falten, man konnte die Bildung deutlich sehen.

„Aber beeil dich mit dem Kommen! Das Essen gibt's schon um halb sieben!"

„Das werde ich kaum schaffen", gab Chris zu bedenken. „Du kannst mir ja was reservieren. Ich komme dann zum lustigen Teil."

Maxl schwelgte in Vorfreude. Chris ging hinunter in die Badeabteilung zu Schwester Annette. Der Patient war stocksteif. Chris kam es vor, als würde er sich absichtlich schwer machen. Schwester Annette stöhnte und rieb sich das Kreuz.

„Ich glaube, mein Wirbel ist wieder verrutscht!“ Sie verzog das Gesicht. „Es tut höllisch weh. Kiki, zieh mir schnell eine Spritze auf.“

Chris dankte im Stillen, daß er in einem Arzthaushalt großgeworden war. Oft genug hatte er dem Vater über die Schulter geschaut. Er wußte genau, wo der Nerv entlanglief. Gespritzt hatte er schon oft; Paps hatte ihn zuerst an Orangen üben lassen.

„Ja, es wirkt schon“, nickte Schwester Annette. „Du bist ein famoser Kerl, Kiki.“ Sie strahlte ihn an, und da mochte er seinen Spitznamen beinahe leiden. Aber es wurde spät und später, und er kam einfach nicht von der Station weg. Endlich war die Arbeit getan, er sauste in sein Zimmer, um sein Hemd zu holen.

Zuerst dachte er: *Ich hab mich in der Tür geirrt.* Er lief raus, sah nach – doch, es stimmte. Sein Zimmer hatte sich in eine Schutthalde verwandelt. Leere Coladosen tummelten sich auf seinem Bett, Zigarettenkippen, malerisch verteilt, Obst- und Gemüseabfälle gammelten auf seiner frischen Wäsche, seine Bücher schwammen in einer trüben Brühe in der Badewanne. Es roch nach ... Chris konnte es kaum glauben. Seine Schreibtischschublade war herausgerissen, alle Zettel und Notizen lagen verstreut und zerknittert auf dem Boden. Und sein Notizbuch mit all den kostbaren Eintragungen und Fallstudien war weg!

Und dann sah er seine Bibel. Jemand hatte mit rotem Filzstift obszöne Worte hineingekritzelt und Seiten herausgerissen. Chris mußte sich setzen.

Es nützte nichts, daß er sich tröstete: „Ich kann mir

jederzeit eine neue kaufen." Dieses Buch hatte ihn seit den Kinderjahren begleitet. Er hatte fast jeden Tag darin gelesen. Seine liebsten Stellen waren blau angestrichen, er hatte viele Paralleltexte darin notiert, Quervermerke und Gedanken hineingeschrieben. Seine Bibel war ihm mehr als nur ein Buch. Und jetzt war sie unbrauchbar. Das tat ihm geradezu körperlich weh. Er setzte sich aufs Bett und ließ die Zornwellen kommen. Jede überflutete ihn noch stärker als die vorige, er glaubte zu ertrinken an seiner Wut. Er knirschte mit den Zähnen.

Aber dann sah er sein Gesicht in einer Spiegelscherbe: verzerrt und häßlich. Und er staunte über den Abgrund an Haß, der sich ihm aufgetan hatte. Denn so wütend, wie er jetzt war, hätte er am liebsten alle Zimmer auf dem Stockwerk verwüstet und die Bewohner dazu. Da graute ihm vor sich selbst.

„Herr, nimm mir das weg", stammelte er. „Ich will nicht hassen. Hilf mir!" Es dauerte ein paar Minuten, dann wurde er ruhig. Und wieder staunte er über den Frieden, der in ihm hochstieg und alle Wut aus ihm herausspülte.

Er lief zu Schwester Annette hinüber und bat außerdem den Hausmeister um seine Polaroidkamera. Er wollte das Chaos festhalten – unter Zeugen. Der Hausmeister kam gleich mit – so was konnte er sich nicht entgehen lassen.

„Haben Sie einen Verdacht?" wollte er wissen. Chris nickte müde.

„Soll ich Anzeige erstatten?" Der Hausmeister war immer für einen Skandal zu haben.

„Ich möchte erst mit dem Chef darüber sprechen", wehrte Chris ab, und Schwester Annette gab ihm recht.

„Es schadet dem Ruf der Klinik, wenn so was bekannt wird. Am besten, wir behalten das zunächst für uns!“ Sie schaute den Hausmeister scharf an, er duckte sich und schüttelte bedauernd den Kopf. So eine schöne Story! Aber Schwester Annette war streng, und er wollte seinen Posten nicht verlieren. Wenn es also unbedingt sein mußte, würde er den Mund halten. Wenigstens heute erst mal!

Chris stand der Sinn nicht nach feiern. Aber er wollte Kramer nicht enttäuschen. Der nächste Bus – er sah nach der Uhr – fuhr erst in einer halben Stunde. Die fabelhafte Skizze von Maxl war natürlich dem Vandalismus zum Opfer gefallen. Aber Schwester Annette wußte die Adresse.

„Ich bestelle dir ein Taxi, keine Widerrede! Du hast mir geholfen, jetzt helfe ich dir.“ Sie drückte ihm zwanzig Mark in die Hand.

Der Taxifahrer nutzte die Fahrt zu einer gründlichen Stadtbesichtigung und war beleidigt, als ihm Chris 3 Mark weniger bezahlte, als das Taxometer anzeigte. „Schwester Annette hat gesagt, Sie sollen den *kürzesten* Weg nehmen. Zwanzig Mark reichen für den kurzen Weg, stimmt's?“

Chris wandte sich ab, der Mann schimpfte noch leise hinter ihm her.

Kramer wohnte in einem Bungalow mit Garten. Die Glastüren im Wohnzimmer waren hell erleuchtet. Chris hob die Hand zum Klingelknopf, als er von drinnen eine vertraute Stimme hörte, eine sehr vertraute.

Er schaute ins Fenster. Der Raum war voller Menschen, die vom Buffet naschten, langstielige Gläser in den Händen drehten, plauderten. Im Hintergrund leise Musik. Nebenan im Eßzimmer wurde getanzt,

Chris konnte einige Paare durch die Tür beobachten. Da sah er sie vorbeiwirbeln – Viola.

Sie lag in Kramers Arm, als wäre sie hineingeschmiedet. Sie lachte, und ihr Haar wehte wie ein Schleier hinter ihr her.

Viola.

Chris setzte sich auf die Stufen und begriff: *das* war Kramers Freundin, die er ihnen heute vorstellen wollte. Er legte den Kopf auf die Knie und hielt sich die Ohren zu; dieses Lachen – jetzt wühlte es wie ein Messer in ihm. *Wenn Viola diesen Kramer liebt, dann hab ich hier nichts zu suchen.*

Und wenn sie Kramer nicht liebte? Wenn sie ihn nur gewählt hatte, weil sie sich einsam fühlte? Was würde geschehen, wenn er jetzt plötzlich zur Tür hereinkäme und vor Viola hinträte und sagte ... Er malte sich ihr Gesicht aus – Kramers schockierten Blick, die Verwirrung der Gäste. Nein, er wollte ihnen diesen schönen Tag nicht verderben, niemandem, auch Kramer nicht. Dazu hatte er ihn viel zu gern.

Nach einer Weile wurde ihm kalt. Er rappelte sich auf. Er wollte noch einmal ins Fenster schauen und dann zurückgehen. Denn hinein konnte er nicht, das war ihm klar.

Er schlich sich um die Ecke und lugte durch die Scheibe. Sein Herz zog sich zusammen vor Glück und Qual: Viola tanzte jetzt allein – anmutig wie eine Malvenblüte im Wind. Sie hielt einen Schal in den Händen und drehte sich träumerisch zu einem Prelude von Chopin und kam dabei dem Fenster ganz nahe. Da trafen sich ihre Blicke. Es durchzuckte ihn wie ein Stromschlag, und Viola tat einen kleinen Schrei und sackte zusammen. Kramer war gleich zur Stelle und fing sie auf. Chris wollte flüchten, doch da hatte ihn jemand am Genick gepackt. Soviel er sich auch wand und drehte, der andere hielt fest und zog ihn zur Eingangstür.

„Hab i di g'schnappt, du Saubazi!" schimpfte der Mann. „Bei andre Leut ins Fenster spannen, dös ham ma gern. Jetzt glei gehst eini zum Kramer, oder i ruf an Schutzmann!"

„Lassen Sie mich bitte los, ich kann Ihnen alles erklären", versuchte es Chris.

„So, a Preuß a no!" wetterte der Alte. Die Tür sprang auf, Kramer kam heraus und strahlte.

„Ja, Herr Nachbar, herzlich willkommen zu meiner Party! Und wen haben's denn da – das ist ja der Kiki! Was machst denn du da draußen?"

„Ah, Sie kennen eahn? Jetzt hob i docht..." Der Nachbar war sichtlich verlegen.

„Freilich kenn ich ihn. Das ist ein Freund aus der Reha-Klinik. Aber wie schaust denn aus, Kiki – wie eine Katze, wenn's donnert!" Kramer nahm Chris am Arm und führte ihn ins Wohnzimmer. Die anderen begrüßten ihn lachend, aber er ging wie ein Schlafwandler an allen vorüber und dachte: *Das träume ich alles nur. Gleich werd ich wieder aufwachen ...*

Dann stand er in der Tür zum Eßzimmer. Viola saß in der Ecke und riß die Augen auf.

„Du bist es wirklich ... Du bist gekommen!" Sie holte tief Luft, sprang auf – und flog ihm in die Arme. Chris konnte sie kaum halten, so schwach waren ihm plötzlich die Knie. Viola drückte ihr Gesicht an seinen Hals, und er konnte ihre Tränen spüren. Sie schluchzte leise.

Kramer schob sie beide durch den Flur bis in die

Küche. Er schloß die Tür und lehnte sich mit verschränkten Armen dagegen.

„So!" sagte er. Nichts weiter. Keine Frage, kein Vorwurf. Einfach nur „So!" Als wäre damit alles gesagt.

Des einen Freud ist des andern Leid

Viola suchte mit den Augen nach einem Halt. Chris hätte sie am liebsten an sich gezogen, aber er sah den Schmerz in Kramers Gesicht. Er schob drei Küchenstühle zurecht, wie es die Aufgabe eines Gastgebers war, und sagte höflich: „Bitte sehr."

„Ich muß dir das erklären, Michael", begann Viola. „Chris und ich, wir waren früher befreundet, wir kannten uns aus der Schule ..."

Michael Kramer nickte mechanisch.

„Wir waren ... sehr verliebt, aber dann kam mein Unfall."

„Ich verstehe. Das konnte Chris nicht verkraften, nicht wahr? Da hat er dich verlassen."

„Wo denkst du hin!" Viola war empört. „Er hat zu mir gehalten. Ich war es, die dann mit ihm Schluß gemacht hat."

Michaels Gesicht war ein einziges Fragezeichen.

„Ich wollte nicht, daß er aus Mitleid bei mir blieb", murmelte Viola.

„Und deshalb hast du ihn weggeschickt?"

„Ja. Ich wollte ihn nicht blockieren. Ich wollte, daß er glücklich wird. Deshalb hab ich Schluß gemacht. Nur deshalb." Sie sagte es leise, aber fest, und schaute Chris dabei in die Augen, bis ihm schwindelig wurde.

„Es war schrecklich", gestand sie. „Ich dachte, ich überlebe es nicht. Aber es war trotzdem gut für mich. Für uns beide. Wir haben die Trennung gebraucht."

„Und jetzt ist Chris wieder aufgetaucht, und du hast entdeckt, daß du ihn immer noch liebst. Oder?" wollte Michael wissen.

Viola nickte strahlend.

„Aber eins begreife ich nicht – Chris ist doch schon seit ein paar Monaten in der Reha-Klinik. Wenn er noch an dir interessiert ist, warum hat er sich so lange nicht gemeldet?" sagte Michael. „Warum erst heute, warum ausgerechnet jetzt?"

In Violas Augen gingen die Lichter aus. Der Zweifel zog wie eine Gewitterwolke über ihr Gesicht.

Chris erklärte: „Ja, das war so: Bevor ich meine Zivistelle antrat, wollte ich Viola besuchen. Als ich ankam, meinte Herr Adamek, der Zeitpunkt wäre ungünstig." Er blickte Michael vielsagend an.

„Du warst bei uns? Bei uns zu Hause?" fuhr Viola auf.

„Ja, ich habe sogar im Wohnzimmer übernachtet."

„Aber ich wußte nichts davon!" Sie war außer sich.

„Das solltest du auch nicht. Dein Vater wollte, daß du frei bleibst. Wäre ich an diesem Abend aufgekreuzt, dann hätte dich das stark beeinflußt."

Viola fauchte: „Vati und seine Superideen! Wenn er sich doch nicht immer in meine Angelegenheiten mischen würde! Ich bin schließlich alt genug!"

„Er hat es sicher gut gemeint ...", sagte Chris etwas lahm.

„Also, noch mal von vorn. Chris, du wolltest Viola besuchen, und ... was wolltest du ihr sagen?" fragte Michael.

„‚Ich liebe dich, Viola', wollte ich sagen. ‚Wenn du willst, dann steig ein, und wir fahren miteinander bis ans Ende der Welt!'"

Viola biß sich auf die Lippen. „Und warum *hast* du mir das damals nicht gesagt?"

„Vielleicht wolltest du ja lieber mit Michael zusammensein. Deshalb habe ich nichts gesagt. Ich wollte dich nicht durcheinanderbringen."

„Und nun hast du heute doch alles durcheinandergebracht", sagte Michael bitter. „Ich schätze deine Rücksicht, aber am falschen Platz wird sie unehrlich, weißt du das? Die ganze Zeit hab ich auf eine Zukunft mit Viola gehofft, und jetzt ist mein Traum in Scherben gegangen. Wenn ich das eher gewußt hätte ..."

Chris stand auf, ging zum Fenster und wandte Michael den Rücken zu.

„Ich wollte nichts zerstören ...", flüsterte er. „Ich wollte es wirklich nicht. Ich ahnte ja nicht, daß Ihre Freundin Viola heißt."

„Freundin?" fragte Viola. „Das klingt so nach fester Beziehung?"

Michael ließ den Kopf sinken: „Es sollte eine kleine Überraschung werden."

„Überraschung? Eine Überrumpelungsaktion, solltest du besser sagen! Wie im Orient! Du hältst es wohl nicht für nötig, mich vorher zu fragen?!“ Sie atmete heftig. „Wenn wir nicht so gut miteinander stünden, würde ich dir jetzt glatt die Ohren abreißen!“ schimpfte sie.

Michael wagte ein hauchdünnes Lächeln. „Damit wartest du hübsch, bis Chris so weit ist.“ Und auf ihren fragenden Blick setzte er hinzu: „Er will nämlich Gesichtschirurg werden!“

„Wirklich, Chris?“ Sie warf ihm einen 10 000-Volt-Blick zu. „Super! Das finde ich toll!“ Sie nahm seine Hand und zog ihn an sich. Sie schauten sich an und konnten sich aneinander nicht sattsehen.

Michael wurde ungeduldig. „Und was wird aus mir?“

Die drei schauten sich ratlos an. Da klopfte es an der Küchentür.

Man soll den Tag nicht vor dem Abend tadeln

„Ich bin's, Lilia. Darf ich reinkommen?“ fragte sie schüchtern. Chris zog sie in die Küche und drückte die Tür gleich wieder zu.

„Da draußen hat sich eine wahre Volksmenge versammelt“, sagte er zu Michael. Der drehte das Radio an, um die Lauscher zu enttäuschen.

„Wir wollen sie noch eine Weile schmoren lassen“, brummte Michael. „An Neugier ist noch keiner gestorben.“

„Na, ich weiß nicht ...“, meinte Lilia.

„Du bist wohl auch eine von der naseweisen Sorte?“ Michael war nicht besonders nett, aber das konnte man in seiner Lage durchaus verstehen.

Lilia kratzte all ihren Mut zusammen.

„Wir halten jetzt erst mal Kriegsrat, okay?“ schlug sie vor. „Ich hab mir schon alles zusammengereimt.

Chris – das ist die Viola, von der du mir erzählt hast, und ihr habt euch jetzt wiedergefunden. Stimmt's?"

Die drei nickten.

„Also, dann freuen wir uns alle mit. Stimmt's?" beharrte sie und schaute Michael gerade in die Augen.

„Du bist lustig", knurrte er. „Ich hatte mir vorgenommen, sie zu fragen, ob sie mich heiraten will!"

„Also, Michael, jetzt komm doch mal wieder auf den Teppich! Das Mädchen ist kaum zwanzig. Und du bist Mitte Dreißig!"

„Ich kann mich verlieben, in wen ich will!"

„Sicher kannst du das. Gegen das Verlieben sagt ja auch niemand was. Aber ein Heiratsantrag ist was anderes. Bevor man jemanden an sich bindet, muß man sich das gut überlegen. Fünfzehn Jahre Altersunterschied zwischen euch beiden, Mensch! Fünfzehn Jahre!"

Viola wollte etwas sagen, aber Lilia schnitt ihr mit einer Handbewegung das Wort ab.

„Moment, ich bin noch nicht fertig. Michael, die beiden hier haben sich endlich wiedergefunden. Da können wir nicht im Weg stehen, du nicht und ich auch nicht."

„Was hast *du* damit zu tun?"

„Ach, ich war eine Zeitlang in Chris verliebt, aber das hab ich mir aus dem Kopf geschlagen. Eigentlich war es ja doch nur eine Notlösung, das mit Chris", sie zwinkerte ihm zu, „denn er ist viel zu jung für mich."

Michael ließ sich auf den Stuhl sinken. Allmählich brummte ihm der Schädel.

„Nein, ich kann mich auf die Dauer mit so jungem Gemüse nicht zufriedengeben", versicherte sie. „Ich bin jetzt 26, und das ständige Herumprobieren hab ich satt. Ich sehne mich nach einem richtigen Mann, an den ich mich anlehnen kann. Ich suche einen wie diesen hier." Sie fischte ein Foto aus ihrer Jackentasche und reichte es Michael über den Tisch.

„Ja, aber ... das bin ja ich!" Er sah sie fassungslos an. Die Superfrau Lilia, von allen verehrt, von allen begehrt ... wollte ihn ... Michael Kramer? Ihr Blick ließ keinen Zweifel zu. Er holte tief Luft:

„Also ... dann ..."

„Also, dann kann vielleicht doch noch alles gut werden?" fragte Viola mit einem Unschuldsblick.

Und Chris meinte: „Ich glaube, wir lassen die beiden mal ein bißchen allein."

Liebe macht sehend

Als alle Gäste gegangen waren, räumten die vier das Haus auf. Kurz nach eins stand alles wieder an seinem Platz. Sie setzten sich eine Weile auf die Terrasse. Die Nacht war mild, der Blumengarten verströmte seine Duftgröße an die vier Freunde. Denn das waren sie jetzt, Freunde – durch diesen Abend zur verschworenen Gruppe geworden.

„Das war ein Tag heute!" Michael schüttelte den Kopf. Er mußte sich erst an den Gedanken gewöhnen, daß Lilia ihn liebte. Ein herrlicher Gedanken, zugegeben, aber noch so neu. Sie hatte ihm erzählt, wie ihre Zuneigung im letzten Jahr gewachsen war – durch die Arbeit mit Patienten, die sie gemeinsam betreuten, durch Pläne und Projekte, die sie in der Klinik durchsetzen wollten. Michael hatte ihr Interesse an ihm kaum gespürt, weil er es nicht wahrhaben wollte. Er hatte sich hinter seiner Mauer verschanzt. So offen er im Umgang mit Patienten war, so unnahbar wirkte er im Privatleben: „Rühr mich nicht an!"

„Wie kommt das?" fragte Lilia. Er mußte lange überlegen.

„Es ist wie ein Knoten in mir – irgendwas ist da, das erlaubt mir nicht, glücklich zu sein", sagte er dann.

„Hmm ... das ist schlimm ... Das ... das tut mir leid", stotterte Lilia. „Da ist es mir richtig peinlich, daß ich selbst so glücklich bin."

„Bist du das?" fragte Michael überrascht, und sie nickte strahlend. Da wurde ihm doch ein bißchen warm.

„Und du, Viola?" wollte Chris wissen. In ihren Augen spiegelte sich das Mondlicht, und als sie ihn anlächelte, stürzte sich Chris in diesen Blick wie in einen Waldsee.

„Warum hast du mir eigentlich nie von Chris erzählt?" fragte Michael.

„Ich weiß auch nicht genau. Vielleicht hatte ich Angst, es würde dir wehtun."

„Und du hast die ganze Zeit an ihn gedacht?"

„Oft. Sehr oft."

„Aber als ich dich fragte, ob wir es miteinander versuchen wollen, da hast du ja gesagt!" Michael hatte das noch nicht verdaut.

„Was hat denn eins mit dem anderen zu tun?"

Michael griff sich an den Kopf. „Mädchen, du kannst einen auf die Palme bringen! Du kannst doch nicht in zwei Männer gleichzeitig verliebt sein?"

Sie zuckte die Achseln.

„Ich war weder in dich noch in Chris verliebt, als ich dir zusagte. Das heißt, ich liebe Chris, aber ich wußte ja nicht, ob er mich auch noch mag. Und dich habe ich sooo gern, Michael. Ich habe keinen besseren Freund als dich. Ich verdanke dir so viel. Ohne dich hätte ich es nie geschafft."

„Vielen Dank für die Blumen", brummte Michael.

„Bitte sehr, gern geschehen!" lachte Viola. Dann wurde sie wieder ernst.

„Aber ich hätte dich nie heiraten können. Ich war gern mit dir zusammen, das weißt du, aber ich fühlte mich immer wie ein Kind, wenn ich bei dir war."

„Wie ein Kind?" Michael war erschüttert. „Habe ich dich klein gemacht?"

„Nein, nein, ich *war* klein. Und du hast mich aufgebaut. Du hast mich an die Hand genommen und geführt – Schritt für Schritt. Und ich habe das gebraucht. Ich glaube, ich habe *dich* gebraucht. Aber ich habe immer nur genommen, verstehst du? Ich konnte dir nichts zurückgeben."

„Das stimmt nicht. Du weißt nicht, wieviel du mir gegeben hast ..."

„Es hat mir gutgetan, daß du mich brauchtest. Wenn ich mit dir zusammen war, spürte ich meine Schmerzen nicht mehr so."

Auf Lilias fragenden Blick erklärte Chris leise: „Seine Frau und seine kleine Tochter sind bei einem Autounfall ums Leben gekommen."

„Und es war meine Schuld", ergänzte Michael. „Ganz allein meine Schuld ..."

Sie schwiegen betroffen. Keiner wußte etwas dazu zu sagen. Konnte man das überhaupt? Irgendwie schien keiner von ihnen das Recht dazu zu haben.

Nach langer Zeit sagte Vio schließlich: „Ich bin nie auf die Idee gekommen, daß du selber Probleme haben könntest. Ich hab die ganzen Monate selber Halt gebraucht. Aber jetzt kann ich alleine stehen. Oh, Chris, es ist herrlich!" Sie sprang auf. „Ich kann wieder laufen! Sogar tanzen!"

Lilia fragte: „Wer hat den Tanz mit dir eingeübt? Deine Therapeutin?"

„Ja, es sollte eine Überraschung zu Michaels Geburtstag sein. Schließlich ist es vor allem sein Werk, daß ich meine Beine wieder gebrauchen kann."

Michael sagte: „Nein, Viola, nicht mein Werk. Kein Mensch kann heilen. Das sind die Selbstheilungskräfte des menschlichen Körpers."

Und Chris fügte hinzu: „Ja, weil einer diese Heilkraft in den Körper eingebaut hat."

Michael warf ihm einen überraschten Blick zu. „Glaubst du an – Gott?"

„Ja. Ich glaube an einen persönlichen Gott, der alles geschaffen hat."

„Ich hatte nie viel mit Religion am Hut, aber ich habe in letzter Zeit oft über Gott nachgedacht. Ob es ihn wirklich gibt?"

„Ich weiß, daß es ihn gibt. Ich kenne ihn ein bißchen. Ich bewundere ihn."

„Da könnte man neidisch werden", seufzte Michael. „Darüber mußt du mir demnächst ein bißchen mehr erzählen. Aber heute würde ich gerne noch mal den kleinen Tanz sehen. Viola, magst du?"

Sie gingen ins Haus, Michael wollte das Prelude auf der Schallplatte heraussuchen, aber Chris kam ihm zuvor. „Darf ich es spielen? Ich kann es auswendig ..."

Er klappte den Flügel auf.

„Ach ja, es ist schön, daß mal wieder drauf gespielt wird", meinte Michael. „Ich hatte ihn für meine Frau gekauft. Sie spielte jeden Tag. Gern und gut."

Lilia sagte leise: „Ich hatte auch mal Klavierstunden. Allerdings spiele ich eher gern als gut. Aber vielleicht kannst du mich zum Weitermachen bewegen, Michael, das ist ja deine Spezialität!“

„Ich weigere mich, Madame, Sie zu therapieren. Unsere Beziehung ist ausschließlich privater Natur!“ sagte Michael in gespielt strengem Ton.

„Das möchte ich auch hoffen“, spielte Lilia den Ball zurück. Sie lächelten sich an, als würden sie sich schon seit Jahrhunderten kennen.

Viola hatte sich inzwischen die Tanzschuhe angezogen und ihren malvenfarbenen Schleier geholt. Chris versuchte die ersten Takte. „Tempo gut so?“ Und dann spielte er. Er konnte seine Augen nicht von Viola lösen – wie gut, daß er das Prelude beinahe im Schlaf beherrschte. Michael und Lilia saßen Schulter an Schulter auf der Couch, und Chris dachte: *Danke, Herr. Wie du das wieder hingekriegt hast! Einfach nicht zu fassen!*

Die Vögel sangen schon ihr Morgenlied, als sie aufbrachen. Viola meinte: „Endlich ein Happy End!“

„Findest du Happy Ends kitschig?“ erkundigte sich Lilia bei Michael.

„Nach dem, was ich in den letzten Jahren so schlukken mußte, kann es jetzt gar nicht happy genug sein!“ beteuerte er. Und Chris sagte: „Wieso eigentlich Happy *End*? Jetzt fängt doch alles erst richtig an!“

Der Mensch denkt – wer lenkt?

„Vati, ich glaube, du bist mir eine Erklärung schuldig!" sagte Viola am nächsten Morgen beim Frühstück. Jan Adamek lächelte so harmlos wie möglich, aber er konnte ihrem prüfenden Blick nicht ausweichen.

„Gestern habe ich Chris getroffen – auf Michaels Geburtstagsfeier. Was hast du dir eigentlich dabei gedacht, als du ihn damals weggeschickt hast?"

Er versuchte ihr seine Gedanken zu erklären: Sie sollte völlig frei entscheiden. Unbeeinflußt. Selbst herausfinden, was sie wollte.

„Die Selbstverständlichkeit ist der Tod der Liebe. Sobald du dich an die Liebe des anderen gewöhnt hast und ihn nicht mehr als ein besonderes Geschenk ansiehst und schätzt, verflacht die Beziehung und wird alltäglich."

„Was hat das mit Chris und mir zu tun?"

„Ihr wart längere Zeit befreundet. Dann habt ihr

euch getrennt. Wenn ihr jetzt wieder anfangt, als wäre nichts gewesen, dann seid ihr sehr schnell im alten Gleis. Du hast inzwischen einen anderen Mann kennengelernt. Das hat deinen Horizont erweitert. Du kannst jetzt besser entscheiden. Du hast einen Vergleich."

„Ja, ich verstehe, was du meinst. Aber du, das war gefährlich! Weißt du, daß Michael mir gestern abend einen Heiratsantrag machen wollte?"

Jan Adamek fiel das Brot aus der Hand. Natürlich mit der Marmeladenseite auf die Hose. Viola reichte ihm ein Tuch und erklärte: „Michael wollte mich auf der Party ganz offiziell als seine Freundin vorstellen. Er wollte, daß uns alle als Liebespaar ansehen."

„Wie hättest du darauf reagiert?"

„Keine Ahnung. Die Mädchen aus dem vorigen Jahrhundert hatten es gut. Sie konnten einfach so in Ohnmacht fallen, wenn es unangenehm wurde."

„Na, das muß ganz schön brenzlig gewesen sein, als Chris plötzlich auftauchte."

„Ja, und besonders, als ich ihm vor versammelter Mannschaft um den Hals fiel."

„War das nicht ein Schock für Michael?"

„Und ob! Aber er fängt sich schon wieder. Lilia wird ihm dabei helfen."

„Das hört sich ja geheimnisvoll an. Erzähl mal!"

Nachdem Jan Adamek die ganze Geschichte gehört hatte, seufzte er zufrieden: „Es ist noch viel besser, als ich es mir vorgestellt hatte. Man kann sich doch auf Gott verlassen."

„Hast du etwa deswegen gebetet? Ja, kann man denn das? Kümmert sich Gott um Liebeskummer und so was?"

„Warum nicht? Schließlich hat er die Liebe erfunden!"

„Daran habe ich noch nie gedacht", überlegte Viola. „Meinst du, er hat mitgeholfen, daß wir vier uns gefunden haben?"

„Aber ja! Gott möchte, daß wir glücklich sind. Deshalb interessiert er sich sehr für die Liebe zwischen Mann und Frau."

„Kann man ihn um Rat fragen, welchen Partner man wählen soll?"

„Natürlich. Er hat uns in der Bibel eine Menge gute Ratschläge gegeben. Und außerdem kann er auch unsere Gedanken so führen, daß wir erkennen, was gut ist und was nicht. Und er lenkt die äußeren Umstände, so wie du es gestern erlebt hast."

„Du meinst also, Gott hat gewollt, daß ich Chris erst gestern wiedergesehen habe?"

„So genau weiß ich das nicht, aber du mußt zugeben, es hat alles gut gepaßt. Vielleicht wäre es ungünstig gewesen, wenn ihr euch früher getroffen hättet. Vielleicht hätte sich Michael in seiner Enttäuschung sofort wieder in sein Schneckenhaus zurückgezogen, und Lilia hätte keine Chance gehabt. Über die Einzelheiten kann ich auch nichts sagen, aber ich spüre, daß Gott euch geführt hat, euch alle vier."

„Obwohl Michael gar nicht an Gott glaubt?"

„Das hat damit nicht viel zu tun. Gott liebt alle Menschen und möchte sie glücklich machen. Deshalb liegt ihm nichts daran, daß sich die falschen Leute aneinander binden."

„Wieso denn falsche Leute?"

„Jeder hat seine Stärken und Schwächen. In einer guten Partnerschaft ergänzt man sich gegenseitig und fördert sich zum Guten. Was der eine nicht hat, das hat der andere, und so helfen sich beide gegenseitig."

„Zu zweit sind sie dann komplett oder so ..."

„Ja, und außerdem hilft jeder dem anderen, seine Fähigkeiten zu entfalten. Man lernt dazu. Man steigert sich. Aber es gibt auch eine Ergänzung zum Negativen. Da verstärken sich die schwachen Seiten."

„Versteh ich nicht."

„Da ist zum Beispiel ein Mädchen, das zu Hause nie mithelfen mußte. Ihre Mutter hat ihr alles abgenommen und ihr eingeredet, sie sei zu ungeschickt oder zu schwach oder was sonst noch. Wenn dieses Mädchen in der alten Rille bleibt – ‚Ich bin hilflos, ich kann es nicht!' – dann wird sie sich später höchstwahrscheinlich einen starken Mann suchen. Der ist ganz anders aufgewachsen. Er mußte schon als kleiner Junge viel Verantwortung übernehmen. Wenn er nicht zupackte, ging alles schief. So wuchs in ihm das Gefühl: ‚Ich weiß alles besser. Ohne mich geht nichts.' Stell dir die beiden zusammen vor – sie bestärken sich gegenseitig in ihren Vorurteilen. Am Anfang läuft es vielleicht ganz gut. Aber nach einigen Jahren wird die Frau immer unselbständiger, und der Mann verbiestert sich in seiner Rechthaberei."

„Aber im Berufsleben wird er doch darauf gestoßen, daß er nicht immer alles kann. Und auch die Frau wird Gebiete entdecken, die ihr liegen und die sie meistert."

„Ja, und da prallen jetzt die Welten aufeinander. Jedesmal, wenn die Frau etwas selbständig erledigt und dabei Erfolg hat, fühlt sich der Mann in seiner Alleskönner-Rolle angegriffen. Er wehrt sich, und das gibt Krach."

„Gibt es einen Ausweg aus solch einer verfahrenen Situation?"

„Ja, wenn sich die beiden innerlich öffnen und auf das hören, was Gott ihnen sagen will. Dann erkennen sie ein Stück von sich selbst, ihre Stärken und Schwächen. Gott möchte, daß wir uns nüchtern und klar einschätzen können. Uns selbst und auch den anderen Menschen. Wenn du mit Gott sprichst und über ihn nachdenkst, dann schärft er dir den Blick für die Wirklichkeit."

„Aha, dann merke ich besser, was ich brauche und was der andere nötig hat ...", meinte Viola nachdenklich.

„In der Bibel werden die Menschen ganz realistisch beschrieben. Manchmal lese ich über irgend einen Menschen, und auf einmal wird mir klar: Genau dieselbe Unart hab ich auch. Da muß ich mich korrigieren. Aber es macht mir Mut, wie Gott mit den Menschen umgeht, wie geduldig, wie geschickt er sie führt. Er ist der beste Pädagoge, den ich mir vorstellen kann."

„Übrigens, weil du gerade Pädagoge sagst ... Vati, mußt du nicht in die Schule?"

„Hilfe – ist es schon so spät?"

An diesem Morgen konnten sich die Schüler der 2a in der Sonderschule Wolfratshausen freuen: Ihr Klassenlehrer kam eine halbe Stunde zu spät. Die Kinder nutzten ihre Freiheit kräftig aus. Zuerst spielten sie Fangen im Klassenzimmer. Dann warfen sie den pitschnassen Tafelschwamm an die Wand und freuten sich über die Tropfspuren. Und dann hatte jemand eine tolle Idee: „Wir spielen Segelschiff." Alle Bänke wurden zusammengeschoben, die Stühle kamen obendrauf. Einer schleppte den Kartenständer heran, zwei andere hievten den Papierkorb hoch – das war der Ausguck. Der Klassenkleinste mußte hineinklettern. Jan Adamek kam gerade rechtzeitig ins Klassenzimmer, um den Jungen aufzufangen, als er mitsamt Papierkorb Schlagseite bekam. Er behielt ihn gleich eine Weile im Arm, denn der Kleine war etwas grün um die Nase.

Verstehen statt verurteilen

Chris saß seit einer Viertelstunde beim Chef. Der Hausmeister redete wie ein Wasserfall. Schwester Annette unterbrach ihn in regelmäßigen Abständen, aber es half nichts. Wenn er einen Kriminalfall hatte, war er nicht zu bremsen. Chris hörte schweigend zu – obwohl das Ganze doch eigentlich ihn betraf – und er bemühte sich krampfhaft, das Gähnen zu unterdrücken. Endlich kam der Chef zu Wort.

„Herr Hauser, wer könnte Ihr Zimmer so schrecklich zugerichtet haben? Gibt es jemanden, der etwas gegen Sie hat?" wollte der Chef wissen. „Haben Sie einen Verdacht?"

Chris hatte. Aber sollte er darüber sprechen? Er erkundigte sich vorsichtig: „Was geschieht eigentlich mit dem Täter, wenn man ihn erwischt?"

„Er wird fristlos entlassen, das ist ganz klar!"

„Aber dann wird er es schwer haben, eine neue Stelle zu finden, oder?"

„Das ist nicht unser Problem. So kann man sich einfach nicht benehmen – gleichgültig, was vorher zwischen Ihnen vorgefallen ist."

Chris sagte: „Ich finde es schon richtig, daß derjenige ... also daß dieser Randalierer einen Denkzettel kriegt. Aber es ist ein bißchen hart, ihn deswegen gleich zu entlassen."

Der Chef zuckte die Achseln. „Wer garantiert mir, daß der Täter beim nächsten Mal seine Grobheit nicht an Menschen ausläßt? Ich kann solche Leute nicht an meiner Klinik beschäftigen."

„Und wenn es nur ein dummer Streich war, den er schon längst wieder bereut?"

„Herr Hauser, Sie sollten Strafverteidiger werden! Liegt Ihnen soviel daran, den Täter zu schonen?"

„Eigentlich bin ich stocksauer auf den Kerl", brummelte Chris. „Ich hätte ihn umbringen können, als ich in mein Zimmer kam. Sie haben das Chaos ja selbst gesehen."

„Dann nennen Sie mir den Namen, und ich kümmere mich um alles weitere."

„Aber vielleicht war er es gar nicht – vielleicht war es jemand anders?"

„Sie sind also nicht sicher?"

„Ja ... nein, eigentlich nicht ganz."

Schwester Annette stand auf. „Ich muß zu meinen Patienten. Aber eins garantiere ich Ihnen, Chef – ich kriege raus, wer's war. Hab da in der Kantine ein paar Bemerkungen aufgeschnappt."

Der Hausmeister grinste selbstgefällig. „Ich habe natürlich Fingerabdrücke genommen, nachdem Herr Hauser weggegangen war. Mein Sohn ist bei der Kripo, der hat mir gezeigt, wie man so was macht."

„Jetzt müssen wir also alle aufs Stempelkissen fassen!“ stöhnte der Chef.

„Nein, keine Angst“, der Hausmeister wußte, wie man Vorgesetzte tröstet. „Ich mach das ganz diskret, das merken die Leute gar nicht.“

Chris beeilte sich, er wollte nicht so viel von der nächsten Patientenbehandlung versäumen. Unterwegs stieß er beinahe mit Violas Therapeutin zusammen und grüßte sie betont freundlich. Sie wußte nicht, wie ihr geschah, und blickte ihm kopfschüttelnd nach. Gewöhnlich wurde sie kaum beachtet, schon gar nicht von Männern.

Michael wurde ernst, als er von der Verwüstungsaktion erfuhr. „Warum hast du gestern nichts davon erzählt?“

Chris lächelte. „Paßte nicht zum Thema.“

„Und was wirst du jetzt unternehmen? Du denkst doch, daß es Lars war, oder?“

„Zuerst muß ich ganz sicher sein. Ich will ihn nicht zu Unrecht verdächtigen. Der Hausmeister kümmert sich darum. Und Schwester Annette auch. Aber dann werde ich ein Wörtchen mit ihm reden.“

„Sag mir Bescheid, ich komme mit. Wenn wir zu zweit sind, haut er nicht so schnell zu.“

„Ach, das macht mir weniger Sorgen. Bloß – der Chef will ihn entlassen.“

„Vielleicht wäre das keine schlechte Idee. Er ist als Pfleger sowieso fehl am Platz. Viel zu unbeherrscht, weißt du. Manchmal beinahe grausam.“

„War er schon immer so?“

„Am Anfang nicht. Hat sich mit der Zeit gesteigert. Manchen Leuten bekommt es nicht gut, wenn sie ständig mit hilflosen, schwachen Menschen zu tun haben.

Sie werden dann grob. Vielleicht ist es die Angst, selber einmal schwach und hilflos zu sein, wer weiß. In jedem von uns steckt ein kleiner Sadist, und wehe, wenn er geweckt wird."

„Aber was wird Lars nach seiner Entlassung machen?"

„Wir lassen ihn nicht fallen. Wir suchen ihm einen Job bei der Stadtverwaltung. Da hab ich meine Beziehungen. Weißt du, irgendwas, wo er mit seinen Muskelpaketen rumbolzen kann." Michael stellte sich in Rambo-Position, und Chris mußte lachen.

„Sag mal, warum tut es dir eigentlich leid, wenn Lars entlassen wird? Du müßtest doch froh sein, wenn er fort ist."

„Ich bin ja innerlich im Zwiespalt. Einerseits habe ich mich über das Durcheinander in meinem Zimmer fürchterlich aufgeregt. Er hat so vieles demoliert. Meine Bücher sind im Eimer. Und mein Notizbuch mit den Fallstudien ist auch weg."

„Aber wenn du dich so geärgert hast, dann müßtest du doch froh sein, wenn der Kerl seine gerechte Strafe kriegt", bohrte Michael.

Chris dachte nach. „Inzwischen ist meine Wut verraucht. Er tut mir eher leid. Wenn jemand so was macht, muß er innerlich ziemlich verbogen sein. Wenn es nach mir ginge, dann müßte Lars mein Zimmer tiptop aufräumen und alles ersetzen, was er kaputtgemacht hat. Er müßte mir neue Bücher kaufen und meine Notizzettel bügeln und zusammenkleben. Da hätte er einen halben Tag zu tun, aber danach wäre die Sache erledigt."

„Keine schlechte Idee! Was hat eigentlich der Maxl zu der Bescherung gesagt?"

„Sein Kollege hat es mir erzählt, denn ich war ja nicht da, als er heute nacht heimkam. Maxl hat drei Minuten lang auf gut bayerisch geflucht und ist dann mit seinen Schlafsachen zu seinem Kollegen gezogen."

Michael lachte. „Typisch Maxl. Immer schön ausweichen, wenn es Ärger gibt."

Chris zuckte die Achseln. „So ist er halt. Da kann man nichts machen."

„Als Trostpflaster hab ich eine Überraschung für dich. Lilia will übermorgen, also am Sonntag, ein Picknick machen – nur wir vier. Magst du kommen?"

„Na, und ob ich mag! Soll ich was mitbringen?"

„Brauchst du nicht, so ein armer Zivi muß schauen, daß er überlebt", lächelte Michael.

Chris machte sich an die Arbeit. Während er den Therapie-Raum saugte, summte er eine Melodie vor sich hin. Der Text bestand aus einem einzigen Wort:

Viola.

Überhaupt ging ihm die Arbeit heute leicht von der Hand. Obwohl er nur zwei Stunden geschlafen hatte. Es war, als hätte er eine Doppelportion Kraft bekommen.

Wenn das Herz weint, kann der Mund nicht lachen

Viola bog im Klinikflur um die Ecke, da hörte sie es hinter sich leise trappeln, und schon spürte sie Hände über ihren Augen. Der sich da angeschlichen hatte, mußte gerannt sein, denn er atmete schnell. Vio überlegte rasch: Normalerweise hatte Michael keinen Sinn für solche Spielchen. Also Chris. Sie wollte aber ganz sicher gehen und tastete seine Hände ab: schmal, die Finger feinnervig, beinahe zart.

„Chris, alias Kiki, der beste Chopinspieler der Welt!" verkündete Vio.

„Du übertreibst maßlos", brummelte er, aber als sie sich umdrehte, sprühten seine Augen Funken.

„Daß du dich so freuen kannst", staunte Viola.

„Ich freu mich über dich! Ich freu mich, daß es dich gibt! Ich freu mich, daß wir uns wiedergefunden haben. Ich freu mich, daß du mich liebhast! Ich freu mich auf heute, auf morgen, auf überhaupt ..."

Viola legte ihm den Zeigefinger auf die Lippen, stellte sich auf die Zehenspitzen und gab ihm schnell einen Kuß auf die Nase. Denn sie waren inzwischen am Therapieraum angekommen. Ihre Krankengymnastin stand in der Tür und wunderte sich. Chris machte, daß er weiterkam.

„So so, ein neuer Freund", säuselte die Therapeutin, während sie Viola beim Umziehen zusah.

„Exakt daneben, ein uralter ..." verbesserte Vio.

„Ja, aber ... der Kiki ist doch schon drei Monate an der Klinik. Und außerdem – der ist doch ... der ist doch mit dem Kramer zusammen, mit dem sauberen Herrn Michael." Die letzten Worte kamen gedehnt.

Viola fuhr es rot ins Gesicht. „Was soll denn das schon wieder heißen?"

„Na ja, man erzählt sich allerhand in der Klinik ... der Kiki und der Michael, die sind halt ... Sie wissen schon, andersrum."

„Wer hat denn so einen hirnverbrannten Unsinn aufgebracht?" wollte Vio wissen.

„Es sieht eben so aus. Die beiden stecken dauernd zusammen, das ist doch kein Geheimnis."

„Man muß doch nicht gleich an Sex denken, wenn zwei Menschen befreundet sind!"

„Zwei Männer!" wandte die Therapeutin ein. „Männer denken doch immer an Sex."

„So ein Quatsch!" empörte sich Viola. „Sie sehen zu viel fern. Sie sollten mal Ihre Phantasie in die Reinigung bringen!"

„Hpff ..." machte die Krankengymnastin und schnappte sichtbar ein. Sie schwieg verbissen und rächte sich an Viola durch quälend schwere Übungen. Viola kam ins Schwitzen. Am liebsten hätte sie der „Kuh" die Zunge rausgestreckt. Aber dann stellte sie sich vor, Chris stünde in der Ecke und würde ihr zuzwinkern. Da verpuffte all der Ärger; sie wurde wieder fröhlich.

Seltsam, wie sich der Tag verändert, wenn jemand in der Nähe ist, den man liebhat, schoß es ihr bei der 15. Kniebeuge durch den Kopf. *Wie ein Zauber, der mich unverletzbar macht. Ich kann die Plackerei viel besser ertragen.* Sie war bei Nummer 19 angelangt. *Vielleicht müßte die „Kuh" das auch mal erleben. Dann wäre sie auch anders.* Bei Nummer 25 hatte sie schon einen Plan gefaßt: Sie würde sich bei der Therapeutin entschuldigen. Sie wollte sie auch nicht mehr in Gedanken „Kuh" nennen. Die wußte es eben nicht besser. Vielleicht hatte sie früher mal schlechte Erfahrungen mit Männern gemacht. Oder Vorurteile nachgeschwätzt. Also – tief Luft geholt:

„Tut mir leid, daß ich vorhin so ausgerastet bin", sagte sie leise. „Ich wollte Sie nicht verletzen. Ich mag es nur nicht, wenn man grob verallgemeinert."

Die Krankengymnastin gab keine Antwort. Noch ein Versuch: „Außerdem hat es mich geärgert, daß über Chris und über Michael so häßlich geredet wird."

Schweigen. Schon wieder verkehrt? Nächster Anlauf.

„Wenn die Leute über Ihren Freund so was erzählen würden, dann wäre das für Sie auch nicht schön. Oder?"

Ein böser Blick. Das war wohl völlig danebengegangen. Aber Viola gab noch nicht auf. Sie wollte eine Brücke schlagen.

„Wissen Sie, ich kenne einfach so viele nette Männer. Männer, die gut zu mir sind. Aber ich weiß schon, es gibt auch andere."

Da blitzte die Therapeutin auf: „Das können Sie laut sagen! Ich könnte ... ich könnte ganze Kriminalromane ..." Sie schüttelte den Kopf und sagte leiser: „Aber das kann man niemandem erzählen." Und damit war der Faden auch schon wieder durchgeschnitten, der sich zwischen ihnen angesponnen hatte. Vio nahm sich vor, die nächsten Male besonders freundlich und aufmerksam zu sein. Denn daß diese rauhe Art eine Schale war, unter der sich ein weicher Kern verbarg, daran zweifelte sie nicht mehr.

Ein wahrer Feind verläßt dich nie

„Ich hab ihn, Kiki, ich hab ihn!" verkündete der Hausmeister und winkte mit einem Blatt Papier.

Chris kam in seine Pförtnerloge. Da prangte ein fetter Fingerabdruck auf einer Glasplatte. Der Hausmeister knipste das Licht an und verglich den Abdruck mit der geschwärzten Vorlage.

„Siehst du? Haargenau dasselbe. Hab ich in der Kantine aufgetrieben. Und Schwester Annette ist auch fündig geworden. Sie hat die Stationsschwester ausgequetscht. Da kam raus, daß unser Früchtchen zur vermuteten Tatzeit eine halbe Stunde lang nicht auf seiner Station war. Er hat behauptet, er müßte runter in die Klinikapotheke. Der Hausmeister wurde einen Zentimeter größer und streckte die Brust raus.

„Und jetzt willst du natürlich wissen, wer der Kerl ist – hab ich recht?"

Chris wollte ihm die Überraschung nicht verderben und nickte heftig.

„Also, es war dieser Muskelmann Lars. Den hatte ich gleich in Verdacht. Er ist nämlich nicht gut auf dich zu sprechen. Überhaupt nicht. Und vorhin in der Kantine, da hatte er ein Buch dabei. Er liest sonst nie. Ich wußte gar nicht, daß er überhaupt lesen kann, hoho ... Aber das war ein handgeschriebenes Buch."

„Meine Notizen!"

„Ganz genau. Er blätterte darin herum, als würde er etwas suchen. Er sah sehr unzufrieden aus. Und dann ging er und ließ das Buch liegen." Er zeigte es Chris, zog es aber sofort wieder zurück.

„Mein Hauptbeweisstück. Nicht anfassen, da sind haufenweise die Fingerabdrücke des Täters drauf!" mahnte er.

„Weiß es der Chef schon?" wollte Chris wissen.

„Der ist heute nicht da."

„Bitte, sagen Sie es noch nicht weiter." Chris bemühte sich, die Enttäuschung zu übersehen, die sich wie ein Schatten über das Gesicht des Hausmeisters legte.

„Also gut ... aber morgen!"

Chris lief im Sturmschritt zu Michael hinüber und gab ihm kurz Bericht. Michael hatte gerade eine Freistunde. Sie fingen Lars in der Halle ab.

„Du, Lars, wir möchten kurz mit dir reden ..."

Lars zuckte zusammen. Die Halle war voller Leute, Besucher, Personal. Michael nahm ihn freundlich am Arm und führte ihn zu einer Sitzgruppe.

„Machen wir es uns gemütlich."

Lars fummelte sein Zigarettenpäckchen aus der Tasche. Seine Hand zitterte. Er merkte das und steckte die Zigaretten schnell wieder weg.

„Also, was ist?" fragte er abweisend.

„Lars, du hast neulich mein Zimmer verwüstet. Ich weiß, daß du es warst. Du hast zwei Möglichkeiten. Entweder gehst du sofort hin und bringst alles wieder in Ordnung – du ersetzt mir den Schaden und zahlst mir die Bücher, die du verdorben hast –, oder ich muß es dem Chef sagen."

„Du redest Blech, Kiki ... ich und dein Zimmer verwüsten! Wie käme ich dazu?"

„Ich habe Beweise, Lars. Leugnen nützt dir nichts."

Lars ballte die Fäuste und lief blaurot an. Michael lockerte seine Gelenke und war auf dem Sprung.

„Und dein blödes Buch hab ich auch nicht. Du hast es irgendwo liegenlassen. Vielleicht in der Kantine."

Chris und Michael schauten sich an – jeder wußte, was der andere dachte.

„Lieber Lars, woher wußtest du eigentlich, daß Kiki sein Tagebuch vermißt?" fragte Michael genüßlich. Lars' Blick jagte von einem zum anderen. Er merkte, daß er sich verraten hatte.

„Hör zu, du hast eine echte Chance. Wenn du alles wieder aufräumst und den Schaden ersetzt, wird keiner von der Sache erfahren. Ansonsten bist du deine Arbeitsstelle los."

Lars machte seinem Ärger kräftig Luft. Seine Ausdrucksweise hätte auch einen abgebrühten Seemann erröten lassen. Dann wurden seine Schultern schlaff.

„An der Klinik bist du erledigt", sagte Michael.

Das Stichwort Klinik reizte Lars zu einer neuen Schimpfkanonade. Die beiden warteten, aber der Beschuß nahm und nahm kein Ende. Chris kritzelte etwas auf einen Zettel und schob ihn hinüber zu Michael.

„Wenn du mal so lange weilst
und dich dabei lange-weilst,
solltest du das Weilen kürzen
oder es mit Witzen würzen."

Michael lachte. „Köstlich! Wo hast du das her?"

„Hat mir eine Klassenkameradin ins Heft geschrieben, kurz vor dem Abi."

Lars vermißte sein Publikum und hörte mit dem Fluchen auf.

„So, bist du fertig? Dann können wir ja jetzt vielleicht vernünftig reden", sagte Michael.

„Jetzt sei ein Mann und entschuldige dich bei Kiki. Bring sein Zimmer wieder in Ordnung. Dann erstatten wir keine Anzeige. Wenn du schlau bist, dann kündigst du selbst, bevor sie dich feuern. Ich kann dir einen Job bei der Stadt besorgen. Einen guten. Da kriegst du sogar noch mehr Geld als jetzt."

Und Chris ergänzte: „Du hast über uns beide ein unverschämtes Gerücht in die Welt gesetzt. Ich verlange, daß du das zurücknimmst. Vor Zeugen!"

Lars wand sich wie eine Autoschlange bei Ferienbeginn. Aber dann gab er nach. Er schrieb mit Ächzen und Stöhnen seine Kündigung. Er erklärte einigen Leuten vom Personal, daß er Chris durch das Gerücht nur habe ärgern wollen und ansonsten nichts dahinter steckte. Er zahlte Chris die aufgeweichten Bücher und sortierte die Zettelsammlung. Er werkelte die halbe Nacht in Chris' Zimmer – der Hausmeister kontrollierte jede Stunde mit einem weißen Handschuh, ob es schon sauber genug war. Chris durfte im leeren Nebenzimmer übernachten, aber er fand nicht viel Schlaf. Lars machte einen Mordskrach. Er bollerte herum und knallte mit den Schubladen. Manchmal knurrte er wie ein Raubtier. Es klang furchterregend. Chris war dankbar für die stabile Zimmertür. Er hatte den Schlüssel zweimal herumgedreht. Er hatte den Tisch vor die Tür geschoben und einen Stuhl darauf gestellt. Nicht etwa aus Angst vor Lars – bewahre! Rein aus Sicherheitsgründen.

Gute Freundschaft wird nicht wanken

Das Picknick wurde ein voller Erfolg. Daran konnten auch die Regenwolken nichts ändern, die ihre Ladung ausgerechnet über ihrer Eßtischwiese abwerfen mußten. Michael hatte eine große Plane im Auto, die wurde zum Minizelt: in der Mitte kauerten die beiden Mädchen, warm und trocken, und die Männer verteidigten die Festung gegen Feinde von außen. Zum Beispiel gegen Regentropfen. Zum Glück hatten sie das Essen schon hinter sich, Teller und Schüsseln waren leer und wurden gerade von der himmlischen Spülmaschine abgewaschen.

„Praktisch!“ fand Lilia, und Viola zog Chris etwas näher an sich heran: „Du wirst am Ärmel ganz naß!“

„Macht nichts, ich bin ja nicht aus Zucker“, meinte der.

Und die Mädchen sagten wie aus einem Mund: „Aber süüüüß!“

„Na, na!“ brummte Michael und sah Lilia strafend an.

„Eine rein theoretische Feststellung“, verteidigte sie sich. „Hab’s noch nicht ausprobiert, ehrlich nicht.“ Da war Michael wieder versöhnt.

Lilia und Michael waren sich in den letzten Tagen viel näher gekommen. Sie hatten stundenlang miteinander geredet. Dabei war Michael eine Menge klar geworden. Daß er sich immer so in sein Schneckenhaus zurückzog, lag an den unverarbeiteten Schuldgefühlen. Außerdem fürchtete er sich davor, wieder Menschen zu verlieren, die er liebgewonnen hatte. Bei Viola war es anders gewesen. Sie hatte ihn ein bißchen an seine kleine Tochter erinnert. Als ihm klar wurde, daß er in ihr eigentlich das Kind gesehen hatte und weniger die Frau, konnte er sich leichter von ihr lösen. Lilia war ihm dabei eine große Hilfe. Bei ihr konnte er auch schwach und hilflos sein. Sie verstand ihn. Und sie konnte wunderbar trösten. So war sein „innerer Knoten“ ein ganzes Stück weit aufgedröselt worden – erstaunlich schnell, fanden die anderen. Tja, was Liebe alles fertigbringt ...

„Sag mal, Chris“, fing er unvermittelt an, „warum glaubst du an einen Gott, der die Welt geschaffen hat?“

Chris überlegte, dann sagte er: „Ich glaube es aus drei Gründen. Die Natur sagt es mir. Die Bibel sagt es mir. Und mein Gewissen“ – er klopfte sich an die Stirn – „sagt mir dasselbe.“

„Mal langsam. Was sagt dir die Natur?“

„Sie erzählt mir von einem genialen Schöpfer. Das Weltall mit seinen Galaxien, die ökologischen Systeme, die Physiologie unseres Körpers, das alles ist fein aufeinander abgestimmt. Es funktioniert nur, wenn alle Teile exakt zusammenpassen und zusammenwirken."

„Das geht bei einer guten Maschine auch", wandte Michael ein.

„Genau. Und eine Maschine kommt nicht aus dem Nichts – Hokus, Pokus, Fidibus –, sondern sie wird erfunden, entworfen, gebaut und benutzt. Außerdem wird sie an eine Kraftquelle angeschlossen. Sie läuft nicht von allein. Sie hat die Energie nicht aus sich selbst."

„Und wie kommst du mit der Evolutionstheorie zurecht?" wollte Lilia wissen.

„Die macht mir wenig Kopfzerbrechen. Theorien kommen und gehen – das sind ja nur Versuche, wissenschaftliche Daten zu deuten und zu erklären."

„Wenn aber die wissenschaftlichen Dinge zeigen, daß sich alles vom Einfachen zum Komplexen hin entwickelt?"

„Zum Beispiel?"

„Na, die Entwicklung einer Eizelle und einer Samenzelle zu einer genialen Frau namens Lilia."

„Stop, Herr Kramer!" warf sie ein. „Soweit ich mich an meinen Biologieunterricht erinnern kann, ist der fertige Bauplan schon in den Chromosomen angelegt. Beim Wachstum des Embryos wird nichts komplexer. Es wird nur von der Information in Materie umgewandelt."

„Also gut, ein anderes Beispiel. Die Mutationen bei Tieren."

„Welche?"

Michael gab zu: „Wenn ich's mir richtig überlege, hat es dadurch keine großen Fortschritte gegeben. Nur eine bessere Anpassung an die Umgebung."

„Es ist bisher auch kein einziger Sprung von einer Art in eine andere nachgewiesen worden. Die Zwischenglieder fehlen einfach. Sie existieren nur in der Phantasie der Evolutionisten."

„Und die verschiedenen Erdschichten?"

„... kann man auch anders erklären. Ich habe damals meinen Biolehrer gefragt, wie man zu diesen enormen Altersangaben kommt. Er hat mir erklärt, daß man die Erdschichten nach den Fossilien datiert, die darin gefunden werden."

„Ja, so haben wir das auch gelernt", bestätigte Michael.

„Dann habe ich gefragt, wie man das Alter der Fossilien bestimmt. Er sagte: „Ganz einfach, nach den Erdschichten, in denen man sie findet."

Michael schüttelte den Kopf. „Ich faß es nicht ... Ein glatter Zirkelschluß ... Ich werde gleich nächste Woche mal in der Münchner Uni nachfragen. So was gibt es doch nicht! Dein Lehrer hat bestimmt etwas verwechselt. Es gibt viele Methoden, zum Beispiel die C-14 Methode oder die Karbon ..."

„... die alle nur bis höchstens 7000 Jahre exakt sind – alles, was älter ist, wird ungenau", wußte Viola. Michael staunte sie an. „Hat mir mein Vater erklärt, er hat sich eingehend damit beschäftigt", sagte sie leise, wie zur Entschuldigung.

„Na gut, ich behalte das alles im Hinterkopf, muß mich wirklich mal dahinterklemmen!" nahm sich Michael vor. „Jetzt zum nächsten Argument – die Bibel. Sind das nicht eher Märchen und Sagen, die aus alter Zeit überliefert worden sind?"

„Das denken viele. Aber wenn man die Bibel unter die Lupe nimmt, merkt man, wie exakt sie ist. Die Archäologen graben jetzt viele Ortschaften aus, die in der Bibel erwähnt werden. Auch die geschichtlichen Angaben decken sich mit anderen Quellen. Dann gibt es auch eine Menge Vorhersagen in der Bibel, die sich genau erfüllt haben."

„Kann das nicht Zufall gewesen sein?" zweifelte Michael.

„Ich gebe dir heute abend mal eine Wahrscheinlichkeitsrechnung – so viele Zufälle gibt's im ganzen Universum nicht."

„Also gut, vertagen wir das, bis ich die Fakten in der Hand habe."

„Für mich gibt es noch einen Beweis dafür, daß die Bibel mehr ist als ein normales Buch. Wißt ihr, die Bibel ist eine ganze Bücherei – 70 Einzelbücher, von unterschiedlichen Menschen zu unterschiedlichen Zeiten geschrieben. Und doch kommen sie alle zu dem gleichen Schluß: Gott kümmert sich um die Menschen. Ein Arzt, ein Dichter, ein Hirte, ein König – sie schreiben ihre Bücher, und man findet einen roten Faden, der sich hindurchzieht. Da werden die Menschen geschildert, wie sie sind. Da wird nichts beschönigt, nichts frisiert. Wir erfahren, wie diese Menschen gelebt haben – mit Gott oder ohne Gott –, und welche Folgen das hatte. Und was mich am meisten fasziniert – ich habe gemerkt, daß die Menschen im Grunde gleich geblieben sind. Sie haben dieselben Probleme, dieselben Konflikte. Nur der Rahmen ändert sich."

„Das ist mir auch schon aufgefallen", sagte Viola.

„Was – du liest auch in der Bibel?" wunderte sich Michael.

„Seit ein paar Monaten. Mein Vater hat mir eine geschenkt. Zuerst habe ich mich lange nicht rangetraut.

Aber dann packte mich die Neugier, und jetzt hab ich sie schon beinahe durchgelesen."

„Von vorn bis hinten?" Lilia staunte.

„Ja, streckenweise ist es langweilig, aber immer, wenn ich aufgeben will, kommt wieder eine spannende Stelle. Ich verstehe vieles nicht, aber was ich verstehe, das gibt mir sehr zu denken."

„Hm ... vielleicht sollte ich auch mal in die Bibel hineinschauen ...", überlegte Lilia. „Meine steht seit der Konfirmation im Bücherregal."

„Sagt bloß, ich bin der einzige Heide hier unter der Regenplane", murmelte Michael.

Lilia kuschelte sich an ihn und sagte: „Wir lieben dich trotzdem."

„Na, das tröstet mich ungeheuer."

„Ungeheuer groß oder klein geschrieben?" fragte Lilia unschuldig.

„Die Frauen ...", schüttelte Michael den Kopf. „Aber jetzt mal weiter. Punkt drei. Chris, du hast dein Gewissen erwähnt. Ich dachte immer, das Gewissen wäre Erziehungssache."

„Zum Teil schon. Die äußeren Sitten und Benimmregeln, die sind von Volk zu Volk verschieden. Sie ändern sich auch mit der Zeit. Aber davon unabhängig weiß doch jeder Mensch ganz tief innen irgendwie, was gut und was böse ist."

„Spätestens dann, wenn ihm ein anderer was Böses antut ...", überlegte Lilia.

„Ja, da haben wir alle ein feines Gewissen", stimmte Michael zu. „Da wissen wir genau, was der andere falsch gemacht hat. Ob das aber bei allen Völkern so ist?"

„Nimm die Ehrlichkeit. Oder die Achtung vor dem

Menschenleben, vor den Eltern. Der Respekt vor dem Eigentum des anderen. Vor seiner Ehe. In allen Völkern werden Diebe und Mörder bestraft. Neid und Betrug gelten überall als schlecht."

„Das leuchtet mir ein ..."

„Außerdem ist eine Sehnsucht nach Gott im Menschen. Er *will* ein höheres Wesen anbeten. Wenn er nicht an den Schöpfer glaubt, dann macht er sich selbst einen Gott, und dem ist er dann verfallen."

„Also ist der Mensch unheilbar religiös?" fragte Lilia.

„Damit wir Menschen glücklich leben können, brauchen wir einen Sinn für unser Leben, eine Hoffnung über den Tod hinaus."

„Wir brauchen jemanden, der uns hilft, das Leid zu tragen. Der uns die Schuld abnimmt. Der unsere inneren Wunden verbindet ...", sagte Viola leise und mußte an ihre Therapeutin denken. Die hatte bestimmt auch innere Wunden. „Wer weiß, wie viele Kinder geschunden werden und dadurch verbittern und hassen? So viele Tränen, so viel Kummer und Schmerz – wir brauchen einen, der uns davon erlöst."

„Erlöst ..." wiederholte Michael nachdenklich. Sie schwiegen lange. Der Regen hatte aufgehört, die erste Lerche schoß in den Himmel hinauf und schmetterte ihr Lied. Ein Sonnenstrahl bohrte sich durch die Wolken und ließ auf den betropften Gräsern tausend Edelsteine aufglitzern.

„So wird es sein, wenn er kommt, der Erlöser", sagte Chris, „wie die Sonne nach dem Regen. Wir werden aus einem langen, bösen Traum aufwachen. Wir werden ihn sehen. Das wird herrlich sein."

„Hast du keine Angst?" wollte Lilia wissen. „Ich

fürchte mich irgendwie, wenn ich mir das vorstelle. Der große Herrscher des Universums – allmächtig, absolut gerecht – und ich kleines, armes Würstchen."

„Ich bin mit seinem Sohn befreundet", gab Chris zurück.

„Ja – dann!" lächelte Michael. „Beziehungen!"

Der Mitleider

In den nächsten Therapiestunden versuchte Viola ganz bewußt, einen Draht zu ihrer Krankengymnastin zu finden. Je mehr sie über diese Frau nachdachte, um so mehr Verständnis brachte sie auf.

„Wahrscheinlich hat sie einen furchtbaren Knoten in der Seele, und das muß irgendwie mit einem Mann zusammenhängen", dachte Vio. „Sie macht sich das Leben schwer durch ihre Vorurteile, sie igelt sich ein, läßt niemanden an sich ran. Sie muß sehr einsam sein. Wenn man ihr doch nur helfen könnte!"

An einem sonnigen Nachmittag machte die Therapeutin einen überraschenden Vorschlag: „Wir könnten heute ein bißchen nach draußen gehen. Etwas joggen im Wald würde Ihren Beinen gut tun. Außerdem haben Sie in den letzten Wochen so tüchtig gearbeitet, daß wir uns die Erholung leisten können."

Einmal vom festgesetzten Stundenplan abweichen, das war ein halber Weltuntergang für diese Therapeutin. Sonst galt ihr nur die Leistung etwas, sie war unerbittlich zu sich selber und hart zu den Patienten. Heute schwang ein neuer Ton in ihrer Stimme mit.

Viola war einverstanden. Sie schlenderten am Teich entlang bis ins Waldstück und legten einen Spurt ein. Diesmal kam keine Korrektur von der Therapeutin, kein Tadel, kein Ansporn „Schneller! Nicht einschlafen!" Sie schien die Sonne zu genießen und lächelte, als sie auf einer Bank ausruhten. Vio faßte sich ein Herz und sagte leise: „Vor ein paar Tagen haben Sie mal angedeutet, daß Sie schlimme Geschichten über Männer erzählen könnten ... Ich frage nicht aus Neugier, aber ich denke, daß solche Erinnerungen auch belasten können, vor allem, wenn man sie mit niemandem teilen kann."

Die Therapeutin hob überrascht den Kopf und sah Viola prüfend an. Dann nickte sie.

„Ja, das ist eine Last, eine grauenhaft schwere Last. Ich habe noch nie darüber gesprochen. Wen interessiert das schon – es hört einem auch nie jemand wirklich zu."

„Doch", sagte Viola, „mich interessiert es – ich höre Ihnen zu ..."

Die Frau schwieg eine Weile. Doch dann begann sie zu erzählen. Als wäre eine Staumauer geborsten, strömten die Worte aus ihr heraus, ein Schwall von Schmutzwasser – Erinnerungen an den betrunkenen Vater, der nachts in das Kinderzimmer kam, in ihr Bett, sich über sie warf, gewaltsam in sie eindrang. Erinnerungen an den älteren Bruder, der sie regelmäßig fesselte und schlug, um seine abartigen Gelüste zu befriedigen.

„Und ich durfte es nicht verraten. Sie hätten mich

totgeprügelt!" Ihr hartes Gesicht war jetzt wie aufgepflügt. „Sie haben mich zerstört. Sie haben alles Schöne und Zarte in mir kaputtgemacht. Ich hasse sie. Ich hasse alle Männer!"

Ich hasse alle Männer – das hatte auch sie gedacht, geschrien. Viola sah sich auf dem Bett liegen und ins Kissen weinen. Wie lange war das her – ein, zwei Jahre? Sie erinnerte sich noch gut an diesen Haß. Dabei war es nur Enttäuschung gewesen über eine Liebe, die nicht erwidert wurde. Trauer über einen Verlust, der nicht bewältigt war. Angst vor dem Alleinsein, dem Verlassensein. Und das alles war ausgeheilt durch Liebe. Liebe von ihrem Vater und Liebe von einem, der sie geborgen hatte auf ihrer verzweifelten Suche im Nebel.

Sie dachte: *Ich hab ihn gesucht, und er hat mich gefunden. Mein Leben hat ein Ziel bekommen, weil ich Gott kennengelernt habe, seine Liebe zu mir, seinen Plan mit den Menschen. Als mir klar wurde, was er für mich vorbereitet hat, konnte ich nicht widerstehen. Ich bin so gern sein Kind geworden. Jetzt habe ich zwei Väter, und einer ist liebevoller als der andere. Für mich ist das Wort „Vater" wunderschön. Aber für diese Frau? Sie fürchtet und verachtet ihren Vater. Er hat ihr weh getan. Er hat sie mißbraucht. Wie kann sie jemals wieder einem Mann vertrauen?*

Viola spürte den Berg an Schmerz und fremder Schuld, der die Frau niederdrückte. Sie wußte, daß da kein Mensch helfen konnte. Einer mußte diesen Hügel abtragen, die Last auf seine Schultern laden. Er mußte solche Qualen, solche Demütigung, solche Schmerzen selbst erduldet haben – nackt, hilflos, der brutalen Willkür ausgeliefert.

Sie holte eine Karte aus ihrer Tasche – den Kunstdruck einer Kreuzigungsszene von einem holländischen Maler. Da hatte Jesus kein seliges Lächeln um den Mund. Sein Gesicht war schmerzverzerrt, die Muskeln und Sehnen bis aufs Äußerste gespannt. Der Blick verzweifelt: „Gott, mein Gott, warum hast du mich verlassen?"

Ein Todesschrei in Ölfarbe.

„Hier, bitte ... schauen Sie ...", sagte sie leise. Die Therapeutin beugte sich über das Bild und betrachtete es lange.

„Die Soldaten haben ihn gefoltert und gequält. Sie haben ihn angespuckt und verprügelt. Mit Fäusten. Mit der Geißel. Mit Stöcken."

Die Therapeutin schlug die Hände vors Gesicht und flüsterte: „Mit der Reitpeitsche ... mit der Gürtelschnalle ... mit dem heißen Schürhaken ... mit einer Rute vom Brombeerstrauch."

Viola zeigte auf den Dornenkranz, den man Jesus in die Stirn gedrückt hatte.

„Er auch ... Dornen und ... und Nägel."

Die Therapeutin streifte den Ärmel hoch und zeigte auf zwei tiefrote Narben.

„Arm – an den Schrank – genagelt ..." kam es stoßweise. Viola wurde es unheimlich. Was hatte sie da ausgelöst?

„Herr, bitte hilf!" flehte sie innerlich. „Du mußt sie trösten. Sonst zerbricht sie an ihrer Erinnerung! Es tut ihr so weh! Wie kann sie das ertragen?" Und auf einmal kam eine große Ruhe über sie. Ihre Angst ließ nach, und sie wußte, was sie zu sagen hatte.

„Er hat den Soldaten vergeben, die ihm so weh taten. Und er hat gesagt: Vater, vergib ihnen, denn sie wissen nicht, was sie tun."

„Ich habe etwas anderes geschrien, damals am Schrank. Ich habe gebrüllt: Gott, wenn es dich gibt, dann vergib ihm nicht, denn er weiß genau, was er tut! Damals war ich 14."

„Und wußten sie es – wußte Ihr Vater, wußte Ihr Bruder, was er ihnen angetan hat?"

Nach einer Weile – Viola kam es vor wie eine Stunde – sagte die Frau: „Nein, ich glaube, sie wußten es nicht. Mein Bruder hat es nicht anders gelernt. Er bekam ja mehr Prügel als Essen. Und mein Vater ist genauso aufgewachsen. Sie waren seelisch krank, die beiden. Wir waren es alle in der Familie, sind es heute noch. Aber ich wäre gern wieder heil."

„Heilen kann nur der Heiland ... er kann Schuld wegnehmen. Er kann auch den Schmerz lindern. Ich hab das selbst erlebt. Ich habe meinen Vater gehaßt. Aber dann geschah das Wunder, ich weiß selbst nicht genau wie, aber auf einmal konnte ich ihm verzeihen ..."

„Dazu fehlt mir die Kraft. Das könnte ich nie!"

„Ich mußte erst spüren, daß ich selber Hilfe nötig hatte. Ich brauchte ja auch Vergebung."

„Wie?"

„Ja, denn ich war im Grunde ein fürchterlicher Egoist. Ich begriff, daß ich völlig falsch gelebt hatte. Aber dann spürte ich, daß ich angenommen bin, daß Gott sich um mich kümmert, daß er mich will. Mir wurde klar, daß ich die ganze Zeit vor ihm davongelaufen war, all die Jahre hindurch. Aber dann bin ich verunglückt und konnte nicht mehr wegrennen. In diesen langen Tagen und Nächten, ja, vor allem nachts, habe ich viel nachgedacht. Über mich. Über meinen Vater. Über Gott. Und ich merkte, daß ich ihn brauchte. Zum Leben und zum Sterben."

„Das sind ungewöhnliche Gedanken für ein junges Mädchen."

„Wenn man mit einem Bein im Grab steht, denkt man tiefer nach. Damals konnte ich das noch nicht so klar sortieren; es ging mir vieles durcheinander. Aber heute weiß ich, daß Gott schon lange nach mir gesucht hatte. Er hat sich um mich bemüht, als ich noch nicht über ihn nachdachte. Und als ich dann nach ihm fragte, da gab er mir Antwort."

„Antwort?"

„Ja. Als ich ganz am Ende war, fiel mir auf einmal ein Psalm ein, den ich als kleines Kind gehört habe: ‚Der Herr ist mein Hirte, mir wird nichts mangeln ...' Da heißt es dann: ‚Und wenn ich schon wanderte im finstern Tal, fürchte ich kein Unglück, denn du bist bei mir ...' Gott war bei mir, in der Krise, in den Fieberträumen, und er blieb auch danach bei mir, bis heute, obwohl ich oft nichts davon spüre. Manchmal denke ich, er ist weit weg. Dann entscheide ich mich wieder dafür, fest daran zu glauben, daß er da ist. Daß er sich um mich kümmert."

„Es fällt mir schwer, an Gott zu glauben. Wenn er bei mir war, warum hat er mir nicht geholfen, als sie mich gequält haben? Warum hat er meine Schreie nicht gehört?"

Vio senkte den Kopf. Die alte Frage nach dem Warum. Sie sagte langsam: „Ich weiß es nicht. Ich weiß nur eins: Damals am Kreuz hat Jesus sich genauso gefühlt. Von Gott verlassen. Und doch gab es für ihn eine Auferstehung. Und für uns gibt es auch eine Auferstehung. Ein neues Leben ohne Schmerz und Tränen."

Sie schwiegen eine Weile. Dann fragte die Therapeutin: „Darf ich mir das Bild ausleihen? Es kommt mir so vor, als hätte ich diesen … diesen Jesus früher gekannt und dann verloren. Die Geschichte vom Kreuz kennt man ja aus dem Relgionsunterricht. Aber heute packt mich das ganz anders. So als hätte ich etwas damit zu tun, als wäre ich dabeigewesen, damals."

Eifersucht ist eine Leidenschaft ...

„Kiki, Telefon!“ rief Schwester Annette und schaute auf ihre Uhr mit dem Sekundenzeiger. Die Tür flog auf, Chris stürzte heraus und sprintete zur Telefonzentrale. Michael schaute ihm kopfschüttelnd hinterher.

„25 Sekunden, das ist der absolute Rekord!“ strahlte Schwester Annette. „Jeden Tag ist er ein bißchen schneller.“

„Das Zauberwort heißt Telefon“, seufzte Michael. „Wenn ich ihn zu irgendeiner Arbeit rufe, kriegt er so ein Tempo niemals zustande. Obwohl er natürlich fleißig ist – da kann man nichts sagen!“ fügte er schnell hinzu, als er Schwester Annettes hochgezogene Augenbrauen sah. Sie ließ nun mal nichts auf ihren Schützling kommen.

Inzwischen hing Chris am Hörer wie festgeklebt, kein Wunder: Vio war dran.

„Stell dir vor, Jörg hat uns zu seiner Geburtstagsfeier eingeladen – am nächsten Samstag abend. Kriegst du dienstfrei?"

„Du hast immer noch Kontakt zu Jörg?" erkundigte sich Chris. Wenn Vio den Namen Jörg erwähnte, wurde ihm der Hals eng.

„Ja, warum denn nicht? Er ist doch auch dein Freund!" meinte Viola, und da konnte Chris wieder aufatmen und dachte: *Eifersucht ist tatsächlich eine Sucht, von der man wahrscheinlich nie ganz geheilt wird. So wie ein Alkoholiker immer alkoholkrank bleibt, auch wenn er „trocken" ist. Schlimm ist das!*

„Also, ich finde die Idee sehr gut. Soll ich mich mal nach einem günstigen Zug erkundigen?"

„Brauchst du nicht, Vati leiht dir das Auto. Bei der Gelegenheit kann ich meine Mutter mal wieder besuchen. Sie war schon lange nicht mehr hier, ich mache mir ein bißchen Sorgen."

In Chris perlte die Freude hoch. „Du, das wird toll – das ganze Wochenende für uns!"

Vio sagte, und Chris konnte in ihrer Stimme ein kleines Lächeln hören: „Erwarte bloß nicht zu viel. Wir werden wenig Zeit füreinander finden. So viele alte Freunde und Bekannte – und deine Eltern wollen auch was von dir haben."

Sie hält mich auf Abstand, überlegte Chris. *Kann ich verstehen – schließlich waren wir über ein halbes Jahr getrennt. Und wir haben uns beide verändert. Wir müssen einfach neu aufbauen.* Er sagte so kühl wie möglich: „Ja, natürlich. Unser Terminkalender ist brechend voll, wie sich das für berühmte Leute gehört. Wann wünschen Madame abzureisen?"

„Ach, Chris, ich habe es doch nicht böse gemeint!"

Hatte Viola seine Gedanken erraten? Frauen und Geheimdienst …

Sie verabredeten sich für den Freitagnachmittag.

„Ich besorge ein Geschenk für Jörg – von uns beiden, einverstanden?" bot sie an. „Du kommst wahrscheinlich nicht mehr in die Stadt."

„Ich vertraue dir restlos!" gestand Chris und dachte an ihr Gespräch vor zwei Jahren. Damals hatten sie sich zum ersten Mal gestritten. Anlaß: Jörgs Geburtstagsparty.

„Ein bißchen sind wir doch vorangekommen", überlegte Chris. „Wir gehen den Weg zum zweiten Mal, und diesmal sind wir nicht gestolpert. Vielleicht ist Eifersucht doch heilbar?"

Eine dreifache Schnur reißt nicht so schnell

Und dann war es soweit. Jan Adamek brachte Viola mitsamt Auto zur Klinik. Chris hatte sich von Lilia die Haare schneiden lassen – die konnte das fast so gut wie ein Friseur. Er fühlte sich gut: die nußbraune Hose und der hellbraune Pulli, die Socken, alles Ton in Ton und passend zur Augenfarbe, und sein Rasierwasser duftete betörend, fand er.

Viola lächelte scheu, als er ihr die Hand gab. Seltsam, sie waren sich einmal so nahe gewesen, und jetzt fühlte er sich wie ein Seefahrer, der eine neue Insel entdeckt hat: unbekanntes, geheimnisvolles Land.

Violas Vater verabschiedete sich; er besuchte seinen Freund, einen Arzt an der Reha-Klinik.

Chris schob sich hinter das Lenkrad, Spiegel einstellen, Rückenlehne anpassen, anschnallen – er genoß diese Handgriffe, denn er hatte seit Monaten nicht mehr am Steuer gesessen. Er startete und fuhr an, aber dann schaltete er den Motor noch einmal ab.

„Viola", sagte er, „jetzt sind wir beide wieder mal unterwegs. Wir haben ein Ziel, aber ob wir es erreichen, das liegt nicht nur an uns ..."

Vio stimmte ihm mit den Augen zu. Sie sagte in völlig normalem Ton: „Herr, wir bitten dich, fahr mit. Wir brauchen deinen Schutz. Und wir schätzen es sehr, wenn du bei uns bist. Wir haben dich lieb."

Chris schaute sie verblüfft an. „Du hast ja gebetet ..."

„Ja, und was ist dabei?"

„Du redest mit Gott, als wäre er neben dir."

„Ist er doch auch, oder nicht?"

„Schon ... natürlich ..." Er atmete tief und befreit. „Ich bin so glücklich, daß ich diesen Freund mit dir gemeinsam habe."

Da lächelte sie ihr Vio-Spezial-Lächeln, bei dem er weiche Knie bekam. Zum Glück saß er schon, sonst hätte er sich hinsetzen müssen ...

Während der Fahrt schob er eine Kassette mit ihrer Lieblingsmusik in den Rekorder. Er hatte sie selbst zusammengestellt, nachdem er sich bei Jan Adamek und bei Michael danach erkundigt hatte. Früher hatte er ihre Musik nicht ausstehen können, aber jetzt fand er manche Stücke reizvoll und interessant. Er hatte noch eine zweite Kassette zusammengeschnitten, diesmal mit seinen Lieblingsstücken. Aber die wollte er sich für die Rückfahrt aufheben.

„Sitzt du bequem?" fragte er.

„Sehr bequem!"

„Kein bißchen Angst?"

„Mit dir fahre ich bis ans Ende der Welt!" gab sie zurück. Sein Herz schlug einen Purzelbaum.

„Aber da müßten wir vorher noch tanken …“, meinte er, und sie lachten sich an. Er hatte Mühe, seine Augen von ihr zu lösen.

Vio erzählte von ihrem Alltag – die Therapiestunden waren seltener geworden, sie hatte jetzt mehr Zeit für ihre Fortbildung. Seit vier Monaten machte sie das Abitur im Fernkurs, nebenbei schrieb sie an einem Kinderbuch.

„Und der Haushalt muß auch erledigt werden“, fügte sie hinzu.

„Richtig! Du bist ja Hausfrau geworden!“ Er warf ihr einen schnellen Blick zu, aber sie hatte sich nicht über diese Bemerkung geärgert. „Für manche Frauen ist Hausarbeit eine Last.“

Sie zuckte die Achseln. „Ansichtssache. Ich hab's nun mal gern gemütlich, und dafür muß man halt was tun. Es macht mir Spaß, die Wohnung aufzuräumen, damit Vati sich abends entspannen kann. Weißt du, er hat seine Sonderschüler gern. Er gibt sich große Mühe mit ihnen. Das kostet Arbeit. Wenn er dann abends auch noch mit Kochen und Putzen anfangen müßte – das wäre wirklich zuviel.“

„Ich finde es schön, daß du es so sehen kannst. Ich kenne Frauen, denen ist die Hausarbeit zu langweilig. Sie fühlen sich unbefriedigt.“

„Ja, wenn man darin seine Lebensaufgabe sieht, dann ist das schon ein bißchen wenig“, meinte Vio. „Für mich sind diese Handgriffe nur Mittel zum Zweck. Dabei kann ich meinen Gedanken nachhängen. Mir einen neuen Schluß für ein Buchkapitel ausdenken. Oder ein bißchen träumen.“

Chris mußte lächeln. „Viowolke … wovon träumst du?“

Sie wurde rot und drehte den Kopf weg. „Vielleicht erzähle ich dir das später mal", flüsterte sie.

Die Autobahn war verstopft wie immer am Freitagnachmittag. Chris mußte sich auf das Fahren konzentrieren. Er hatte eine kostbare Ladung an Bord, die wollte er nicht gefährden. Vio hatte einmal etwas sehr Schönes zu ihm gesagt. Er hatte gerade frisch die Fahrprüfung bestanden, und sie meinte: „Ich glaube, bei dir ist man gut aufgehoben." Damals hatte er geschworen: „Diesen Satz soll sie nie zurücknehmen müssen!"

Es wurde Abend. Die Sonne schickte einen letzten Gruß herab, bevor sie hinter den Hügeln verschwinden wollte. Chris steuerte einen Parkplatz an.

„Schau nur, wie rot der Himmel ist. Man möchte es nicht glauben", sagte er. „Wollen wir ein paar Schritte gehen? Ich liebe solche Abende."

„Und das hier ist ein ganz besonderer Abend", murmelte Viola.

Sie gingen ein Stück bergauf. Von der Anhöhe aus konnte man die Sonne noch sehen. Der Wind wiegte die Birken am Hügel, und im kleinen Buchenwald am Hang sangen die Vögel ihr Abendlied.

„Für mich ist dieser Abend besonders schön, weil du bei mir bist", sagte Viola.

Chris legte ihr sachte den Arm um dic Schulter.

„Du bist wie ein Gedicht, Viola; wie ein großes Lied. Eine Traumlandschaft. Wenn ich dich ansehe, dann spüre ich, wie sehr Gott die Schönheit liebt. Wenn ich deine Stimme höre, dann denke ich an eine Sinfonie. Daß du mich liebst, das ist ein Wunder für mich, ein Wunder wie die Schöpfung, in der wir leben."

Viola lehnte sich an ihn. „Liebe, das ist das größte

Wunder. Ich habe früher nicht begriffen, was Liebe ist. Erst als ich verunglückt war, als Vater an meinem Bett saß, Tag und Nacht, als ich spürte, wieviel ihm an mir liegt, da begann ich zu verstehen. Ich konnte auf einmal auch glauben, daß Gott mich liebhat. Vorher hat mich immer etwas zurückgehalten – ich war blockiert für alles, was mit Jesus oder der Bibel zu tun hatte. Du hattest es schwer mit mir ..."

Chris zog sie enger an sich. „Ach, Vio ... das ist alles vorbei und vergessen."

Die Nachtschatten krochen aus dem Tal, vertrieben den letzten Sonnenstrahl vom Himmel, der Wind frischte auf, doch die beiden spürten es nicht. Chris zeichnete mit dem Finger Vios Profil nach, berührte sie zart wie ein Schmetterlingsflügel. Sie sah ihn an wie im Traum. Er strich über ihre Wangen, ihr Kinn. „Du bist wunderbar gemacht ...", flüsterte er. „Ein Meisterwerk!"

Da hob sie ihm das Gesicht entgegen, und er küßte sie sanft: ihre Stirn, ihre Wangen, ihre Augen. Als sich ihre Lippen trafen, klopfte sein Herz einen wilden Trommelwirbel. Sein Blut begann zu singen, und es kam wie ein Rausch über ihn. Aber er ließ sich nicht restlos fallen in dieses herrliche Drängen, sondern löste sich zentimeterweise von ihr ab.

„Ich kann es noch nicht fassen, daß du wieder bei mir bist, Viola."

Sie hakte sich bei ihm unter, als sie zum Wagen zurückgingen. „Wir haben so viel Schönes nachzuholen", meinte sie.

Und er sagte: „Und so viel Schönes vor uns!"

Freude wächst beim Teilen

Jörg hatte inzwischen mit dem Studium begonnen. Man hatte ihn ausgemustert; seine wilden Jahre in der Drogenszene hatten ihren Tribut gefordert. Zuerst war er darüber unglücklich gewesen, aber wenn er es recht überlegte, hatte das auch sein Gutes: Er konnte schneller sein Ziel erreichen und Drogenabhängigen helfen. Er war immer noch aktiv in der Jugendgruppe, wo er damals auch Tina kennengelernt hatte. Sie war ihm eine treue Freundin gewesen, hatte seine Rückfälle ins alte Leben geduldig und taktvoll ertragen. Sie hatte ihn auf seinem Weg zu Gott hin begleitet und unterstützt. Jetzt hatte sie ihre Ausbildung zur Krankenschwester abgeschlossen und verdiente gut. Die beiden wollten sich an diesem Wochenende verloben und in ein paar Monaten heiraten.

Diesmal lief seine Party anders als vor zwei Jahren. Das lag am veränderten Familienklima. Für Jörgs Eltern gab es nun Wichtigeres als Raffen und Schaffen. Sie hatten entdeckt, daß es noch etwas Schöneres gibt: Teilen und Geben.

„Das haben wir Tina zu verdanken!“ strahlte Jörgs Mutter. „Mit ihr ist der Frühling in unser Haus eingezogen.“ Und der Vater ergänzte: „In Tinas Nähe kann man einfach nicht so bleiben, wie man vorher war.“

Die Gästeschar war bunt gemischt. Schulkameraden aus der alten Abi-Klasse, Freunde aus der Jugendgruppe, Studienkollegen, Krankenschwestern, Tinas Eltern und Geschwister und zwei Stadtstreicher, die Jörg noch am Nachmittag unter einer Brücke aufgelesen hatte.

Seine Mutter zuckte mit keiner Wimper, als sie die ungepflegten, struppigen Männer sah. Sie verordnete ihnen ein Schaumbad und bestellte den Heimfriseur. Während die Männer noch „behandelt“ wurden, kramte sie alle Kleiderschränke durch und fand mehrere Hosen und Pullover, Wäsche und Socken. Passende Schuhe wollte sie am nächsten Tag besorgen. Die beiden Männer kamen sich fremd und herausgeputzt vor, aber da sie keiner von den anderen Gästen anstarrte oder von ihnen wegrückte, entspannten sie sich rasch und setzten sich an ein Schachbrett. Schon bald hatten sich Schachkenner eingefunden und sparten nicht mit guten Ratschlägen. Die Spieler lächelten und spielten ihren eigenen Stil.

Als Jörgs Vater sah, wie gekonnt die beiden das königliche Spiel beherrschten, überfiel ihn die Großmut: „Ich schenke euch das Spiel!“ Es war aus kostbaren Tropenhölzern geschnitzt.

Die Männer schüttelten den Kopf. „Viel zu wertvoll.

Geht uns kaputt. Wäre schade um das schöne Holz!" sagte der eine. Der andere setzte hinzu: „Mann, wenn die anderen uns mit so was sehen, kriegen wir eins über die Rübe und aus der Traum vom Schachspiel ... Pardon ..." er kam ins Stottern. Aber die anderen hatten ihn schon verstanden.

„Wir besorgen Ihnen ein kleines Reiseschach, das kann man gut in die Tasche stecken", schlug Tinas Vater vor.

„O ja, und wenn es geht, eine Taschenlampe – mit Batterien!" strahlten die Tramps.

„Die können sich noch über Kleinigkeiten freuen", murmelte Jörgs Mutter. Sie hatte den beiden Männern viel gegeben, aber sie kam sich vor, als wäre sie selbst die Beschenkte.

Von Jörg und Tina ging ein Leuchten aus, das alle anderen ansteckte. Man hatte den Eindruck, als wären sie überall gleichzeitig. Sie trugen Tabletts mit Getränken herum und achteten darauf, daß sich keiner fremd und allein fühlte.

Chris meinte zu Vio: „Eigentlich sollten die beiden im Mittelpunkt stehen und sich so richtig verwöhnen lassen. Es ist doch ihre Verlobung!"

„Ja, und dabei sausen sie durchs Haus und bedienen uns von vorn bis hinten", sagte Vio. „Aber es macht sie glücklich. Schau nur ..."

Chris schaute – aber nicht zu Jörg und Tina. Er schaute seine Vio an, als müßte er sie auswendig lernen. Dabei kannte er jeden Winkel in ihrem Gesicht. Er strich ihr über's Haar, und sie lächelte. „Ich möchte dich gern auch glücklich machen. Was kann ich nur tun, damit du glücklich bist?" fragte Vio.

Chris war verblüfft. „Aber ich bin doch glücklich!

Merkst du das nicht? Du brauchst gar nichts zu tun. Einfach nur bei mir sein."

„Und das genügt???"

„Ja, das genügt!"

Nach einer Weile meinte Chris: „Seltsam, daß die Frauen immer glauben, sie müßten etwas tun, um ihre Liebe zu zeigen. Meine Mam ist genauso. Sie wirbelt durch die Küche und überschlägt sich fast aus lauter Liebe zu Paps, bis es ihm beinahe auf die Nerven geht."

„Und was macht er, um seine Liebe zu zeigen?"

„Er sagt ihr etwas Liebes. Er lacht sie an. Er vertraut ihr. Er spricht mit ihr über das, was ihn bewegt. Wenn sie ihn braucht, ist er für sie da. Und noch etwas – er versucht, ihr keine Mühe zu machen."

„Das ist aber komisch", lachte Viola. „Da lieben die beiden ja aneinander vorbei!"

„Wieso denn das?" Chris war manchmal etwas langsam.

„Paß auf: Sie zeigt ihre Liebe, indem sie etwas für ihn tut, ja? Und er zeigt seine Liebe, indem er vermeidet, daß sie etwas für ihn tun muß. Dadurch nimmt er ihr die Gelegenheit, ihre Liebe zu zeigen. Und sie merkt nicht, daß er das aus Liebe tut."

„Also, das ist wirklich verrückt! Aber genauso läuft es ab", staunte Chris.

„Man muß einfach über alles reden", schloß Vio. „Jeder muß seine Erwartungen und Hoffnungen und Ängste auf den Tisch legen, damit der andere ihn besser versteht."

„Okay, mach mir 'ne Liste ...", schlug Chris vor. „Aber vorher gehen wir erst mal zum kalten Buffet."

Vio war todmüde, als sie am Sonntagabend ins Auto kletterte. Sie hatte dunkle Augenringe und einen traurigen Zug um die Mundwinkel. Zuerst war Chris erschrocken und bezog das auf sich. Aber sie beruhigte ihn: „Weißt du, meine Mutter ist todunglücklich. Wieder mal ihre Männergeschichten. Wir haben uns die ganze Nacht unterhalten. Allerdings kam nicht viel dabei heraus. Sie will nicht wahrhaben, daß sie das Glück an der falschen Stelle sucht."

„Ja, im Bett, statt im Herzen."

„Glück ist eine Person, das habe ich damals entdeckt, als ich so lange im Krankenhaus lag. Wenn diese Person bei dir ist, dann hast du den Schlüssel zum Glück."

Chris wußte, was sie meinte. „Salomo hat mal geschrieben: ‚Wer kann fröhlich sein ohne Gott?'"

„Ich glaube schon, daß man das kann, zumindest an der Oberfläche. Aber diese Fröhlichkeit hält nicht. Sie verfliegt wieder. Und wenn man tiefer gräbt, dann bleibt der Frust."

„Alles ist sinnlos, Haschen nach dem Wind."

„Hat das nicht auch der Salomo geschrieben?"

Chris nickte. „Können wir irgend etwas für deine Mutter tun?"

„Ich will mit Vater darüber sprechen. So kann es nicht weitergehen. Früher hat sie solche Gedanken einfach zugeschüttet, weißt du. Sie stürzte sich ins volle Leben, wie sie es nannte, und eine Zeitlang ging das auch ganz gut. Solange sie merkte, daß sie begehrt wurde. Irgendwann war es ihrem Freund langweilig, er machte Schluß, und sie fiel wieder in ein tiefes Loch. Früher hat sie das weggesteckt und einfach weitergemacht, als ob nichts passiert wäre. Aber jetzt kann sie das nicht mehr. Die Traurigkeit wächst in ihr an wie eine Müllhalde ..."

Chris spürte, daß Viola lieber schweigen wollte. Er legte „ihre“ Musikkassette auf und versuchte, seine Enttäuschung über die „unromantische“ Heimfahrt hinunterzuschlucken, denn wie sollten romantische Gefühle aufkommen, wenn Viola an zentnerschweren Gedanken trug? Er schwieg taktvoll, lächelte hin und wieder zu ihr hinüber, und sie spürte seine Wärme durch ihre Grübelwand hindurch und lächelte zurück, ein zaghaftes Lächeln nur, aber immerhin. Auch schmale Brücken verbinden zwei Ufer.

Nur wer die Sehnsucht kennt ...

„Vati, erzähl mir, warum du Mutter geheiratet hast!" Vio wollte es genau wissen. Jan Adamek seufzte. Sie saßen auf dem Teppich unter der Stehlampe. Er reparierte gerade einen Stecker, sie stopfte lustlos an einer Socke herum.

„Ich frage, damit ich Mutter besser verstehen kann. Und dich auch. Unser ganzes Familiendrama."

„Deine Mutter war ein ganz besonderes Mädchen. Sie wirkte zart und zerbrechlich. Aber sie konnte auch fauchen und die Krallen zeigen wie eine Tigerkatze. Dieser Gegensatz faszinierte mich. Ich spürte, daß man sie schon oft ausgenutzt hatte. Ich wollte ihr helfen, ein bißchen Halt zu finden. Selbstbewußtsein, weißt du. Ihre Würde wiederfinden ..."

„Und da bist du mit ihr gegangen."

„Ja, anders wäre ich ja nicht an sie herangekommen. Ich wollte ihr helfen, verstehst du?"

„Indem du ihr deine Liebe geschenkt hast?"

„Am Anfang hatte ich sie lieb wie eine Schwester, nichts weiter. Mehr wollte ich auch nicht. Ich wußte, daß wir eigentlich nicht zusammenpaßten. Aber dann hat sie mir doch den Kopf verdreht. Ich ... ich war damals zu naiv. Ich habe mir zuviel zugetraut, hatte mich für stärker gehalten."

Viola mußte an Chris denken. Sie hatte seine Selbstbeherrschung mit Gleichgültigkeit, ja mit Ablehnung verwechselt, als sie damals mit ihm schlafen wollte. Dabei hatte er mächtig zu kämpfen gehabt, um fest zu bleiben.

Heute war Viola froh darüber: Ihre Liebe hatte ihr eigenes Tempo, sie durfte in Ruhe wachsen, nicht im Treibhausklima der Sinnlichkeit künstlich aufgeheizt oder durch ungezügelte Wünsche überdüngt.

„Tja, dann ist es doch passiert, obwohl ich es nicht wollte. Von diesem Tag an hatte ich es schwer, deine Mutter zu achten. Ich habe es ihr übelgenommen, daß sie mich verführt hatte. Und vor allem konnte ich es mir selbst nicht verzeihen. Ich dachte, jetzt muß ich das wiedergutmachen, und als sie mir sagte, sie wäre schwanger, da war es für mich klar: Wir mußten heiraten."

„Du hast sie also nicht freiwillig geheiratet?"

„Viola, ich hatte deine Mutter gern. Aber ich wußte, daß die Ehe mit ihr sehr schwer werden würde. Ich habe trotzdem ja gesagt, und ich stehe heute noch dazu. Wenn sie kommt und wieder mit mir zusammenleben will, dann gehe ich sofort aufs Standesamt und heirate sie noch einmal."

„Das kann ich nicht begreifen. Sie hat inzwischen so viele andere Männer gehabt."

„Ja, und hat einer davon ihr Herz gefunden? Hat sie einer wirklich geliebt?"

Vio schüttelte den Kopf. „Sie haben immer nur an sich gedacht."

Sie schwiegen. Die Wanduhr tickte leise, das Pendel schwang hin und her. Dann schlug es acht.

„Wenn man bloß die Zeit zurückdrehen könnte!" wünschte sich Viola.

„Vielleicht sollte ich einen zweiten Anlauf wagen. Ich bin kein feuriger Jüngling mehr. Aber einiges hab ich doch noch zu bieten. Sie hätte es gut bei mir. Ein Zuhause, eine Zuflucht."

„Du würdest sie also wieder heiraten, obwohl sie ganz anders denkt als du? Obwohl sie über deinen Glauben spottet?"

Jan Adamek stand auf und ging ans Fenster. Draußen jagten die Wolken über den Nachthimmel, ein bleicher Mond stand untätig daneben. Der Wind heulte im Kamin – ein erster Herbststurm nach einem schönen Sommer.

„Wenn ich einmal einen Menschen in mein Herz hineingenommen habe", sagte Jan Adamek gepreßt, „dann hat er dort für immer seinen Platz. Ob er mir Freude macht oder Kummer. Ober er mich liebt oder haßt. Ich kann daran nichts ändern. Ich werde deine Mutter immer lieben. Mit einer Liebe, die tiefer geht als Leidenschaft oder Bewunderung."

„Aber solange Mutter denkt, daß du sie nur aus Mitleid zu dir nimmst, wird sie nein sagen", wandte Viola ein.

„Es ist kein Mitleid mehr. Das war früher, als ich mich innerlich über sie erhoben hatte. Heute sehe ich das anders. Ich hatte einfach mehr Glück im Leben. Es ist nicht mein Verdienst, daß ich in einer liebevollen Familie aufgewachsen bin. Ich kann nicht damit prahlen, daß meine Eltern mir schon von klein auf beigebracht haben, was Liebe ist. Was ich heute für deine Mutter empfinde, ist kein Mitgefühl, das von oben herab kommt. Ich kann mich jetzt viel besser in sie einfühlen. Ich kann verstehen, warum sie sich den Männern an den Hals wirft."

„Und warum? Kommt es, weil sie ... weil sie gierig ist? So was wie sexbesessen?"

„Sie sucht, Viola. Sie sucht Wärme. Sie sucht Liebe. Sie möchte für jemanden wertvoll sein. Sie möchte glücklich sein, und für ganz kurze Zeit ist sie es auch."

„Ja, am Anfang, solange sie noch verliebt ist. Aber das geht schnell vorbei, und dann läßt sie sich ausnutzen. Sie tut alles, was die Männer von ihr wollen."

„Und bleibt leer zurück. Ausgeplündert."

„Ja, genauso hat sie es mir geschildert. Woher kommt das nur?"

„Deine Mutter hatte eine schreckliche Kindheit. Sie hat nicht viel Wärme und Freundlichkeit erlebt. So hat sie sich schon als kleines Kind daran gewöhnt, bei unangenehmen Situationen in die Selbstbefriedigung zu flüchten."

„Was ist daran so schlimm?"

„Man trainiert eine falsche Einstellung zur Sexualität. Dadurch festigt sich der Gedanke, die körperlichen Wohlgefühle wären etwas, was man für sich selbst vernaschen kann. In Wirklichkeit ist die körperliche Liebe eine Sprache, ein Mittel zur Kommunikation. Indem man zueinander zärtlich ist, den Körper des anderen entdeckt, begreift man auch den eigenen Körper besser. Man kommt sich innerlich näher. Zwei Menschen können dadurch immer stärker miteinander verschmelzen."

„Das ist ja genau das Gegenteil von Selbstbefriedigung, wo man sich in sich selbst zurückzieht", meinte Viola.

„Ja. Selbstbefriedigung ist eine Droge, und man kriegt sie kostenlos. Sie ist jederzeit verfügbar. Und man merkt nicht gleich, daß man später teuer dafür bezahlen muß."

„Meinst du damit körperliche Schäden?"

„Ich denke an etwas Schlimmeres, weil es viel schlechter heilt. Ich denke an eine fragwürdige Einstellung zum Sex, die es einem später schwer macht, den Partner zu lieben und körperlich glücklich zu machen. Der Mensch ist ein Gewohnheitstier. Solche falschen Gewohnheiten schleifen sich ein. Man überwindet sie nur mit Mühe."

Viola dachte an ihre Tagträumereien. Das war auch so eine Droge, nach der man süchtig werden konnte. Und dann fehlte die Kraft und der Mut zum Durchhalten, wenn eine Situation unangenehm wurde. Aber sie hatte gelernt, nicht immer nachzugeben, wenn der Wunsch aufstieg, in das Reich der Träume zu flüchten.

Der Vater erklärte weiter.

„Selbstbefriedigung hat noch einen anderen Nachteil. Wer sich daran gewöhnt hat, dem Drang schnell nachzugeben, der kann sexuelle Spannungen nicht lange durchhalten. Er ist auf ‚Schnellimbiß' eingestellt, nicht auf ein festliches Essen bei Kerzenschein."

„Da bleibt dann der Sex an der Oberfläche."

„Ja, schon aus Zeitmangel. Eine Frau empfindet viel stärker mit der Seele als mit dem Körper. Sie muß langsam geweckt werden, damit sich ihre Freude über längere Zeit hin steigern kann. Dann erlebt sie dabei auch eine wirkliche Erfüllung."

„Und das hat bei dir und Mutter wohl nicht so richtig geklappt ..."

Jan Adamek schluckte, etwas überrascht von dieser offenen Frage. Dann sagte er: „Bei deiner Mutter war auf diesem Gebiet schon vieles zerstört. Sie hatte nur Enttäuschungen erlebt. Sie wußte gar nicht, wie schön die Liebe sein kann. Sie war nie bereit, sich mir zu öffnen. Sie zog sich in ihre eigenen Gefühle zurück, und so blieben wir beide allein."

„Das war ja auch nichts anderes als Selbstbefriedigung, bloß zu zweit."

„Es war noch schlimmer, Viola, weil dabei die tiefste Sehnsucht unerfüllt blieb. Keine Einsamkeit ist grausamer, als die Einsamkeit zu zweit."

„Konntest du ihr nicht heraushelfen?"

Jan Adamek seufzte, die Erinnerung drückte ihn immer noch schwer.

„Ich will es mal so sagen, Viola: Die Freude am Sex ist wie eine Blüte. Sie kann nicht lange überleben, wenn sie nicht von den Blättern und Wurzeln der Pflanze ernährt wird. Die Wurzel, das ist die Treue des anderen. Man weiß, hier bin ich sicher. Hier bin ich geborgen. Die Blätter, das ist das Wissen, ich bin vom anderen geliebt und angenommen. Ich habe versucht, deiner Mutter Wurzeln und Blätter zu geben. Sie konnte damit nichts anfangen. Sie hat mich ständig kritisiert. Sie hat mich bewußt und absichtlich verletzt. Sie war mir untreu. Ich konnte mich auf ihre Liebe nicht verlassen. Und ich war damals nicht reif genug, um das auszuhalten, und nicht stark genug, um ihr Grenzen zu setzen."

„Sie hatte wahrscheinlich schon zu viele innere Narben."

„Ja, das hatte sie. Die vielen intimen Kontakte ohne echte Liebe hatten ihre Selbstachtung zerstört. Wenn man sich vor einem anderen Menschen nackt auszieht, macht man sich sehr verletzlich. Man ist bloßgestellt. Das erträgt man nur in einer Atmosphäre des Vertrauens und der gegenseitigen Achtung. Wenn das nicht gegeben ist, dann fühlt man sich ausgenutzt. Man sucht dann verzweifelt nach einer Möglichkeit, sich wieder aufzuwerten, den Schmerz zu betäuben, mit etwas Glück zu überdecken. Man sucht nach der Lust und findet doch keinen echten Frieden dabei, weil sich das tiefe innere Loch nicht mit einem flüchtigen Sexgenuß zustopfen läßt."

„Hätte man euch beiden durch eine gute Eheberatung helfen können?"

„Ganz bestimmt. Heute würde ich nicht mehr so schnell aufgeben. Ich würde Hilfe bei Fachleuten suchen."

Viola stand auf. „Also, Vati, was machen wir mit ihr?"

„Du könntest sie bitten, daß sie für ein paar Wochen zu uns kommt. Hausputz machen, Socken stopfen und so. Sag ihr, daß du sie brauchst. Daß wir sie liebhaben. Und in dieser Zeit verwöhnen wir sie so richtig. Vielleicht bekommt sie wieder Appetit aufs Familienleben."

„Aber du kennst ja ihren Freiheitstick!"

„Sie wird langsam auch älter. Irgendwann kommt sie bei den Herren nicht mehr an. Das weiß sie ganz gut."

„Aber dann kommt sie nur aus Berechnung!"

„Vio, mir ist das egal, warum sie kommt, wenn sie

nur kommt! Sie wird mit der Zeit schon merken, daß es hier nicht um ein Geschäft geht, sondern um Liebe."

Viola zog mit dem Zeigefinger das Muster im Teppich nach. Dann sagte sie: „Ja, das stimmt. Wenn sie nur kommt. Alles andere regelt sich später."

Alles zu spät?

Das Telefon schrillte wieder einmal beim Abendessen. Frau Hauser seufzte und stand auf.

„Bestimmt für Paps ...", murmelte Katrin. Sie hatte „ihren" Anruf vor einer halben Stunde schon bekommen, warum sollte sie aufspringen?

„Gelenke nutzen sich ab", hieß ihr Motto, obwohl der Vater ständig auf sie einredete, sie müßte sich dringend mehr bewegen. Er hatte ja recht, aber sie saß gerade so bequem.

„Viola, das ist aber eine Überraschung!" rief Mam. „Ja ... nein, schon ein paar Tage nicht mehr ... normalerweise besucht sie uns mittwochs ... nein, ich weiß nicht, ich dachte, sie ist verreist ..."

Katrin legte ihren Anatomie-Wälzer beiseite und wechselte einen Blick mit ihrem Vater. Er stand schon im Flur, als Frau Hauser den Hörer einhängte.

„Vio macht sich Sorgen um ihre Mutter. Seit drei

Tagen versuchen sie, Frau Adamek zu erreichen. Niemand weiß, wo sie ist. Sie war seit einer Woche nicht mehr in ihrer Firma. Und ihr Telefon gibt ständig das Besetztzeichen. Viola fragt, ob wir mal rüberschauen können."

Herr Hauser nickte und angelte nach seiner Jacke.

„Ich kann auch fahren", bot Katrin an. „Ihr beide habt euch so auf den freien Abend gefreut."

Die Eltern schüttelten den Kopf. Doktor Hauser griff nach der Arzttasche: „Man kann nie wissen ..." Sie gingen zu dritt.

Bei Frau Adamek öffnete niemand. Doktor Hauser rief den Hausmeister, der einen Zweitschlüssel für jede Wohnung besaß.

„Könnten Sie uns die Tür öffnen und als Zeuge mit hineingehen? Wir wollen sichergehen, daß Frau Adamek nichts passiert ist."

„Wer wird denn gleich an so was denken!" wehrte der Hausmeister ab. „Beschreien Sie's Unglück bloß nicht. Aber wenn Sie unbedingt wollen, natürlich schließ ich Ihnen auf."

Der Schlüssel ging nicht ins Schloß, weil von innen ein Gegenschlüssel steckte. Da wurde der Hausmeister kribbelig. „Wenn Frau Adamek da ist und nicht aufmacht, was kann denn das bedeuten?" Er holte seine Bohrmaschine und drückte das Sicherheitsschloß heraus. Sie stießen die Wohnungstür auf.

„Frau Adamek?" rief Katrin und schaute in alle Räume. Sie waren leer. Nur die Badezimmertür war angelehnt. Sie klopfte und wollte die Tür aufstoßen. Irgend etwas Schweres blockierte sie von innen. Sie drückten mit vereinten Kräften, bis die Tür einen Spalt breit offen war. Katrin mit ihren schmalen Händen tastete um die Ecke und schrie auf. Der Vater schob sie beiseite und zwängte sich durch die Tür. Er knipste das Licht an und zog scharf die Luft ein. Dann rief er: „Rasch! Notarztwagen! Wir dürfen keine Zeit verlieren."

Der Hausmeister suchte das Telefon. Bevor er den Apparat gefunden hatte, hörte er Doktor Hauser sagen – und seine Stimme klang grau, erloschen: „Nein, da kann man nichts mehr machen. Es ist zu spät. Mindestens zwei Tage zu spät ..."

Er schrubbte sich die Hände im Waschbecken und kam heraus.

„Sie hat sich das Leben genommen. Wahrscheinlich Tabletten. Genau kann man das erst bei der Autopsie feststellen ... Nein, geht nicht hinein. Sie sieht schrecklich aus. Muß starke Schmerzen gehabt haben. Sie hat auch erbrochen. Vielleicht wollte sie das rückgängig machen." Er ließ die Schultern hängen. Die beiden Frauen nahmen ihn in die Mitte. Er war Arzt mit Leib und Seele – an den Tod konnte er sich nie gewöhnen. Er war jedesmal erschüttert und betroffen, wenn er einen Toten sah.

Der Hausmeister hatte das Telefon inzwischen gefunden. Der Hörer baumelte vom Tisch, und am Boden, unter dem Hörer, lag ein verknittertes Papier.

„Hier! Ein Abschiedsbrief", kündigte er an. Die drei Hausers beugten sich über das Papier. Da stand:

„Ich will nicht mehr. Mich will ja auch niemand. Ich bin denen gut genug für ihr Vergnügen. Dann gehen sie wieder. Deshalb geh ich jetzt auch. Für immer."

Etwas weiter unten stand eine Nachschrift: „Jan, Du warst anders. Ich habe Dich nie vergessen. Aber ich finde den Rückweg nicht. Ich wollte dich noch anrufen. Du warst nicht da. Schade. Ich hätte so gerne deine Stimme gehört."

Und ganz unten – in zittrigen Buchstaben, man konnte sie kaum entziffern: „Wer kann mir hel—" Hier endete die Schrift in einem langen Strich.

Katrin schluchzte, Frau Hauser schnaubte in ihr Taschentuch. Sogar der Hausmeister wischte verstohlen an seinem Auge herum und murmelte: „So was! So eine hübsche Frau und bringt sich um!"

Scheiden tut weh

Adameks kamen in derselben Nacht. Chris fuhr den Wagen, denn Jan war vom Tod seiner geschiedenen Frau zu tief getroffen. Violas Gesicht wirkte wie aus Stein gemeißelt, nachdem sie den Brief gelesen hatte. Frau Hauser drückte ihr eine Tasse heißen Beruhigungstee in die Hand. Für Worte war es noch zu früh.

In dieser Nacht schlief keiner bei Hausers. Sie saßen im Wohnzimmer beisammen, dicht an dicht, und wollten sich durch Nähe trösten. Gegen Morgen hob Jan Adamek den Kopf und sah Viola an, die zwischen Chris und Katrin kauerte und sich an die beiden klammerte, als hätte sie Angst, in einen Abgrund zu stürzen.

Adamek sagte: „Warum hatten wir diese Idee nicht schon eher? Warum haben wir sie nicht zu uns geholt? Warum war ich nicht zu Hause, als sie anrief?"

Viola schluckte. War das ihr Vater, der seine Warum-

Fragen so bitter herausstieß? War das derselbe Mann, der geduldig an ihrem Krankenbett ausgehalten hatte? Der sie beharrlich ins Leben zurückgeholt hatte? War das der starke Jan Adamek, der unerschütterlich seinem Gott vertraute und bisher alles klaglos angenommen hatte, was ihm widerfahren war?

Chris streichelte ihr Haar. „Das ist der Schmerz", flüsterte er. „Laß ihn nur. Er kommt schon wieder zu sich."

Und Katrin sagte: „Trauer und Schuldgefühle, das ist eine schreckliche Mischung."

Jan Adamek wurde laut.

„Wo war denn Gott, als sie mich anrief? Warum hat er ihr nicht noch eine Chance gegeben? Sie hat erbrochen. Sie wollte das Gift wieder loswerden. Sie wollte nicht wirklich sterben. Sie wollte leben! Wir beide hätten noch eine Chance gehabt. Wir hätten noch einmal von vorn begonnen. Gott, wo warst du ...?" Seine Stimme brach, er ballte die Fäuste und knirschte mit den Zähnen.

Viola weinte auf. „Vati! Rede doch nicht so! Du tust uns allen weh!"

Doktor Hauser kramte in einer Schublade und suchte nach einer Spritze. „Jan, du brauchst jetzt erst einmal Schlaf. Du stehst unter Schock. Da weiß man nicht mehr, was man redet ... Wie wär's wenn ich dir jetzt ein Schlafmittel gebe?" Jan Adamek willigte nur zögernd ein. Nachdem Doktor Hauser die Spritze gesetzt hatte, dauerte es nur wenige Minuten bis Adamek zusammensackte. Doktor Hauser prüfte den Puls, horchte das Herz ab und nickte zufrieden.

„Jetzt schläft er erst einmal. Wie ist es mit dir, Vio? Brauchst du auch etwas zur Beruhigung?"

Sie schüttelte den Kopf. „Danke, es geht schon. Ich möchte lieber wach bleiben und nachdenken."

„Grüble nicht über das Warum. Gott ist da. Wenn er es nicht zuläßt, fällt kein Spatz vom Dach. Gott hat deine Mutter nicht vergessen. Und wir wissen nicht, was zuletzt in ihr vorging."

„Man sagt ja, daß Selbstmörder für immer verloren sind ...", sagte Vio mit einer kleinen, zittrigen Stimme.

„Wer sagt das? Wer kann das beurteilen?" Doktor Hauser setzte sich zu ihr auf den Teppich. „Kein Mensch kann das wissen. Ich vertraue einem Gott, der größer ist als unser Herz. Er weiß alles. Er begreift alles. Nein, Vio, mach deine Trauer nicht schwerer, als sie ohnehin ist, indem du an Gott zweifelst oder an seiner Liebe."

„Ich ... ich zweifle nicht. Ich weiß, daß Gott meine Mutter liebt. Aber was konnte er tun, wenn sie sich nicht helfen ließ?"

„Denk an ihr letztes Wort auf dem Zettel. Es klingt wie ein Hilferuf. Gott hat tausend Wege, um einen verzweifelten Menschen zu retten. Denk an den Verbrecher, der neben Jesus am Kreuz hing. Der hat in letzter Minute nach der Hand Gottes gegriffen."

„Aber warum hat Gott dann zugelassen, daß Frau Adamek gestorben ist, wenn sie doch leben wollte?" warf Chris ein.

Doktor Hauser zuckte die Achseln. „Gott weiß, was das Beste ist für eine gequälte und geschundene Seele, damit sie Ruhe findet. Manche Narben sind so tief, die heilen niemals richtig aus. Nicht auf dieser Erde."

Viola seufzte tief auf, wie ein Kind, das aus einem bösen Traum erwacht.

„Wenn ich hoffen darf, daß Mutter bei Gott angekommen ist, dann ist vieles leichter."

„Vio, diese Hoffnung darf dir keiner nehmen." Er winkte Chris und gemeinsam trugen sie den schlafenden Jan Adamek nach nebenan. Viola schüttelte dem Vater ein Sofakissen auf und deckte ihn zu.

Als die anderen hinausgegangen waren, beugte sie sich zu seinem Ohr und flüsterte: „Vati, ich hab dich lieb. Ich bin bei dir. Und Jesus ist auch bei dir."

Sie wußte nicht, ob der Vater das in seinem erzwungenen Schlaf wahrnehmen konnte. Aber es schien ihr, als hätte sich nach diesen Worten sein Gesicht entspannt.

Und noch viel weiter

Es waren nur wenige Leute zur Beerdigung gekommen. Die kurze Feier in der Friedhofskapelle war zu Ende, die Trauergäste liefen hinter dem Sarg her. Astern und Dahlien blühten verschwenderisch, als wollten sie durch ihre Farben alle trüben Gedanken an den Tod übermalen. Die Sonne schien, als wüßte sie, daß ihr nur noch wenige Tage blieben, bis der Novembernebel alles in sein graues Schleiertuch hüllen würde. Hummelgesumm in den Kränzen, leises Quietschen der Gummireifen, die mechanischen Schritte der Totengräber – Viola kam das Ganze unwirklich vor. Sie konnte es noch nicht glauben, daß ihre Mutter dort im Sarg lag und gleich in die Erde gesenkt werden sollte. Das Grab wartete schon – ein gieriges Maul in schwarzer Erde. Sie faßte nach der Hand ihres Vaters. Jan Adamek hatte sich halbwegs gefangen. Nach 13 Stunden Schlaf und einem guten Frühstück konnte er wieder klar denken. Er hatte seit Tagen nichts essen können, aber heute hatte Frau Hauser gesiegt: „Jan, du brauchst viel Kraft. Denke an Viola. Sie hat Trost genauso nötig wie du." Und das hatte geholfen.

Jan lächelte mit den Augen, als er seine Tochter ansah. Sie war blaß, und er spürte, daß sie heute schwach auf den Beinen war. Kein Wunder! Er legte den Arm um ihre Taille, um sie zu stützen. Sofort war Chris auf der anderen Seite zur Stelle und half mit. Jan war dankbar für Chris, dankbar für die ganze Familie Hauser.

Meine neue Familie, dachte er. *Ich bin froh, daß wir als Christen nicht allein stehen. Wir haben Rückhalt durch andere Menschen. Anders könnte man gar nicht überleben.*

Die Totengräber hoben den Sarg vom Wagen, packten die Stricke und seilten ihn ab. Sie zogen die Mützen und blieben eine Anstandssekunde lang stehen, dann gingen sie. Die Trauernden sammelten sich am Grab. Der Pastor schlug die Bibel auf und las: „Ich lese aus dem ersten Thessalonicher 4, Vers 13 bis 16: ‚Wir wollen euch nicht im Unklaren lassen, Brüder, wie es mit denen steht, die gestorben sind. Dann braucht ihr nicht traurig zu sein wie die anderen, die keine Hoffnung haben. Wir glauben, daß Jesus gestorben und auferstanden ist. Ebenso gewiß wird Gott auch die, die im Vertrauen auf Jesus gestorben sind, mit Jesus zusammen zu sich holen.

Ihr könnt ganz ruhig sein. Die, die schon gestorben sind, werden gegenüber uns, die beim Kommen des Herrn noch am Leben sind, nicht benachteiligt sein. Ich kann mich dafür auf ein Wort des Herrn berufen, das besagt: Wenn Gottes Befehl ergeht, der oberste

Engel ruft und die himmlische Posaune ertönt, wird der Herr selbst vom Himmel kommen. Zuerst werden dann alle, die im Vertrauen auf ihn gestorben sind, aus dem Grab auferstehen. Danach werden wir, die noch am Leben sind, mit ihnen zusammen auf Wolken dem Herrn entgegengeführt, um ihn zu empfangen. Dann werden wir für immer mit ihm zusammensein. Macht euch damit gegenseitig Mut!'"

Vio dachte: *Gut, daß ich das weiß. Aber ich bin trotzdem traurig. Ich werde Mutter auf dieser Erde nie mehr sehen. Sie fehlt mir.*

Danach kam Katrin nach vorne und sagte: „Es kommt eine Zeit, da wird Gott bei den Menschen wohnen. Er wird sein Zelt bei ihnen aufschlagen. Und er wird jede Träne von ihren Augen abwischen, und der Tod wird nicht mehr sein, auch keine Trauer, kein Schreien, kein Schmerz wird mehr sein, denn das Erste ist vergangen."

Diese Worte klangen in Vio nach wie eine tröstliche Melodie. Jetzt war sie an der Reihe. Sie trat an den Rand des Grabes und sah hinab. Da unten lag das, was von ihrer Mutter übriggeblieben war. Sie rief sich ihre Gesichtszüge ins Gedächtnis, ihre Stimme. Und sie sagte stumm: „Hoffentlich sehe ich dich wieder. Und dann wirst du nicht mehr traurig sein, nie mehr." Sie warf den kleinen Chrysanthemenstrauß ins Grab und eine Handvoll Erde hinterher. Beim Zurücktreten merkte sie, daß Chris neben ihr gestanden hatte. Er blieb hinter ihr, als sie den Leuten die Hand schütteln und zu ihrem Beileidsgemurmel höflich nicken mußte. Sie würgte an ihren Tränen. Chris reichte ihr ein Taschentuch und stützte sie, als ihr die Knie versagen wollten. Er flüsterte: „Gleich – gleich ist es vorüber."

Er führte sie zurück zum Parkplatz. Die letzten Meter wurden ihr so schwer, daß er sie auf die Arme nahm.

„Viowolke ...“, flüsterte er. Mehr brauchte er nicht zu sagen.

Drei Tage später hatten sie die Wohnung aufgelöst, einige Möbel bei Hausers untergestellt, die letzten Formalitäten bei den Ämtern erledigt. Der Wagen war beladen, jetzt saßen sie alle noch bei einer Tasse Tee bei Hausers zusammen. Chris merkte, wie es in ihm kribbelte.

„Ich möchte gern noch mal ein paar Schritte gehen, bevor wir uns in die Schachtel zwängen“, bat er. Vio nickte und stand auf; die anderen wollten sich weiter unterhalten.

Zu zweit wanderten sie in den Stadtpark. Sie gingen Hand in Hand, und jeder hing seinen Gedanken nach. Dann fragte Vio: „Meinst du, es wird noch lange dauern, bis Jesus wiederkommt?“

„Ich glaube nicht. Unsere Erde hält nicht mehr lange durch.“

„Hast du eigentlich keine Angst vor den Umweltkatastrophen, die da auf uns zukommen?“

„Doch. Es ist schon zum Fürchten, wenn man bedenkt, wie ein System nach dem anderen zusammenbricht.“

„Manchmal denke ich, Leute wie meine Mutter haben es besser. Sie liegen da in der Erde und kriegen nichts mehr mit. Wie ein Kind, das abends ins Bett geht und schläft, während das tollste Gewitter tobt. Da krachen die Blitze, der Donner rumpelt, der Sturm rüttelt am Fensterladen. Das Kind merkt nichts davon. Wenn es aufwacht, scheint wieder die Sonne. So stell ich mir das vor.“

„Hm …“ nickte Chris.

Viola überlegte weiter. „Aber dann finde ich es auch wieder spannend, in dieser Zeit zu leben. Damals, als ich so schwer verunglückt war, hätte ich am liebsten meine Ruhe gehabt. Aber dann hab ich mich entschieden. Ich wollte leben. Und nicht nur irgendwie dahinvegetieren, sondern das Beste daraus machen.“

Chris zog sie an sich. Er bebte innerlich, als er daran dachte, wie nahe sie damals dem Tod gewesen war.

„Und Chris, weißt du, was mir immer wieder Mut gegeben hat, wenn ich aufgeben wollte? Mein Vater hat mir erklärt, daß Gott einen Platz für mich ausgesucht hat. Den kann nur *ich* richtig ausfüllen. Wenn ich mich drücke, dann bleibt der Platz leer. Und da dachte ich mir, ich kann doch Gott nicht enttäuschen, nachdem er so viel für mich getan hat.“

Sie standen am Brückengeländer und schauten in den Teich. Die Sonne schickte schräge Strahlen über das Wasser. Eine Ente watschelte am Ufer entlang und suchte nach Brotstücken.

Herbstblätter schwammen auf der Wasseroberfläche wie bunte Boote, und der Wind ließ hundert Spinnweben fliegen.

„Jetzt ist es noch so schön friedlich“, meinte Chris, „aber wie lange noch? Ich möchte diese Stunde am liebsten festhalten. Ich könnte mein Leben lang hier am Geländer stehen und träumen …“

Vio versuchte ein kleines Lächeln. „Und wer baut den Unfallpatienten ihr neues Gesicht, wenn Christian Hauser träumt und seine Tage vertrödelt?“

Chris konterte: „Und wer schreibt Kinderbücher und kümmert sich um die Rangen, die bei euch im Hof herumtoben und für die sonst keiner Zeit hat?“

„Ja ja, du hast schon recht. Es gibt viel zu tun für uns."

Sie lehnte ihren Kopf an seine Schulter und sagte: „Mit dir neben mir hab ich Mut zum Leben. Mut, mein Bestes zu geben."

Und Chris sagte: „Mit dir neben mir geh ich jeden Weg. Vor allem, wenn ich weiß, daß der Eine bei uns ist, der uns nie verläßt."

Und sie fügte hinzu: „Einer, der immer mit uns geht. Überallhin. Mindestens bis ans Ende der Welt ... und noch viel weiter."